Elli C. Carlson
Der Sommer unserer Träume

AF178663

Montlake

Das Buch

Als die freiheitsliebende Liv ihren Traumjob als Tauchlehrerin verliert, kehrt sie in das idyllische Dorf an der Ostseeküste zurück, in dem sie zusammen mit ihren beiden Schwestern groß geworden ist. Doch in dem kleinen Hotel, das seit Generationen in Familienbesitz ist, hängt der Haussegen reichlich schief. Und daran ist ausgerechnet Jewe schuld, Livs große Jugendliebe. Seine Walbeobachtungstouren stören das Geschäft. Zu ihrer Überraschung stellt Liv fest, dass der raubeinige Seebär ihr Herz immer noch zum Schlagen bringt. Nur dumm, dass Jewe den Larsen-Schwestern alles andere als freundlich gesinnt ist ...

Die Autorin

Elli C. Carlson lebt und arbeitet in Berlin und hat unzählige Drehbücher fürs Fernsehen geschrieben. Seit sie 2016 ihren ersten Roman veröffentlicht hat, kann sie nicht mehr damit aufhören. Humorvolle, emotionale und spannende Liebesgeschichten haben es ihr angetan. Happy End garantiert. Inspiration findet sie meist auf ausgedehnten Spaziergängen mit ihren beiden spanischen Streunern oder ganz entspannt bei einem Cappuccino, vorzugsweise in einem kleinen Strandcafé an der schönen Ostseeküste.

Elli C. Carlson

Der SOMMER unserer Träume

Roman

 Montlake

Deutsche Erstveröffentlichung bei
Montlake, Amazon Media EU S.à r.l.
38, avenue John F. Kennedy, L-1855 Luxembourg
August 2020
Copyright © der deutschsprachigen Ausgabe 2020
By Elli C. Carlson

Umschlaggestaltung: semper smile, München, www.sempersmile.de
Umschlagmotiv: © SchottiU/Shutterstock; © kstudija/Shutterstock;
© Ilyafs/Shutterstock; ©Andrey_Popov/Shutterstock; © Jenny Klein/
Shutterstock; © Bur_malin/Shutterstock;
Lektorat und Korrektorat: Verlag Lutz Garnies, Haar bei München,
www.vlg.de
Gedruckt durch:
Amazon Distribution GmbH, Amazonstraße 1, 04347 Leipzig /
Canon Deutschland Business Services GmbH, Ferdinand-Jühlke-Straße 7,
99095 Erfurt /
CPI books GmbH, Birkstraße 10, 25917 Leck

ISBN 978-2-49670-408-2

www.montlake.de

Für Michi, meinen großen Bruder. Du bist das Beste, was einer Schwester passieren kann. Vor allem, wenn man eine Ikea-Küche aufbauen muss.

LIV

Als ich ein kleines Mädchen war, gab es zwei Dinge, die so sicher waren wie die Abfolge der Gezeiten am Strand von Brodershöved: Wenn ich einmal groß wäre, dann würde ich eine Meerjungfrau sein, die die Geheimnisse der Ozeane ergründet und die tiefsten Tiefen des Meeres erforscht. Sie werden lachen, aber in gewisser Weise habe ich das tatsächlich geschafft. Was mich zu der zweiten Sache führt, die ich mir für mein Leben fest vorgenommen hatte, als das Wünschen eine Sache war, an deren Erfüllung keine Zweifel bestanden. So wie Arielle, die kleine Meerjungfrau, ihren Erik gefunden hatte, so würde auch ich meine große Liebe finden.

Nun, was soll ich sagen? Am besten, Sie zeigen Ihren Kindern niemals einen Disney-Film. Erst recht keinen, in dem gesungen wird.

Das Leben ist nämlich kein Trickfilm, und Meerjungfrauen gibt es gar nicht. Von den Prinzen will ich erst gar nicht anfangen. Und sollten Sie tatsächlich das Pech haben, der großen Liebe Ihres Lebens zu begegnen, dann können Sie sich sicher sein, dass es derjenige garantiert nicht schnallen wird. Was Sie wiederum mit gebrochenem Herzen zurücklässt. Und das ist eine wirklich unangenehme Sache. Also zeigen Sie Ihren Kindern lieber einen lustigen Tierfilm oder gehen Sie mit ihnen in den Kletterpark. Glauben Sie mir, Sie machen die Welt damit zu einem besseren Ort.

KAPITEL 1

Brodershöved 2010

»Wir müssen langsam los. Du wirst noch deinen Flieger verpassen.«

Annekes Stimme hatte diesen nervigen Unterton, den ich schon immer an ihr gehasst hatte und der mich ständig daran zu erinnern schien, dass ich ihr nicht das Wasser reichen konnte. Ältere Schwestern können eine Plage sein. Vor allen Dingen, wenn es sich um so perfekte ältere Schwestern handelt, wie es bei Anneke der Fall war.

»Noch zwei Minuten.« Ich sah sie erst gar nicht an, sondern blickte weiter angespannt die kleine Dorfstraße hinunter, die feucht vom November-Nieselregen im matten Zwielicht der Morgendämmerung vor uns lag.

Er würde kommen. Er musste kommen, so wie er es mir versprochen hatte. Alles andere konnte einfach nicht sein. Denn dann würde das, was wir in dem endlos langen Sommer, der gerade hinter uns lag, erlebt hatten, all die Versprechungen und Schwüre, die wir uns gegeben hatten, völlig bedeutungslos sein. Es war ein Gedanke, der schwer zu ertragen war.

»Komm schon, Liv.«

Ich sah zu Thies, meinem Schwager, der ungeduldig am Steuer des funkelnagelneuen Familienkombis saß, die Tür weit geöffnet und mit rhythmischen Bewegungen seiner Finger nervös auf das Lenkrad tippend.

»Wenn wir jetzt nicht fahren, krieg ich Stress mit meinem Chef.«

Seine Stimme klang ähnlich genervt wie die meiner Schwester. Die beiden waren sich überhaupt sehr ähnlich, was vermutlich dem Umstand geschuldet war, dass sie seit ihrem sechzehnten Lebensjahr ein Liebespaar waren. Mit einundzwanzig hatten sie geheiratet und ein Jahr später war Anneke schwanger geworden. Dabei herausgekommen waren gleich zwei Babys. Zwillinge, die mir den letzten Nerv raubten, weshalb ich es lieber vermied, in ihre Nähe zu kommen.

Wenn ich mir die vier so anschaute, wenn sie am Sonntag zu Kaffee und frischem Apfelkuchen im Garten unseres kleinen Familienhotels vorbeischauten, dann war es mir ein Rätsel, wie man es mit vierundzwanzig hinbekam, zu einer Bilderbuchfamilie zu mutieren, die selbst für einen Ikea-Katalog eine Spur zu perfekt gewesen wäre. Um ehrlich zu sein, die beiden waren noch langweiliger als die Rentnerehepaare der Seniorenresidenz Apfelgarten, die schräg gegenüber von unserem Hotel an der Nordklippe von Brodershöved lag. Was man auch erst mal hinbekommen musste.

Anneke, hochgewachsen und schlank, lehnte neben der geöffneten Fahrertür am Kombi. Sie hatte die Arme vor der Brust verschränkt, und das nicht nur, weil es so kalt und feucht war, wie man es von einem Novembermorgen an der Küste Holsteins erwarten würde. Es war ihre Standardhaltung, wenn sie genervt war. Vor allem schwer genervt von mir, ihrer jüngeren Schwester.

»Er wird nicht kommen, Liv.«

Annekes feine, weißblonde Haare hingen ihr feucht vom Nieselregen in die Stirn, und in den wasserblauen Augen, die fast farblos schienen, war kein Mitleid zu erkennen.

»Ich hab's dir gesagt.«

Gut, sie hatte es mir tatsächlich gesagt, und zwar mehr als einmal. Aber wer will schon auf seine große Schwester hören? Also biss ich die Zähne zusammen und schluckte einen Kommentar hinunter, der wenig schmeichelhaft für sie gewesen wäre. Was nicht weiter schwer war, denn meine Aufmerksamkeit wurde wieder auf die Straße gelenkt.

Im Frühnebel erkannte ich eine schemenhafte Gestalt auf einem Fahrrad, die sich uns auf der nassen Dorfstraße schnell näherte.

»Da ist er.« Ich hielt den Atem an und mein Herz hörte für einen kurzen Moment vor Erleichterung und Freude auf zu schlagen. »Jewe ist da!«

Ich drehte mich um und sah meine Schwester triumphierend an.

»Wir können los. Lasst schon mal den Motor an.«

Anneke rührte sich nicht von der Stelle und kniff die Augen zusammen, um besser sehen zu können. Ihre Stimme klang gelangweilt.

»Ich denke mal, das wird nicht nötig sein.«

Sie reckte das Kinn und deutete auf die Straße.

»Es ist Inken.«

»Was?« Ich starrte überrascht die junge Frau an, die gerade atemlos mit ihrem Fahrrad vor uns zum Stehen kam. Hinter mir hörte ich meine Schwester seufzen.

»Habt ihr euch nicht gestern erst verabschiedet?«

Das hatten wir tatsächlich. Immerhin war ich mit Inken so lange ich denken konnte befreundet. Wir waren zusammen in den Kindergarten gleich neben der Landbäckerei Ohlrogge gegangen und dann vier Jahre lang auf die kleine Grundschule in unserem Dorf. Das war, bevor ich auf das Gymnasium nach Kappeln wechselte, während sie die Gesamtschule im Nachbarort besuchte. Seit dieser Zeit hatte sich unsere Freundschaft etwas abgekühlt. Doch in diesem Sommer, als wir nach meiner bestandenen Abitur-Prüfung in der kleinen Eisdiele an der Seebrücke zusammen gejobbt hatten, war unsere alte Sandkastenfreundschaft wieder aufgeblüht.

Ich sah sie verdutzt an. »Was machst du hier?«

Meine Stimme klang ablehnend, was ich umgehend bereute. Inken war so ziemlich der liebenswürdigste Mensch, den ich kannte. Und zum Glück nicht nachtragend. Sie verzog spöttisch die Lippen zu einem unwiderstehlichen Grinsen. »Immer wieder schön, dich zu sehen, Liv.«

Ich schüttelte irritiert den Kopf. »Sorry, war nicht so gemeint. «

»Moin, Inken.«

Ich blickte auf zu Anneke, die sich vom Wagen abgestoßen hatte und an meine Seite kam.

»So früh schon unterwegs?«

»Moin.« Inken grinste schief und sah dann wieder zu mir. Das Lächeln verschwand aus ihrem Gesicht und in ihren hellen Augen, die fast die gleiche Farbe hatten wie Annekes, erkannte ich das, was ich bei meiner Schwester schmerzlich vermisste – Mitgefühl.

»Ich vermute mal, es gibt keine schonende Art, dir zu sagen, was ich dir sagen soll, also sag ich es einfach und direkt, okay?«

Ich verstand nicht, was genau hier eigentlich passierte und beobachtete stumm, wie sie ihre Handschuhe auszog und dann in die Seitentasche ihres Parkas griff.

»Jewe hat mich gebeten, dir das zu geben.« Sie atmete tief durch und vermied es, mich anzusehen. »Ich wollte es nicht. Ich hab wirklich versucht, ihm das auszureden, aber du weißt ja, wie er ist.«

Damit streckte sie mir den Umschlag entgegen, auf dem mein Name stand: *Für Liv.* Es war eindeutig Jewes Handschrift, die immer etwas fahrig wirkte, so als hätte er keine Zeit, sein Leben mit so unnötigen Dingen wie dem Beschreiben von Papier zu vertrödeln.

»Was soll ich damit?«

Die Frage war reichlich überflüssig. Was sollte man mit einem Brief schon anfangen, außer ihn zu lesen? Der Umschlag schwebte zwischen uns und ich machte keine Anstalten, ihn entgegenzunehmen.

»Wo steckt Jewe?«

Inken tauschte einen Blick mit Anneke, so als würden die beiden eine Wahrheit kennen, die mir bislang verborgen blieb.

»Nimm schon, Liv. Ich denke, das wird alle Fragen beantworten.« Ihre Stimme hatte den sanften Tonfall eines Menschen, der einem Kleinkind erklären muss, dass der geliebte Hamster gerade das Zeitliche gesegnet hat. Was niemals ein gutes Zeichen ist.

Ich starrte sie weiter an, unfähig, etwas zu sagen, während Anneke, wie es ihre Art war, die Initiative ergriff.

»Danke, Inken.« Sie nahm den Umschlag entgegen und Inken beeilte sich, ihr Fahrrad zu wenden.

»Ich muss los. Paps auf dem Boot helfen. Wir haben 'ne Buchung von 'nem Angel-Club aus Essen. Die wollen heute auf Dorsch gehen.«

Keine Ahnung, warum sie das sagte. Vermutlich nur, um irgendetwas zu sagen und damit den quälenden Fragen zuvorzukommen, die mir im Kopf herumschwirrten.

Bevor sie in die Pedale trat, zögerte sie kurz und warf mir über die Schulter einen Blick zu, den ich für viele Jahre nicht vergessen sollte.

»Tut mir wirklich leid für euch, Liv.« Sie nickte ein letztes Mal. »Und vergiss nicht, mir eine Karte zu schreiben.«

Dann holte sie Schwung und war genauso schnell im Frühnebel verschwunden, wie sie gekommen war.

Ich starrte ihr hinterher. Lange. Bis ich den Ellbogen meiner großen Schwester in meinen Rippen spürte.

»Na komm. Lass uns fahren. Zum Flughafen brauchen wir mindestens zwei Stunden.«

Mechanisch folgte ich ihr und kroch auf die Rückbank der Familienkutsche, während Thies mit einem hörbaren Seufzer der Erleichterung den Motor anließ.

»Manche Typen sind eben echte …«

»Thies!«

Annekes Stimme war ruhig, aber bestimmt.

»Ich mein ja nur.« Er zuckte mit den Schultern und zog es vor zu schweigen. Er kannte Anneke lange genug, um zu wissen, dass man bei diesem Tonfall besser keine Diskussion mit ihr anfing.

Während er den Wagen von der breiten Kiesauffahrt auf die Straße lenkte, die zu unserem kleinen Hotel mit der malerischen Aussicht auf die Ostsee und dem passenden Namen *Sturmnest* führte, und in dem meine Mutter vermutlich gerade das Frühstück für die wenigen verbliebenen Gäste vorbereitete, starrte ich wie paralysiert aus dem Fenster in die trübe Herbststimmung der schleswig-holsteinischen Einöde. Was ohne Liebeskummer schon ein mehr als deprimierender Anblick war.

Anneke hatte recht gehabt. Wie immer. Ich spürte ihren Blick, der mich im Rückspiegel aufmerksam beobachtete.

»Halt jetzt bitte einfach die Klappe, Anni, okay?!«

Ihre Hand fuhr zwischen den Vordersitzen hervor und sie reichte mir stumm ein Taschentuch. Ich hatte gar nicht bemerkt, wie mir die Tränen über die Wangen liefen.

»Danke«, murmelte ich und schniefte ausgiebig in den weichen Stoff.

Einen Augenblick herrschte bedrücktes Schweigen, und Thies begann an der Fernbedienung seines Lenkrads im Radio einen Sender zu suchen, der die trübe Stimmung im Inneren des Autos etwas aufmuntern sollte. Wir zuckten alle zusammen, als unvermutet Annie Lennox viel zu laut aus den Lautsprechern erklang, und singend verkündete, wie ich mich gerade fühlte – *'Cause it feels like just I'm walking on broken glass* ...

»Das passt.«

Thies grinste völlig unpassend und suchte meinen Blick im Rückspiegel.

»Wenn ich du wäre, würde ich dem Typen keine Träne hinterherflennen. Ist Jewe nicht wert.«

Ich funkelte ihn sauer an und biss die Zähne zusammen. Was Thies nur dazu ermunterte, einfach weiter Blödsinn zu erzählen. Er war noch nie besonders sensibel im Umgang mit seinen Mitmenschen gewesen.

»In zehn Jahren ist der wie sein Alter, wetten? Dann fährt er auf seinem Schrottkahn von Fischkutter raus, hängt an der Flasche und säuft sich auch noch die letzte Hirnzelle weg, die ihm geblieben ist.« Er blickte zur Seite und hoffte wohl, Anneke würde ihm recht geben. »Ich mein, ich hab keine Ahnung, was ihr Frauen an Typen wie dem findet.«

Da weder meine Schwester noch ich irgendetwas darauf erwiderten, schwieg Thies wieder. Was eine erhebliche Verbesserung bedeutete. Allerdings nicht für lange. Leider.

»Tja.« Er stieß einen langen, gequälten Seufzer aus. »Die miesesten Typen kriegen eben immer die schärfsten Bräute.«

»Danke, Thies, das war jetzt wirklich sehr erhellend.«

Meine Schwester blickte den Mann, mit dem sie seit drei Jahren verheiratet war, sauer an.

»Komm schon, Anni, du weißt, wie ich das meine.«

Er warf mir über den Rückspiegel einen Blick zu, der wohl eine Entschuldigung sein sollte.

15

»Können wir mal das Thema wechseln?«

Meine Stimme war matt. Ich blickte wieder zum Fenster hinaus und versuchte meine verwirrten Gefühle in den Griff zu bekommen.

»Ich will nicht über ihn reden. Ich will nie wieder über ihn reden!«

Annekes Hand kam erneut zwischen den Sitzen hervor, und diesmal reichte sie mir den Brief.

»Den solltest du lesen. Vielleicht gibt es ja einen guten Grund, warum er nicht mit dir nach Australien will.«

Ich schüttelte den Kopf. »Interessiert mich nicht.«

Anneke drehte den Kopf und schaute etwas umständlich hinter der Kopfstütze hervor.

»Bist du dir sicher?«

Statt ihr zu antworten, nahm ich den Briefumschlag und zerriss ihn vor ihren Augen demonstrativ in winzig kleine Teile, die ich anschließend durch das geöffnete Seitenfenster hinaus auf die schmutzig braunen Ackerflächen warf, die die Landstraße säumten, auf der wir fuhren.

Sie sah mich unbeeindruckt an. »Ganz schön melodramatisch.«

Um von meiner Schwester ernst genommen zu werden, musste man schon größere Geschütze auffahren.

Meine Finger zitterten, als ich nach der Kette um meinen Hals griff, die ich in den vergangenen sechs Monaten keine Sekunde abgelegt hatte, und ich brauchte ein paar Versuche, um den Verschluss zu öffnen.

Anneke atmete hörbar durch. »Das würde ich mir an deiner Stelle noch mal überlegen.«

Schließlich lag der kleine, goldfarbene Anhänger in meiner Hand. Der Bernstein war poliert und leuchtete selbst im trüben Licht dieses Novembermorgens in meiner Handfläche, als würde ihn eine unsichtbare Lichtquelle im Innern zum Strahlen bringen. Jewe hatte den Stein, der in seiner Größe und Farbe so außergewöhnlich war, dass jeder Goldschmied ihn mir für ein kleines Vermögen abgekauft hätte, bei unserem ersten gemeinsamen Tauchgang im Frühjahr gefunden. Unten bei den Klippen, als wir vom Strand aus in die Wellen der Ostsee gestiegen waren. Eine Woche später, nach unserem ersten Kuss, hatte er ihn mir geschenkt. Er hatte sein mühsam Erspartes geopfert und ihn in Silber einfassen lassen.

»Mach das nicht, Liv«, sagte meine Schwester ruhig, als ich das Seitenfenster erneut öffnete, »die findest du da draußen nie wieder.«

Ich beförderte die Kette im hohen Bogen hinaus.

»Ist mir vollkommen egal.« Ich sah ihr fest in die Augen. Sie nickte stumm und sah mich intensiv an. Ich befürchtete, sie würde wieder eine ihrer Weisheiten von sich geben, die sie in solchen Situationen ständig für mich parat hatte. Doch diesmal sagte sie nichts.

Thies sah mich wieder im Rückspiegel an und spürte die Verpflichtung, mich aufmuntern zu müssen.

»Richtig so. Lass alles hinter dir und schau nach vorn. Das wird das Jahr deines Lebens.«

Ich hoffte inständig, Thies möge recht haben.

»Nur noch surfen, tauchen, und eine Menge cooler Typen. In drei Wochen wirst du nicht einen Gedanken mehr an Jewe Jaspers verschwenden.«

Blöderweise kannte Thies mich nicht besonders gut. Genauso wenig wie den Mann, über den er sprach. Denn Jewe Jaspers gehörte ganz sicher nicht zu der Sorte von Männern, die man schnell vergaß. Erst recht nicht, wenn sie einem gerade das Herz gebrochen hatten.

»Thies hat recht. Genieß die Auszeit da unten. Ich wünschte, ich hätte die Chance dazu gehabt in deinem Alter.«

Das klang, als wäre Anneke zwanzig Jahre älter als ich, dabei trennten uns gerade mal vier Jahre. Ich schüttelte innerlich den Kopf. So wie es aussah, lagen nicht nur Jahre, sondern ganze Welten zwischen meiner Schwester und mir.

»Wenn du nächsten Sommer wieder zurück bist, konzentrierst du dich ganz auf dein Studium«, dozierte sie weiter und zog entschlossen einen Schlussstrich unter das Thema Liebeskummer. Vermutlich, weil sie noch nie welchen gehabt hatte.

»Und dann suchst du dir jemanden, der besser zu dir passt.«

Hatte ich erwähnt, dass Anneke so gut wie immer richtiglag mit ihren Zukunftsprognosen, die außer ihr niemand wirklich gerne hören wollte?

Wie sich herausstellen sollte, lag Anni dieses eine Mal daneben.

Es sollten Jahre vergehen, bis ich den Weg zurück nach Brodershöved fand. Und genauso lange würde es dauern, diesen Sommer, diesen magischen, einzigartigen Sommer zu vergessen, den ich mit dem Mann verbracht hatte, der die Liebe meines Lebens werden sollte.

Gut, dass es Dinge gab, deren wahre Bedeutung man nicht ahnte, wenn sie einem passierten.

KAPITEL 2

Zehn Jahre später ...

Tung zog den Bug des großen Longtails so knapp an den Felsen vorbei, dass selbst ich vom Steuerstand aus die hellen Konturen der scharfkantigen Kalksteinformationen unter Wasser erkannte, die völlig mühelos das Holz unseres Schiffsrumpfs durchstoßen konnten. Bei jedem anderen Bootsführer wäre ich nervös geworden. Doch Tung verstand etwas von seinem Handwerk, das er vermutlich schon ausgeübt hatte, als man das Land, in dem ich nun schon seit drei Jahren lebte, noch Siam nannte, und nicht Thailand.

Tungs Alter war unter all den Falten und der gebeugten Haltung seines Rückens schwer zu schätzen. Er hätte fünfzig sein können oder hundert. Ich hätte allerdings jederzeit eine Wette darauf abgeschlossen, dass er die kurze Strecke vom Anleger des Coral Garden Resorts zum ersten Tilla unseres heutigen Tauchspots auch mit verbundenen Augen oder im Tiefschlaf finden würde.

»Du kannst deinen Leuten sagen, sie sollen sich fertig machen.«

Chris trat zu mir in den Schatten des Steuerstandes und schob grinsend seine Sonnenbrille in die hellen, vom Meerwasser und der Tropensonne ausgebleichten Locken, die ihm sanft in den braun gebrannten Nacken fielen.

»Wir lassen euch am Dolphins Pinnacle raus.«

Er sah etwas deprimiert auf das Häufchen Touristen hinab, die vor uns im Boot zwischen Pressluftflaschen und Plastikkörben mit ihrer Tauchausrüstung darauf warteten, endlich ins Wasser zu kommen.

»Geh nicht tiefer als sechzehn und halt dich auf der Ostseite. Weiter oben ist die Drift heute heftig, meint Tung. Und das ist eine blutige Anfängertruppe. Die würden sich bei der Strömung vor Angst in den Anzug machen.«

Ich kniff die Augen zusammen, als ich den Blick hob, um ihn anzusehen. Die Sonne stand noch nicht hoch am Himmel, aber blendete schon gewaltig.

»Kommst du nicht mit runter?«

Chris lächelte geheimnisvoll und deutete auf das Paar im mittleren Alter, das sich etwas abseits der anderen die besten Plätze im Bug gesichert hatte.

»Die beiden wollen mich nur für sich. Ich bin heute ihr ganz persönlicher Guide.«

»Das war aber so nicht abgesprochen.«

Chris zuckte nur mit den Schultern und gab mir einen Kuss auf den Mund. Seine Lippen schmeckten noch nach Papaya und Honigmelone, die wir beide heute Morgen in unserem kleinen Bungalow gleich hinter der Tauchschule zum Frühstück gegessen hatten.

»Nicht ärgern, Liv. Hat sich spontan ergeben, kurz bevor wir losgefahren sind. Stevie will, dass ich mich besonders um sie kümmere.«

Er lächelte zu dem Paar und zwinkerte der Frau charmant zu.

»Die haben richtig Kohle, meint Stevie. Sie haben mehr als den dreifachen Preis gezahlt, ohne mit der Wimper zu zucken.«

Ich atmete tief durch. Stevies Spezialgäste kosteten uns Nerven. Ich hatte keine Ahnung, wo unsere Chefin diese Art von Touristen immer wieder aufgabelte, aber so wie Tung unser Tauchboot mit instinktiver Sicherheit durch die felsigen Gewässer Südthailands steuerte, spürte Stevie mit untrüglichem Gespür die zahlungskräftigsten Kunden auf und knöpfte ihnen ein kleines Vermögen für ihre *Special Trips* ab. Sie brachten ihr und ihrer Tauchbasis regelmäßig Mehreinnahmen, von denen wir Tauchguides nur träumen konnten.

Meist waren es neureiche Touristen aus dem ehemaligen Ostblock oder Chinesen, die gerade die Verlockungen des westlichen Lebensstils für sich entdeckten. Sie schmissen in den zahlreichen Luxusresorts, die an den Traumständen der Südküste in den letzten Jahren wie Pilze aus dem Boden schossen, mit Dollars nur so um sich.

Es war nicht die Art von Kundschaft, die ich zu schätzen wusste. Ganz im Gegensatz zu meinem Freund, der weiterhin charmant mit der Frau flirtete, die im Designer-Bikini in der Sonne saß und ihren wohlgeformten Körper zur Schau stellte. Vermutlich hatte es ebenfalls ein Vermögen und unzählige Aufenthalte in diversen Schönheitskliniken gekostet, ihn so hinzubekommen. Ihr Mann schien gewissen chirurgischen Optimierungen ebenfalls nicht abgeneigt zu sein. Ich konnte mir beim besten Willen nicht vorstellen, dass diese Brustmuskeln und der knackige Hintern tatsächlich allein ein Werk von Mutter Natur waren.

Alles an den beiden schrie nach Geld. Nach viel Geld, und ich konnte nachvollziehen, dass Chris ihnen besondere Aufmerksamkeit schenken wollte. Das Honorar, das wir für unsere Einsätze als Guides bei den Bee-Bee-Divers bekamen, war selbst für thailändische Verhältnisse ein Witz. Außer wir hatten das Glück, als Tauchlehrer einen der Kurse zu betreuen, was so viel Extra-Kohle bedeutete, dass wir uns auch mal eine kleine Auszeit in Bangkok gönnen konnten. Vermutlich dachte unsere Chefin, wie alle anderen Unternehmer in Thailand, dass es vollkommen ausreichte, wenn ihre Angestellten an einem paradiesischen Traumstrand in einem etwas heruntergekommenen Bungalow mietfrei leben durften. Eine Bezahlung wurde da völlig überbewertet.

»Jetzt sei nicht so, Liv. Das Trinkgeld, das sie springen lassen, können wir gut gebrauchen.«

Chris lehnte sich lässig an die Reling, stützte sich mit einem Arm am Dach des Steuerstandes ab und brachte damit seinen wohltrainierten Körper gut in Position. Er ließ wirklich kein Register aus, um bei den weiblichen Touristen zu punkten, wie ich nüchtern feststellen musste.

»Übertreib's nicht, Chris.«

Er schenkte mir sein Prince-Charming-Lächeln. »Eifersüchtig?«

Ich lächelte ebenfalls und deutete auf die Frau, die zu uns herüberblickte und die vermutlich gerade abschätzte, ob ich eine ernstzunehmende Konkurrenz darstellte oder nicht.

»Sie verschlingt dich mit Haut und Haaren, bevor du auch nur bis drei zählen kannst.«

Er grinste noch breiter. »Wenn du nett zu ihrem Typen bist, ist bestimmt noch mehr Trinkgeld drin. Der ist doch irgendwie ganz schnuckelig, oder?«

Ich stöhnte auf. »Im Gegensatz zu dir, Chris, halte ich nicht viel davon, mit unseren Gästen zu flirten. Vor allen Dingen nicht, wenn sie verheiratet sind.«

»Ach, und was war mit diesem Finnen letzte Woche?«

»Der war Schwede. Und außerdem *wirklich* nett.«

Chris hob gespielt beleidigt die Augenbrauen. »Und nur weil er nett war, darfst du flirten und ich nicht?«

Ich kannte Chris' Spielchen und ließ mich nicht provozieren. »Du darfst flirten, mit wem du willst, mein Schatz. Wir sind schließlich nicht verheiratet.«

Das hatte gesessen. Er verzog getroffen das Gesicht. »Autsch.«

»Tja, und wie es aussieht, werden wir das wohl auch niemals sein.«

Bevor er noch etwas erwidern konnte, stieß ich mich von der Reling ab und hangelte mich die zwei Stufen hinunter ins Boot, um mich meinen Tauchgästen zu widmen. Ich blickte noch einmal lächelnd zu ihm hoch. Er machte tatsächlich einen getroffenen Eindruck, was gar nicht meine Absicht gewesen war.

»Außerdem – er war schwul. Der Schwede.«

Ich sah noch, wie Chris erstaunt die Augenbrauen hochzog. Er besaß wirklich nicht das kleinste bisschen Menschenkenntnis.

Zehn Minuten später ließ Tung das kleine Boot im Leerlauf über unseren Tauchspot treiben, während ich darauf achtete, dass die zehn Hobby-Taucher vor mir ihre Ausrüstung vorschriftsgemäß anlegten und sich für den Tauchgang vorbereiteten. Wir hatten schon an der Anlegestelle im Resort ein kurzes Briefing gemacht, und ich hatte ihnen den Spot mit dem verheißungsvollen Namen Paradise Garden erläutert. Es war eine unserer beliebtesten Stellen, perfekt für Anfänger geeignet, die weder mit einer starken Strömung noch mit sonstigen Gefahren unter Wasser umgehen konnten. Die Hart- und Weichkorallen, die bis knapp unter die Wasseroberfläche reichten, waren dicht bevölkert mit den farbenprächtigen Bewohnern, die tropische Gewässer gemeinhin zu bieten hatten. Man hätte Stunden unter Wasser verbringen können, um die Farbenpracht und die seltsamen Lebewesen zu beobachten, die einem vorkamen, als wären sie einer anderen, magischeren Welt entsprungen, die mit unserer Realität nicht viel gemeinsam hatte. Damit war das Paradise Garden mittlerweile die Ausnahme unter den unzähligen Tauchspots der Andamanensee.

Der Klimawandel und die immer heißer werdenden Sommermonate hatten auch vor der Küste Thailands nicht haltgemacht. Die gestiegenen Wassertemperaturen der letzten drei Jahre hatten zur gefürchteten Korallenbleiche geführt und die Hälfte der einst prächtigen Riffe dahingerafft. Mit ihnen waren auch ihre bunten Bewohner verschwunden. Dabei war Paradise Garden auf fast wundersame Weise verschont geblieben. Es gab Spots weiter südlich, die komplett ausgelöscht worden waren und deren abgestorbene Korallen nun geisterhaft, wie Mahnmale des drohenden Klimawandels, ins Blau des Wassers ragten.

Die thailändische Regierung hatte die Katastrophe, die den blühenden Tourismus ihres Landes bedrohte, erkannt und die meisten Tauchspots des South-Western Marine National Parks für Besucher geschlossen, damit sich die Unterwasserwelt erholen konnte. Was allerdings dazu führte, dass die übrigen Spots, so wie an diesem Morgen, hoffnungslos überlaufen waren. Mit uns näherten sich noch vier weitere Boote der Felsnadel im Wasser und auf ihnen machten sich ebenfalls die Tauchtouristen für ihren Abstieg bereit. Zum Glück waren wir heute Morgen die ersten gewesen, und wenn wir jetzt nicht allzu lange trödelten, könnten wir zumindest für eine Viertelstunde die Unterwasserwelt ungestört genießen. Bevor man vor lauter Hobby-Tauchern die Korallen nicht mehr sah.

»Hat jeder seinen Buddy?«

Ich sah mit prüfendem Blick in die Runde und erntete allgemeines Kopfnicken.

»Na dann … ab ins Wasser. Achtet darauf, dass ihr niemandem auf den Kopf springt und taucht so schnell es geht ab, klar?«

Wieder allgemeines Nicken, während sich die ersten bereits den Lungenautomaten in den Mund schoben, kurz hinter sich blickten und sich dann rücklings aus dem Boot ins Wasser fallen ließen.

Freundlich wandte ich mich an die mittelalten Damen einer Dreier-Gruppe, die noch immer nicht ganz fertig waren mit ihren Vorbereitungen.

»Wie sieht's bei euch aus? Alles klar?«

Sie kamen aus einer Kleinstadt irgendwo im Ruhrgebiet, waren Kolleginnen eines Autohauses und konnten sich anscheinend auch im Urlaub nicht voneinander trennen. Sie waren nett, lachten viel und gaben sich wirklich Mühe, alles richtig zu machen. Irgendwo in der Karibik hatten sie vor zwei Jahren ihren Tauchschein gemacht und die Ausbildung war mehr als nachlässig gewesen. Sie allein, ohne erfahrenen Tauchpartner, ins Wasser zu schicken wäre grob fahrlässig, und so würde ich die Damen heute begleiten. Ich war schon vor zwei Tagen mit ihnen am Hausriff unserer Ferienanlage getaucht und hatte dort entsetzt festgestellt, dass eine der Frauen vergessen hatte, ihre Pressluftflasche aufzudrehen. Was unter Wasser zu einem Panikanfall führte. Seitdem behielt ich die Gruppe lieber im Auge und prüfte dreimal nach, ob ihre Ausrüstung auch wirklich für einen Tauchgang einsatzbereit war.

Ein weiterer Grund, der dafür sprach sie zu begleiten, war, dass man sie besser von den Korallen fernhielt, die noch nicht der Korallenbleiche zum Opfer gefallen waren. Die drei hatten wirklich keine Ahnung, wie man mit der Tarierweste umging und sanken entweder wie Steine auf den Grund oder schossen wie ein Ballon an die Wasseroberfläche. Ließ man sie zu nah an die Korallen heran, würden sie wie eine Dampfwalze hindurchfahren. Das wollte ich sowohl den Korallen als auch den Damen ersparen, denn obwohl sie vom Tauchen keine Ahnung hatten, lagen ihnen die Meeresbewohner am Herzen. Sie konnten sich wie kleine Kinder an den bunten Nacktschnecken erfreuen oder sprachen Stunden später noch mit großer Begeisterung von dem niedlichen Geisterfetzenfisch, eine Art Seepferdchen, den ich ihnen gezeigt hatte. An Haien, Mantarochen, Muränen oder sonstigen Großfischen, die die meisten Taucher wie Großwildjäger erspähen wollten, waren sie nicht interessiert. Was sie mir auf Anhieb sympathisch gemacht hatte.

»Carola und Suse, ihr beide seid heute Buddies. Und Heike und ich sind ein Team.« Ich blickte die drei an, die wie Hühner auf der Leiter auf der Reling saßen.

»Carola? Alles klar bei dir?«

Sie machte in der Tat einen etwas unglücklichen Eindruck und hatte Angst davor, sich rücklings ins Wasser fallen zu lassen. Doch der Wellengang war heute zu heftig, um sie stehend über die Reling ins Wasser zu schicken. Womöglich wäre sie einfach rücklings zurück aufs Deck geplumpst und hätte sich ernsthaft verletzt. Ihre Augen schauten mich ängstlich durch die Taucherbrille an, die sie bereits aufgesetzt hatte.

»Mmpf …. Schuuusch … mmmpf …«

Der Lungenautomat befand sich in ihrem Mund, was die Unterhaltung etwas einseitig machte. Beruhigend legte ich ihr die Hand auf die Schulter.

»Ich bin gleich hinter dir. Lass dich einfach fallen und dann nach oben treiben.«

Zur Sicherheit blies ich ihre Weste noch ein wenig mehr auf. Sie machte tapfer das Okay-Zeichen und schloss die Augen.

»Vergiss nicht, deine Brille festzuhalten.«

Sie öffnete wieder die Augen und sah mich fragend an. »Die Brille, Carola.«

Sie nickte eifrig und drückte ihre rechte Hand nun heftig gegen ihre Taucherbrille, damit sie beim Aufprall auf dem Wasser nicht verrutschte. Mit einem letzten Atemzug ließ sie sich ins Leere plumpsen. Ich blickte hinunter, sah sie kurz strampeln und schließlich erleichtert den Kopf über Wasser recken. Ich lächelte hinunter zu ihr.

»Siehst du? War gar nicht schlimm. Wenn du das noch ein paar Mal machst, willst du gar nicht mehr anders ins Wasser.«

Sie versuchte tatsächlich zu lächeln, gab mir erneut das Okay-Zeichen und schwamm dann vorschriftsmäßig ein paar Meter vom Boot weg. Ich wandte mich an die beiden anderen.

»Versucht immer dicht hinter mir zu bleiben, wenn wir unten sind, okay?«

Sie nickten, dann waren auch sie im kristallklaren Wasser der Andamanensee verschwunden. Ich blickte mich kurz um zu Chris, der mit den beiden Neureichen auf der anderen Seite des Bootes beschäftigt war. Auch sie waren bereit für ihren Tauchgang. Chris nickte mir knapp zu.

»Tung lässt uns drüben beim Nord-Tilla raus. Da ist es nicht so voll. Wir kommen dann am Ende des Tauchgangs rüber zu euch.«

Ich nickte.

»Alles klar.«

Vielleicht hatte Chris ja recht und die beiden waren gar nicht so schrecklich, wie ich vermutete. Vor allen Dingen konnten wir tatsächlich eine kleine Finanzspritze gebrauchen. Ein bisschen Freundlichkeit konnte da jedenfalls nicht schaden.

»Wenn ihr Glück habt, seht ihr die Weißspitzenriffhaie. Chris ist bekannt für sein Gespür bei Haien.«

Das Pärchen musterte mich mit einem abschätzigen Blick und schien kein Interesse an mir zu haben oder an dem, was ich zu sagen hatte. Nun gut, Freundlichkeit wurde eben oft überschätzt.

Ich setzte die Brille auf, stieg von der Bank auf die Reling und machte einen Schritt ins Leere. Sekunden später umfing mich das klare türkisblaue Wasser und mich überkam dieses wohlige Gefühl, endlich wieder in meinem Element zu sein.

Ich weiß nicht mehr, wann ich mir klar darüber geworden war, dass ich mein Leben, wann immer es möglich war, unter Wasser verbringen wollte. Meine Mutter behauptet immer, dass mein Vater daran schuld sei. Er schenkte mir zu meinem sechsten Geburtstag einen Ausflug ins Sea Life Aquarium am Timmendorfer Strand, das gerade eröffnet worden war. Nur er und ich und Tausende von bunten Fischen, die in riesigen Aquarien schwammen. Dazu natürlich Eis und Pommes und Cola, bis mir schlecht wurde. Inzwischen bevorzugte ich es allerdings, die Fische in ihrer natürlichen Umgebung zu erleben. Und dazu bekamen wir heute reichlich Gelegenheit.

Im gemächlichen Tempo führte ich meine Gruppe auf knapp vierzehn Metern an der steil aufragenden Wand des Tillas entlang. Das regelmäßige Blubbern ihrer Atemzüge drang gedämpft an meine Ohren und versicherte mir, dass sie knapp hinter mir sein mussten. Wir hatten es ohne große Zwischenfälle einmal fast um den riesigen Steinblock geschafft, der wie ein Turm zwanzig Meter vom Meeresboden fast bis an die Wasseroberfläche ragte. Die Korallenbleiche hatte auch ihm zugesetzt. Doch die Schutzmaßnahmen, die die Behörden ergriffen hatten und die dafür sorgten, dass nur noch von November bis April hier getaucht werden durfte, zeigten ihre positive Wirkung. Das fragile Gebilde aus Hart- und Weichkorallen begann sich langsam zu erholen. Und mit der Farbe kehrten auch die bunten Meeresbewohner zurück. Ich entdeckte zwischen den Fächern einer buschigen Geweihkoralle das auffällige gelbblaue Muster einer Nacktschnecke und drehte mich zu meinen Begleiterinnen um, die mir wie Entenküken folgten. Sie musterten das Tier aufmerksam, das aussah, als wäre es einem verrückten Gemälde Salvador Dalís entsprungen, und ich konnte ihre Begeisterung für dieses kleine Wunder der Natur spüren. Aufmerksam schaute ich ins tiefe Blau des Wassers hinter uns. Die Sicht war gut, und ich hoffte, einen der Napoleon-Fische, die sich normalerweise hier herumtrieben, zu sehen. Ich war mir sicher, die drei Damen wären über eine Begegnung begeistert. Diese großen blaugrünen Korallenbewohner mit ihrer merkwürdigen Wulst auf der Stirn (der sie ihren Namen verdankten) und die sich mit majestätischer Langsamkeit zwischen den Korallen bewegten, waren jedes Mal ein Highlight. Wenn man denn einen zu Gesicht bekam. Doch von diesen gemütlichen Riesen war heute Morgen keiner zu entdecken. Stattdessen erkannte ich knapp zehn Meter unter uns den flügelhaften Umriss eines Mantarochens, was einer kleinen Sensation gleichkam. Sie kamen selten so nah an die Riffe heran und bevorzugten eher offene Gewässer. So wie es aussah, hatten wir mehr Glück, als ich gehofft hatte. Ich drehte mich wieder zu den Damen um, die noch immer fasziniert die Nacktschnecke beobachteten, und schlug mit meiner Taschenlampe gegen die Pressluftflasche, um mich bemerkbar zu machen. Sofort blickten sie auf, und ich deutete auf den Rochen, der mit einer Spannweite von vier Metern unter uns wie ein Fabelwesen aus einer anderen Welt durch das Blau des Wassers zog. Es war jedes Mal ein atemberaubender Anblick. Zwei kleinere Rochen folgten dem Giganten und ihre sanften Flügelschläge schienen sie wie riesige Adler durchs Wasser zu tragen. Langsam zogen sie an uns vorbei und waren so nah, dass ich ihnen in die Augen blicken konnte. Allein für diesen Anblick hatte sich der Tauchgang gelohnt, und ich wusste, dass die drei Damen sicherlich noch Monate später von ihrer Begegnung sprechen würden. Was mich ehrlich freute.

Kurz darauf tauchten unter mir die neongelben Flossen und die tigerfarben gemusterte Pressluftflasche von Chris auf. Er war mit seiner Gruppe knapp unter mir und dürfte die Mantas nicht gesehen haben. Was für ein Pech auch, dachte ich mit einer Spur Schadenfreude.

Ein Blick auf meine Pressluftanzeige zeigte, dass es Zeit war, bei meinen Begleiterinnen nachzufragen, wie es mit ihrer Atemluft aussah. Suse, Heike und Carola verbrauchten ungefähr dreimal so viel Atemluft bei einem Tauchgang wie ein geübter Taucher. Was nicht nur daran lag, dass sie viel zu schnell atmeten. Sie bliesen alle zwei Minuten auch ihre Tarierwesten auf, um im nächsten Moment die Luft wieder abzulassen, um einen halbwegs schwebenden Zustand zu erreichen. Dass man dies eigentlich über das Atmen regulieren sollte, hatte ihnen bislang niemand richtig erklärt. Vielleicht sollte ich sie doch noch davon überzeugen, ihren Tauchkurs bei uns in der Tauchschule zu wiederholen. Doch ich bezweifelte, dass Stevie ihnen einen Rabatt geben würde, so nett sie auch waren. Als die drei mir etwas umständlich gezeigt hatten, dass ihre Flaschen auf dreißig Prozent waren, machte ich das Zeichen für den Aufstieg. Wir waren fast genau unter unserem Tauchboot in zehn Meter Tiefe, und ich ließ mich langsam nach oben treiben und gab das Tempo unseres Aufstiegs vor.

Knapp unter mir beobachtete ich Chris mit seinen Begleitern, die sich im hellen Sand des Meeresbodens niedergelassen hatten. Während Chris der Frau ein paar Pilzkorallen zeigte, die wie Goldtaler verstreut im Sand lagen, hatte der Mann eine Meeresschildkröte entdeckt, die nur zwei Meter von ihnen entfernt langsam mit majestätischer Schönheit durchs Wasser glitt. Es war ein großes Exemplar, so ziemlich das größte, das ich an dieser Stelle jemals gesehen hatte. Sie musste neu im Revier sein. Vermutlich hatte sie sich deshalb ohne Scheu den merkwürdigen Gestalten genähert, die, im Gegensatz zu ihr, ungelenk durchs Wasser glitten. Ohne zu zögern, schwamm der Mann auf das Tier zu. Sein Interesse an Korallen war wohl eher oberflächlich. Er hatte die Schildkröte erreicht und versperrte ihr nun den Weg, um ein möglichst gutes Selfie mit ihr schießen zu können. Ob der Mann wusste, dass Meeresschildkröten über äußerst kräftige Kiefermuskeln verfügten? Ein Exemplar dieser Größe konnte mühelos den Unterarm eines Mannes durchbeißen, als wäre es ein Stück Holz.

Die Schildkröte war allerdings die Gelassenheit in Person, sozusagen der Buddha unter den Meeresbewohnern. Sie wich seitlich aus, um gelangweilt an ein paar abgestorbenen Korallen zu knabbern. Ich sah die weißen Wölkchen aus Kalksandstein aufwirbeln und für einen Moment glaubte ich, damit wäre die Sache erledigt. Der Mann schien jedoch noch nicht zufrieden mit seiner Fotoausbeute zu sein und bedrängte das Tier weiter. Ich blickte zu Chris, der nicht mitzubekommen schien, was da bei ihm los war. Ein Blick nach oben zeigte, dass meine drei Schützlinge die Wasseroberfläche erreicht hatten und dort nun mit aufgeblasenen Westen dümpelten. Gut, es wurde Zeit, dem Blödmann zehn Meter unter mir klarzumachen, dass sein Verhalten zu wünschen übrig ließ.

Kopfüber stieg ich hinab und hatte ihn mit zwei Flossenschwüngen fast erreicht, als es noch schlimmer wurde. Die Schildkröte verlor verständlicherweise langsam die Geduld mit diesem aufdringlichen Wesen und wollte hinaus ins offene Wasser flüchten, um ungestört ihrem Tagwerk nachgehen zu können. Was den aufgeblasenen Typen dazu veranlasste, mit beiden Händen den Panzer des Tieres zu greifen, um sich von ihr durchs Wasser ziehen zu lassen. Verzweifelt versuchte das Tier den ungebetenen Gast wieder loszuwerden, was den Mann nur noch mehr anzuspornen schien.

Endlich hatte ich die beiden erreicht und packte den Mann an seiner Pressluftflasche. Erschrocken ließ er endlich die Schildkröte los, und zwei überraschte dunkle Augen starrten mich durch seine Taucherbrille an. Ich zeigte ihm an, dass es Zeit war aufzutauchen, damit ich ihm ordentlich die Meinung sagen konnte. Er verstand mich ganz genau, deutete ein Kopfschütteln an und wollte dann doch lieber wieder der Schildkröte hinterher, die sich erschöpft am Meeresboden niedergelassen hatte. Ich hielt ihn energisch fest und deutete in Richtung Wasseroberfläche. Anscheinend war er nicht damit einverstanden, dass ich seinem absurden Vergnügen ein Ende bereitete, denn ich sah Zorn in seinen Augen aufflackern. Neben mir tauchte endlich Chris auf, der auf uns aufmerksam geworden war. Auch ihm machte ich klar, was ich wollte und deutete den Aufstieg an. Einen kurzen Moment überlegte er, dann gab er mir das Okay-Zeichen. Sein Gast war weniger einsichtig. Er gehörte offensichtlich zu dem Typ Mann, dem man nicht vorschrieb, was er zu tun oder zu lassen hatte. Erst recht nicht, wenn die Vorschriften von einer Frau kamen. Nun gut, wenn er es nicht auf die leichte Tour lernen wollte, dann eben auf die harte. Während er wieder der Schildkröte hinterher wollte, griff ich hinter seinem Rücken zur Pressluftflasche und drehte die Luftversorgung ab. Wir waren etwa in zehn Meter Tiefe, und wenn der Typ tatsächlich seinen Tauchschein gemacht und ihn sich nicht einfach irgendwo gekauft hatte, dann würde er gleich die Gelegenheit bekommen, einen Notaufstieg zu üben. Es dauerte keine zehn Sekunden, bis er merkte, was los war. Seine Hände griffen an den Lungenautomaten in seinem Mund und zerrten daran, so als könne er die fehlende Atemluft mithilfe reiner Muskelkraft herbeizaubern. Ich sah die Panik in seinen Augen, positionierte mich direkt vor ihn und hielt ihm meinen Ersatzautomaten vor die Nase. Ohne zu zögern, griff er zu, riss sich seinen nutzlos gewordenen Automaten aus dem Mund und nahm zwei, drei hektische Atemzüge. Ich hielt ihn an der Weste fest, damit er nicht vor lauter Panik wie ein Ballon an die Wasseroberfläche schoss, und begann langsam, im Tempo der aufsteigenden Luftblasen, den Aufstieg. Ob er wollte oder nicht, der Mann musste mir nun folgen und sich von dem Spaß mit der armen Schildkröte verabschieden. Was ihm vermutlich alles andere als gefallen würde. Chris und die Frau folgten uns und aus den Augenwinkeln sah ich, wie die hellen Augen meines Freundes mich düster anstarrten. Wir wussten in diesem Moment wohl beide, dass ich mir mit meiner Aktion keinen Freund gemacht hatte.

Kapitel 3

»Verdammt, Liv!«

Stevie Groning, eine sonnen- und wettergegerbte Holländerin, die die meiste Zeit ihres fast sechzigjährigen Lebens auf und unter Wasser zugebracht hatte, sah mich so wütend an, wie ich es noch nie bei ihr erlebt hatte.

»Weißt du eigentlich, was du damit angerichtet hast?«

»Ich hab dafür gesorgt, dass dieser Typ nie wieder eine Schildkröte anfasst.«

Ich war ebenfalls sauer. Und das lag nicht nur an dem Wutausbruch meiner Chefin (seit ungefähr fünf Minuten war sie vermutlich meine Ex-Chefin), den ich über mich ergehen lassen musste. Selbst mit ihrem lustigen holländischen Akzent war das, was sie mir an den Kopf geworfen hatte, alles andere als schmeichelhaft gewesen.

Stevie schaute zu Chris, der mit zusammengebissenen Zähnen unsere Unterredung stumm verfolgte. Er war ähnlich verärgert wie Stevie.

»Ist sie wirklich so naiv? Oder einfach nur zu dumm, um zu kapieren, was Sache ist.«

»Vermutlich beides.« Mein Freund war weit davon entfernt, mir zur Seite zu stehen. Wie mir schon bei unserer Rückfahrt zum Resort aufgefallen war.

Statt dem neureichen Schnöselpaar ordentlich die Meinung zu sagen, hatte er versucht, sie mit irgendwelchen fadenscheinigen Ausreden zu beruhigen. Er hatte von einem technischen Defekt geredet, einem blöden Missverständnis und gleich mehrfach darauf hingewiesen, dass ich noch nicht allzu lange als Tauchguide arbeitete. Dabei ignorierte er wissentlich die Tatsache, dass ich fast doppelt so viele Tauchgänge in meinem Leben absolviert hatte wie er. Die anderen Gäste auf dem Boot schwiegen bedrückt, als der Typ lautstark und mit nicht ganz jugendfreien Worten auf mich einprügelte und mit ernsthaften Konsequenzen wie der Polizei, einem thailändischen Knast und russischen Schlägertruppen drohte. Ich war nicht gerade beeindruckt und hatte mit stoischer Ruhe die Schimpftirade über mich ergehen lassen. Irgendwann hatte der Typ sich wieder besser im Griff, und Chris saß mit dem Paar vorn im Bug des Schiffes und redete beruhigend auf die beiden ein, während ich mich zu Tung an den Steuerstand zurückgezogen hatte.

An der Anlegestelle unseres Resorts wartete bereits Stevie auf unsere Ankunft. Und auch sie sah alles andere als glücklich aus.

»Mein Gott, Stevie, mir sind eben die Nerven durchgegangen. Du kennst doch diese Typen. Die haben vor nichts und niemandem Respekt und benehmen sich, als würden ihnen allein die Riffe gehören.«

Wir standen in Stevies Büro, das in einer der größeren Beachfront-Villen im malerischen Garten des Luxusresorts untergebracht war und in der sich auch die Unterrichtsräume der Tauchschule und das Lager mit dem Equipment befanden. Normalerweise wurden die Büro- und Schulungsräume von unseren Tauchgästen belagert, die begeistert von ihren

Ausflügen erzählten, die nächste Tour planten oder einfach nur mit ihren Buddies bei einem Bier oder Cocktail einen weiteren wunderbaren Tag im Paradies ausklingen lassen wollten. Heute waren sie sofort nach unserer Ankunft verschwunden, als ahnten sie, dass eine Katastrophe in der Luft lag.

Stevie sah mich kopfschüttelnd an.

»Mit diesem Typen ist nicht zu spaßen, Liv. Du glaubst doch wohl nicht ernsthaft, dass der sich mit einer kleinen Entschuldigung und einem Fünf-Gänge-Menü auf Hotelkosten wieder beruhigen lässt?«

»Warum nicht? Ihm ist schließlich nichts passiert. Außer vielleicht, dass er sich vor Angst in die Hose gemacht hat.«

Ich konnte mir ein Grinsen nicht verkneifen bei dem Gedanken, dass er tatsächlich in seinen teuer aussehenden Anzug gepinkelt hatte.

»Das ist nicht lustig.« Chris sah mich todernst an.

Ich konnte ihre Aufregung beim besten Willen nicht verstehen. Okay, das, was ich getan hatte, war vielleicht nicht besonders nett gewesen. Auch nicht gerade das, was man von einer verantwortungsbewussten Tauchlehrerin erwarten sollte. Allerdings war der Typ ebenfalls nicht besonders nett gewesen. Weder zu der Schildkröte noch zu seinen Mitmenschen an Bord unseres Tauchbootes.

»Kommt schon, Leute, ich habe ihm Angst gemacht, okay. Aber ich habe die Situation unter Kontrolle gehabt. Wir waren auf zehn Meter. Da kriegt selbst so ein Trottel wie der den Notaufstieg hin.«

Stevie sah mich einen Moment so an, als würde sie ernsthaft an meiner geistigen Gesundheit zweifeln. Dann schüttelte sie leicht den Kopf.

»Wie lange kennen wir uns schon, Liv? Sechs Jahre? Sieben Jahre?«

Sie sah mich nicht an, während sie sprach, und machte sich stattdessen an dem kleinen Safe zu schaffen, in dem die Wertsachen und das Bargeld der Tauchschule untergebracht waren.

Ich wusste nicht, worauf sie hinauswollte. »Keine Ahnung, ich glaube sieben. Warum fragst du?«

Sie blickte kurz auf, während sie in dem Safe etwas suchte.

»Weil ich das, was ich jetzt mache, nur mache, weil du die beste Tauchlehrerin bist, der ich jemals begegnet bin. Und das weiß ich zu schätzen.«

Ich tauschte einen ratlosen Blick mit Chris, der sich überfordert die Schläfen rieb, als würde ihn eine mörderische Migräne quälen, und meinem Blick auswich.

Stevie drehte sich wieder zu mir um und reichte mir einen Umschlag, in dem sich zahlreiche Dollarnoten befanden.

»Das hab ich für den Notfall aufgehoben. Sind zwei Riesen. Nimm sie.«

Ich starrte den Umschlag an und rührte mich nicht von der Stelle.

»Nun nimm schon, Liv. Und dann packst du deine Sachen. Nimm nur das Nötigste mit. Tung wird dich nach Phuket zum Flughafen bringen. Und dort steigst du in den erstbesten Flieger, der noch einen Platz frei hat. Und es ist völlig egal, wohin er fliegt, verstanden? Nur raus aus Thailand.«

Das klang reichlich überzogen.

»Ich soll einfach abhauen? Kommt schon, das ist lächerlich.«

Sie tauschte einen Blick mit Chris, den ähnliche Sorgen zu quälen schienen. Jedenfalls schloss ich das aus seinem Gesichtsausdruck.

»Sie hat recht. Du solltest sofort von hier verschwinden.«

Das sah ich überhaupt nicht ein. Was daran liegen konnte, dass ich mich von arroganten Touristen, die gerne mal mit Geldbündeln um sich warfen, nicht beeindrucken ließ.

»Jetzt kommt mal wieder runter. Ich hab mir einen Spaß erlaubt und einem wirklich miesen Typen kurz mal die Luft abgedreht.«

»Du hast einem Typen die Luft abgedreht, der genug Kohle hat, um diesen ganzen Laden hier zu kaufen. Und damit meine ich nicht nur unsere bescheidene Tauchbasis. Die bezahlt der aus der Portokasse.«

Ich begann zu ahnen, weshalb Stevie mich anschaute, als hätte mich über Nacht eine tödliche Krankheit heimgesucht.

»Ich meine das ernst, Liv.«

Stevie legte mir ihre braun gebrannte, knochige Hand auf die Schulter.

»Was glaubst du, was ein Mann mit so viel Geld hier noch alles kaufen kann? Von irgendeinem korrupten Polizisten oder Staatsanwalt mal abgesehen. Das kann ungemütlich für dich werden. Also mach, dass du so schnell wie möglich das Land verlässt.«

»Glaubt ihr wirklich, dass der …«

Ich brachte den Satz nicht zu Ende, so absurd erschien mir die Situation. Allerdings liefen die Dinge in Thailand nicht ganz so, wie man es gewohnt war, wenn man in einem idyllischen Küstenkaff an der Ostsee aufgewachsen war.

»Der Mann ist wirklich wütend auf dich, Liv. Du hast ihm nicht nur den Spaß verdorben. Du hast ihn auch lächerlich gemacht. Vor seiner Frau und den ganzen Leuten auf dem Boot. Typen wie der können damit sehr schlecht umgehen.«

Mir kam in den Sinn, dass ich nicht nur mich mit meiner Aktion in Schwierigkeiten gebracht haben könnte.

»Und was ist mit euch?«

Stevie sah es bemerkenswert entspannt. »Wenn er mich anzeigen will, schieb ich alles auf dich.«

Sie deutete auf den Umschlag in meiner Hand. »Ich behaupte einfach, du hättest mir das Geld geklaut und wärst dann weg. Wer soll mir das Gegenteil beweisen?«

Sie zupfte nachdenklich an ihrem Ohrläppchen, was sie immer tat, wenn sie intensiv über etwas nachdenken musste. »Mal sehen … glaubt ihr, ich kann den Diebstahl eventuell der Versicherung melden?«

Chris und Stevie meinten es wirklich ernst, als sie sagten, ich solle so schnell wie möglich aus dem Coral Garden Resort verschwinden, denn zehn Minuten später befand ich mich mit meinem Freund in unserem kleinen Strandbungalow und schmiss in einen altersschwachen, abgenutzten Rucksack das Nötigste, was ich für meine übereilte Abreise gebrauchen konnte. Chris hatte auf einem Reiseportal im Internet die abgehenden Flüge in Phuket gecheckt.

»Um 22.30 Uhr geht noch ein letzter Touriflieger nach München, den müsstest du kriegen. Es sind noch Plätze frei. Ich hab dir eine Reservierung gemacht. Das Ticket kannst du am Schalter abholen und bar bezahlen.«

Ich sah kurz auf und war alles andere als dankbar, muss ich gestehen.

»Du kannst es wohl gar nicht abwarten, mich loszuwerden.«

Er sah kurz vom Laptop auf. »Ehrliche Antwort? Ich mache drei Kreuze, wenn dieser Flieger, in dem du dann hoffentlich sitzt, abhebt.«

Ich sah ihn verletzt an. Wir kannten uns seit etwas mehr als vier Jahren. Ich hatte ihn auf einer Tauchbasis auf der Sinai-Halbinsel kennengelernt, wo wir zusammen als Tauchlehrer arbeiteten. Wir hatten uns erst angefreundet und schnell gemerkt, dass wir die gleichen Vorlieben und Abneigungen hatten, was sowohl den Job als auch das Beziehungsleben betraf.

Zusammen waren wir im Anschluss drei Monate ins südliche Ägypten nach Marsa Alam gegangen, um dort in einer Basis zu arbeiten, die einem Kumpel von ihm gehörte. Zu Beginn der Wintersaison waren wir dann nach Thailand weitergezogen und ein Paar geworden. Nach drei Beziehungsjahren hätte ich mir allerdings eine andere Reaktion gewünscht. Er musste es wohl gemerkt haben und stand mit einem schuldbewussten Blick auf.

»Du weißt, wie ich das meine, Liv.«

»Nein«, ich zog mit einem Ruck den Verschluss meines Rucksacks zu und hoffte, der altersschwache Stoff würde noch eine Weile halten, »weiß ich nicht.«

Er stand vor mir, nahm mir den Rucksack aus der Hand und hielt mich an den Händen. »Ich bin froh, wenn du weg bist, weil ich mir ansonsten ganz furchtbare Sorgen um dich machen würde.«

Ich versuchte, ihm meine Hände zu entziehen, doch er hielt mich fest.

»Es war dumm, was du mit diesem Typen gemacht hast. Ziemlich dumm sogar, auch wenn ich verstehen kann, warum du es getan hast.«

Ich sah auf und blickte in seine grauen Augen, die fast durchscheinend waren.

»Warum hast du mich nicht verteidigt, als dieser Idiot mich beschimpft hat? Warum warst du auch noch so verständnisvoll und bist ihm in den Arsch gekrochen?«

Es hatte mich tatsächlich verletzt, obwohl ich die Antwort auf meine Frage schon kannte.

»Es hätte alles nur noch viel schlimmer für dich gemacht. Der Typ hat sich jetzt etwas beruhigt und wird vermutlich erst morgen früh auf die Idee kommen, dir das Leben in Thailand zur Hölle zu machen.«

Ich wollte etwas erwidern, doch Chris unterbrach mich mit einer Geste.

»Selbst wenn er dir nicht die Polizei auf den Hals hetzt, wird er dafür sorgen, dass du hier unten nie wieder einen Tauchjob bekommst. Und er wird dich vermutlich verklagen und Schmerzensgeld fordern, oder was weiß ich.«

Ich stöhnte auf.

»Darauf würde ich es gerne ankommen lassen. Der hat sich am Riff wie ein Arsch aufgeführt. Das ist auch strafbar.«

»Ja, ich weiß. Im Gegensatz zu dir bezahlt der sein Bußgeld aber mit links.«

Womit er nicht ganz unrecht hatte.

Ich ließ mich aufs Bett plumpsen und vergrub das Gesicht in den Händen.

»Was soll ich verdammt noch mal jetzt in Deutschland?« Ich sah zu ihm auf. »Ich war noch nie in München.«

Er lächelte und in seinen Augen erkannte ich tatsächlich Mitgefühl.

»München ist schön. Hab ich zumindest gehört.«

Er nahm den Rucksack vom Bett, um sich neben mich zu setzen und mir den Arm um die Schultern zu legen. Sanft küsste er mich auf die Schläfe, und das schenkte mir tatsächlich etwas Trost.

»Ich schicke dir deine Tauchsachen nach, sobald ich kann. Und dann schaue ich, wo wir in der nächsten Saison unterkommen können. Vielleicht hat Marc wieder einen Job in Ägypten für uns. Er schuldet mir noch einen Gefallen.«

Ich lachte bitter auf. »In Marsa Alam geht die Saison erst im Herbst richtig los. Was soll ich denn in der Zwischenzeit machen?«

Chris zuckte mit den Schultern.

»Warum besuchst du nicht deine Familie?«

Ich stöhnte erneut auf.

»Ach, komm schon, Liv. Deine Leute sind nett. Jedenfalls die, die ich bislang kennengelernt habe.«

Tatsächlich hatte uns meine jüngere Schwester Smilla zusammen mit meiner Mutter vor drei Jahren in Khao Lak besucht, als wir dort kurz auf einer Tauchbasis gearbeitet hatten. Meine beiden Schwestern hatten Mama die Reise zum fünfzigsten Geburtstag geschenkt, und ich hatte in dem Hotel, zu der die Tauchbasis gehörte, einen ordentlichen Rabatt ausgehandelt. Das war mein Anteil an ihrem Geschenk gewesen, denn wie immer war das Geld bei mir viel zu knapp, um wirklich etwas zur Reise beisteuern zu können. Zumindest daran hatte sich bis zum heutigen Tag nichts geändert.

Sie hatten zwei Wochen in Thailand verbracht, hatten am Pool gelegen oder waren mit uns zum Schnorcheln rausgefahren. Am Abend luden sie mich und Chris zum Abendessen in eine Strandbar ein und erzählten so unglaublich viel, dass ich fast nie zu Wort kam. Auch das war etwas, was sich im Laufe der Jahre nicht geändert hatte. In meiner Familie interessierte sich ganz offensichtlich niemand für das, was ich zu sagen hatte. Ich liebte sie, das war unbestritten, aber nach vierzehn Tagen war ich froh, dass sie wieder abreisten. Mein Leben und das ihre daheim in Brodershöved hatten nicht mehr viel gemeinsam. Ich war mir vorgekommen wie ein Alien, der sein Leben in einer anderen Galaxie, Lichtjahre von ihnen entfernt, verbrachte.

»Ich bin mir nicht sicher, ob sie sich freuen werden, mich zu sehen.«

Chris gab mir wieder einen Kuss, diesmal auf den Mund.

»Das werden sie bestimmt. Vielleicht findest du den Sommer über ja einen Job an der Küste.«

Ich lächelte schief. »Höchstens als Kellnerin. Die Ostsee ist nicht gerade ein Tauchparadies.«

Das schien Chris nicht wirklich zu beeindrucken.

»Ein bisschen Geld verdienen schadet nie. Und du kannst umsonst bei deiner Familie wohnen. Ich finde, du hättest es auch schlimmer erwischen können.«

»Wie gesagt, du kennst nicht meine *ganze* Familie.« Womit ich hauptsächlich Anneke meinte. Meine ältere Schwester war noch immer mein persönlicher Albtraum. Und ich konnte mir in diesem Moment vorstellen, dass ein Aufenthalt im Thai-Knast wesentlich angenehmer war, als drei Monate mit ihr und ihrer Musterfamilie unter einem Dach zu leben.

Chris sprang auf und klatschte in die Hände.

»Komm, du musst los. Tung wartet bestimmt schon.«

Ich nickte und beschloss, mein Schicksal so tapfer anzunehmen wie ein unschuldig zum Tode Verurteilter nach der Urteilsverkündung.

»Begleitest du mich noch zum Flughafen?«

Ich nahm ihn in den Arm und hielt mich wie eine Ertrinkende an ihm fest. Er fuhr mir sanft übers Haar und klemmte eine Strähne meiner dunklen Locken hinters Ohr.

»Ich bleibe lieber hier. Sonst fliegt unsere Story von der heimlichen Abreise nur auf.«

Er machte sich von mir los, und für einen Moment glaubte ich, so etwas wie Erleichterung in seinem Gesicht zu erkennen.

»Ich setze mich an die Bar, wo der Typ mich den ganzen Abend über sehen kann. Dann schöpft er keinen Verdacht.«

Das klang zwar vernünftig, aber alles andere als tröstend. Ich versuchte, meine Stimme nicht allzu bitter klingen zu lassen.

»Wäre bestimmt das Beste.« Ich schnappte mir den Rucksack. »Das Beste für dich.«

Er sah mich nur mit einem leichten Vorwurf im Blick seiner hellen Augen an und kommentierte es nicht weiter. Vermutlich wusste er, dass ich die Wahrheit ausgesprochen hatte.

Die Fahrt zum Flughafen dauerte zweieinhalb Stunden, und ich saß mit einer Handvoll Rucksack-Touristen, die ebenfalls die späte Maschine nach München bekommen wollten, in Tungs Taxi. Seine Familie unterhielt nicht nur einen Bootsverleih, sondern war auch im thailändischen Fahrgeschäft aktiv. Allerdings war die Bezeichnung *Taxi* für sein Gefährt ziemlich schmeichelhaft. In einem früheren Leben musste es wohl mal ein kleiner Viehtransporter gewesen sein, auf dessen Ladefläche man grob gezimmerte Holzbänke angebracht hatte. Sicherheitsgurte suchte man vergeblich, und es bestand die Gefahr, in der nächsten engen Kurve über die schmale Brüstung hinaus auf die staubige Piste zu fallen. Ich hielt mich an einer der Querstangen fest, während wir durchgeschüttelt wurden und betrachtete ein letztes Mal den Sonnenuntergang unten am Strand, während Tung sein Gefährt die Serpentinen hoch zur Hauptstraße quälte. Mich überkam tatsächlich Wehmut. Die vergangenen drei Jahre hier waren schön gewesen, was nicht nur an Chris gelegen hatte. Das Land und die Menschen hatten mir gefallen. Auch wenn es schönere Tauchspots auf der Welt gab. Man konnte hier entspannt und billig leben und das tropische, warme Klima war eine Wohltat, wenn man wie ich im nasskalten Norden Deutschlands aufgewachsen war. Was mich wohl in meiner Heimat erwarten würde? War es überhaupt noch meine Heimat?

Seit dem Tag, als mich Jewe Jaspers an einem nebligen Novembermorgen auf der Landstraße hatte sitzen lassen, war ich nicht mehr dort gewesen. Was nicht allein seine Schuld war, muss ich gestehen.

Tatsächlich hatte ich seit Jahren nicht mehr an ihn gedacht, so wie es mir Thies damals im Auto vorhergesagt hatte. Nach meinem Work-and-Travel-Jahr in Australien, wo ich die meiste Zeit bei einer NGO beschäftigt war, die die Folgen der Klimaerwärmung am Great Barrier Reef dokumentierte, war ich nicht wieder zurück nach Deutschland geflogen. Viel lieber war ich mit zwei anderen Freiwilligen, die ich bei der NGO kennengelernt hatte, auf die Malediven gezogen, wo man uns einen Job als Tauchguides angeboten hatte. Gegen Kost und Logis.

Es war der Beginn meiner Laufbahn als professionelle Tauchnomadin. Ich sah damals einfach keinen Sinn mehr darin, mein Leben an der Uni in Kiel mit einem Biologie-Studium zu verplempern, wie ich es eigentlich geplant hatte. Ich wollte die Welt sehen, meine eigenen Entscheidungen treffen, Abenteuer erleben und möglichst viele coole Typen kennenlernen. Meiner Familie hatte ich meinen Entschluss damals über Skype mitgeteilt, was nicht gerade zu Begeisterungsstürmen geführt hatte.

Ich weiß nicht mehr, an welchem Punkt genau ich den Absprung in ein normales Leben, so wie es meine Schwestern Anneke oder unser Nesthäkchen Smilla führten, verpasst hatte. Es gab kein lebensveränderndes Ereignis, das dazu geführt hätte. Keinen festen Entschluss, sich gegen die Konventionen eines bürgerlichen Lebens zu entscheiden. Ich mochte einfach den Job als Tauchguide auf den Malediven. Ich genoss es, das zu machen, was ich liebte – das Tauchen. Und ich wurde gut darin. Als Tauchlehrerin (eine Ausbildung, die mir meine Mutter heimlich finanziert hatte, ohne dass meine Schwestern etwas ahnten) bekam ich so gut wie überall auf der Welt einen Job, auch wenn er mies bezahlt war. Nach zehn Jahren hatte ich fast viertausend Tauchgänge vorzuweisen, was bedeutete, dass ich mehr oder weniger jeden einzelnen Tag seit meinem neunzehnten Geburtstag unter Wasser verbracht hatte. Ich war die Meerjungfrau geworden, die ich als Kind immer hatte sein wollen.

Ich weiß nicht mehr, wann genau Chris damit angefangen hatte. Vielleicht lag es an seinem Alter. Er war fast zehn Jahre älter als ich, und kurz vor seinem vierzigsten Geburtstag begann er davon zu sprechen, irgendwo sesshaft zu werden. Er traf damit bei mir einen Nerv. Ich hatte immer noch Spaß am Tauchen, mochte es, meine Anfänger mit den Schönheiten der Unterwasserwelt vertraut zu machen, doch welche Perspektive bot dieses Leben auf Dauer? Würde ich, wenn ich Glück hatte, so enden wie Stevie, die mit ihren sechzig Jahren in Thailand gestrandet war, sich mehr schlecht als recht mit ihrer Tauchbasis über Wasser hielt, den größten Idioten in den Arsch kriechen musste und dabei noch nicht einmal genug Geld verdiente, um sich eine richtige Krankenversicherung leisten zu können? Was dazu führte, dass sie immer einen Notgroschen im Tresor hatte, mit dem sie sich einen Heimflug nach Amsterdam leisten konnte, um dort in den Genuss eines kostenlosen Klinikbesuches zu kommen. Dass sie das Geld dafür geopfert hatte, mich außer Landes zu bringen, rechnete ich ihr hoch an. Und ich würde alles versuchen, um ihr die zweitausend Dollar so schnell wie möglich wieder zurückzuzahlen. Auch dann, wenn das mit der Versicherung für Stevie klappen sollte.

Langsam senkte sich die Dunkelheit über die Dschungellandschaft rechts und links der Straße, und die letzten Strahlen der untergehenden Sonne tauchten die malerische Bucht unter uns in spektakuläre Farben. Was auch immer nun vor mir lag, ich würde die Zeit wohl nutzen, um mir darüber klar zu werden, wie mein Leben weitergehen sollte. Und meine Beziehung zu Chris.

Die Dämmerung dauerte nur wenige Minuten und plötzlich war es stockfinster. Die Scheinwerfer des Lastentaxis durchschnitten die Dunkelheit wie Lichtschwerter und bis auf die mit Schlaglöchern geplagte Piste vor uns war nichts mehr zu erkennen. Der Abschied fiel so um einiges leichter.

Wir kamen pünktlich am Flughafen in Phuket an, und wie versprochen wartete das reservierte Ticket am Airline-Schalter auf mich. Ich versuchte, den etwas irritierten Blick der Service-Mitarbeiterin zu ignorieren, als ich ihr die Dollarnoten auf den Counter abzählte. Mit einem misstrauischen Blick auf mein spärliches Gepäck machte sie ihre Zweifel deutlich.

»Ihre Abreise ist eine spontane Entscheidung?«

Ich lächelte sie freundlich an. Sie war eine von den jungen, deutschen Mitarbeiterinnen, die die großen Touristikunternehmen gerne mal für ein paar Jahre ins Ausland schickten, um sie vor Ort für einen Hungerlohn für sich arbeiten zu lassen.

»Ja, sehr spontan, um es genau zu sagen.«

Sie musterte mich kritisch, und ich bemerkte, wie sie einen verstohlenen Blick auf das Sicherheitspersonal warf, das am Durchgang zu den Gates die Eingänge überwachte.

Ich nahm meine Bordkarte entgegen, sammelte meinen Pass wieder ein und versuchte dabei, möglichst frustriert zu klingen.

»Wenn einem der Verlobte kurz vor der Hochzeit gesteht, bereits zwei Kinder und eine Frau zu haben, neigt man zu spontanen Reaktionen, oder was meinen Sie?«

Die Frau sah mich überrascht an. »Autsch. Das ist bitter.«

»Ist es. Allerdings auch wieder nicht. Es hätte noch schlimmer kommen können.«

Sie hob interessiert die perfekt gezupften Augenbrauen. »Ach, ja?!«

»Er hätte es mir nach der Hochzeit sagen können.« Ich zuckte mit den Schultern. »Allerdings bin ich mir nicht sicher, ob er das dann auch überlebt hätte.«

Zufrieden registrierte ich, wie jeder Rest von Skepsis aus ihrem Blick verschwunden war. Es gab nichts Zuverlässigeres als die Solidarität betrogener Frauen. Auch wenn das, wie in meinem Falle, nicht ganz der Wahrheit entsprach.

»Warten Sie einen Moment. Kann ich noch mal die Bordkarte sehen?«

Sie zwinkerte mir verschwörerisch zu. Ich war etwas irritiert, als sie sie kurzerhand zerriss, um dann etwas in ihren Computer zu tippen und eine neue Bordkarte auszudrucken. Schließlich reichte sie mir den neuen Ausdruck.

»Ich habe leider gerade erst gesehen, dass wir überbucht sind.«

Ich hatte ein Upgrade in die Business Class ergattert.

Sie lächelte verschwörerisch.

»Ich wünsche Ihnen einen angenehmen Flug.« Das Grinsen wurde breiter. »Und seien Sie froh, dass Sie den Idioten los sind.«

Das schlechte Gewissen, sie belogen zu haben, ließ meine Ohren vor Scham rot glühen.

»D… danke … das ist wirklich sehr nett von Ihnen.«

Sie lächelte erneut, und ich machte mich umgehend auf zum Security-Check. Ansonsten hätte ich ihr womöglich doch noch gestanden, dass ich es mit der Wahrheit nicht ganz genau genommen hatte.

Kurz darauf hatte ich die Sicherheits- und Passkontrolle ohne weitere Zwischenfälle hinter mich gebracht und wartete in einem Pulk braun gebrannter und aufgekratzter Urlauber in bunten Sommerklamotten und mit reichlich Souvenirs bepackt am Gate auf das Boarding. Die Maschine stand schon vor der Gangway und man konnte ihren hellen, mit dem bunten Logo der Fluggesellschaft bemalten Rumpf im Licht der Flughafenbeleuchtung erkennen. Ich ergatterte einen freien Sessel ganz am Ende der karg ausgestatteten Halle und ließ mich erschöpft nieder. Unter all den europäischen Touristen, die hauptsächlich aus Deutschland kamen, fiel ich nicht weiter auf und niemand nahm Notiz von mir.

Vielleicht wäre es jetzt an der Zeit, Chris darüber zu informieren, dass meine Flucht geglückt war. Mehr oder weniger. Also kramte ich nach meinem Handy und mir fiel auf, dass ich es bei meinem übereilten Aufbruch im Strandbungalow vergessen hatte, da ich es an die Stromversorgung angeschlossen hatte, um den Akku aufzuladen. Mist! Es bedeutete nicht nur, dass ich mich nun nicht mehr von Chris verabschieden, sondern auch, dass ich meine Familie nicht auf meinen Besuch vorbereiten konnte. Sie würden sich von mir überraschen lassen müssen. Ich hoffte, sie würden positiv überrascht sein. Sicher war ich mir allerdings nicht.

KAPITEL 4

»Nee, das können Sie vergessen. Der Zug hält schon seit einer Ewigkeit nicht mehr in Allershöved. Da müssen Sie über Kappeln fahren.«

Ich sah den Mitarbeiter der Bahn im Hauptbahnhof von Hannover etwas mürrisch an, was dem Umstand geschuldet war, dass ich seit meiner Ankunft in München bereits eine wahre Odyssee hinter mir hatte, um überhaupt so weit in Richtung Norden zu kommen.

»Über Kappeln ist es aber ein riesiger Umweg nach Brodershöved.«

»Ich fürchte, junge Frau, das ist Ihr Problem.«

Womit er nicht ganz unrecht hatte.

»Und was soll ich jetzt machen?«

Er sah mich mit einem tiefen Seufzer an. Vermutlich machte ich einen so erschöpften Eindruck, dass er tatsächlich Mitleid mit mir hatte.

»Also an Ihrer Stelle, ja, da würde ich mal nach Alternativen schauen. Zum Beispiel nach einem Bus.«

»Einem Bus?«

»Ja, einem Bus.« Er beugte sich etwas vor und sah mich verschwörerisch an. »Ich darf Ihnen das eigentlich nicht sagen. Verstößt gegen unsere Vorschriften. Aber der Fernbus um fünfzehn Uhr klappert die ganze Strecke an der Küste ab. Bis hoch nach Allershöved. Dauert zwar auch eine Ewigkeit, aber von dort aus ist es nur noch ein Katzensprung nach Brodershöved.«

Der Fernbus war mir neu. Zu meiner Zeit hatte es das noch nicht gegeben.

»Okay. Und wo fährt der Bus ab?«

Er sah mich mit großen Augen an.

»Sie waren wohl lange nicht mehr hier?«

»Allerdings.« Ich nickte matt.

Die Schlange hinter mir mit weiteren ratsuchenden Reisenden war mittlerweile auf eine beträchtliche Länge angewachsen und ich schaute mich mit einem entschuldigenden Lächeln um, während er mir einen Flyer reichte, auf dem das Bahnhofsgelände und die Umgebung abgebildet waren.

»Hier. Können Sie nicht verpassen.«

Mit einem Kugelschreiber kringelte er eine Stelle ein, die mit ZOB angegeben war, und damit war die Sache für ihn erledigt.

»Willkommen daheim. Der Nächste, bitte.«

Wie sich herausstellen sollte, war der Tipp mit dem Fernbus nicht der schlechteste und ich bedankte mich innerlich bei dem gestressten Mitarbeiter der Deutschen Bahn, der es vermutlich nicht ganz leicht hatte in seinem Berufsleben. Zwar mussten wir alle halbe Stunde einen Halt machen und ab Hamburg fuhr der Bus die alte Küstenstraße hoch, die jetzt Ende April fast nur von Einheimischen oder den Bauern mit ihren riesigen, schweren Traktoren genutzt wurde, doch so hatte ich mehr als genug Zeit, mich daran zu gewöhnen, wieder in meiner alten Heimat zu sein.

In den vergangenen Jahren hatte ich fast nur in Gegenden gelebt, wo die Jahresdurchschnittstemperatur bei überaus angenehmen zwanzig Grad lag und es im Grunde nur zwei Jahreszeiten gab: heiß und trocken und heiß und feucht. Ich hatte fast vergessen, wie es war, wenn man tatsächlich Herbst, Winter und Frühling erleben konnte. Also starrte ich wie ein kleines Kind gebannt durch das Busfenster auf die Felder und die alten Obstbaumalleen, die die Landstraße säumten. Für Anfang April musste es ungewöhnlich warm gewesen sein, denn die Bäume standen bereits in voller Blüte und die zarten rosafarbenen und weißen Knospen hingen zu Tausenden in den uralten Ästen.

Was mich jedoch mehr als alles andere berührte, war der Anblick der leuchtend gelb blühenden Rapsfelder, die sich zwischen dem satten Grün der Bäume und Wälder wie Flickenteppiche über die sanft geschwungene Landschaft zogen. Im Hintergrund war das tiefe Blau der Ostsee zu erkennen, und ich spürte plötzlich etwas, was ich lange nicht mehr gespürt hatte – Heimweh.

Als ich klein war und diese Landschaft und das Meer zu meinem Leben gehörten wie die Luft, die ich atmete, war mir die Schönheit, die vor meinen Augen lag, nicht mehr aufgefallen. Sie war schließlich immer dort und wie alles, das man tagtäglich sieht, wurde man blind für das Außergewöhnliche.

Als ich das erste Mal in meinem Leben nicht im grün-dunstigen Wasser der Ostsee tauchte, sondern im kristallklaren Pazifik und umgeben war von bunten Korallen und Fischen, die ich bis dahin nur aus dem Fernsehen kannte, als ich an endlos langen Stränden aus Pulversand in Queensland spazieren ging oder mich durch einen tropischen Urwald kämpfte, um ein uraltes Heiligtum zu besuchen, erschien mir meine Heimat im Vergleich dazu langweilig und unspektakulär. Selbst die Wüste in Ägypten mit ihren unwirklichen Felsformationen und dem unglaublich weiten, klaren Sternenhimmel schien so viel verlockender als das, was ich seit meiner Kindheit kannte.

Wie sehr hatte ich mich doch getäuscht.

»Willst du auch hoch nach Heiligenhafen?«

Ich riss mich vom Anblick der Landschaft los und drehte mich zu meinem Hintermann um, der seinen Kopf seitlich in den Gang streckte, um mich besser sehen zu können. Es war ein junger Bursche, keine zwanzig mit lockigen dunklen Haaren, Dreitagebart und einem charmanten Grinsen.

»Nein.« Ich lächelte ihn an. »Warum fragst du?«

»Wir wollen übers Wochenende Kiten. Meine Kumpels und ich. Der Wind soll super werden.« Er kratzte sich etwas verlegen den Bart. »Na ja, und du siehst aus, als würdest du auch zum Club gehören.«

Vermutlich stimmte das. In meinen Sommerklamotten und mit den von Sonne und dem Meer ausgebleichten blonden Strähnchen in meinen dunklen Locken, dem bronzefarbenen Teint meiner Haut und den zahlreichen Sommersprossen auf der Nase, unterschied mich nicht viel von den Kite-Surfern, die sich an den Küsten der Welt herumtrieben.

»Ist nicht so mein Ding.« Ich schüttelte den Kopf. »Hab's mal ausprobiert, aber ich bleibe lieber unter Wasser.«

»Verstehe. Du tauchst?«

Ich nickte.

Er kratzte sich wieder gedankenverloren den Bart und sein Blick ging ins Leere. Offensichtlich hatte er sich die Wartezeit auf den Bus mit etwas Dope verkürzt. Der junge Bursche war ordentlich bekifft.

»Hab ich auch mal ausprobiert. Aber hier oben gibt's nix zu sehen. Nur Algen und Schlick und so ein Zeug. Wenn man überhaupt was sieht. «

Im Gegensatz zu den tropischen Korallenriffen hatte die Ostsee auf den ersten Blick nicht viel zu bieten. Man musste schon etwas genauer hinsehen.

»Würde ich nicht sagen. Es gibt eine Menge Riffe, und immerhin ist die Ostsee der größte Schiffsfriedhof der Welt. Wenn dir die Fische ausgehen, kannst du immer noch runter zu den Wracks.«

Er winkte lässig ab. »Ich bleib lieber beim Kiten.«

Er reichte mir die Hand. »Ich bin übrigens Nick.«

»Hi, Nick. Ich bin Liv.«

Er kramte in seiner Tasche und hielt mir einen Energydrink in einer giftgrünen Alu-Dose hin.

»Hier, wenn du magst.«

Ich lehnte dankend ab. Von diesem Chemiegebräu bekam ich Herzrasen.

Er zuckte gleichmütig mit den Schultern und steckte sie wieder ein. Falls der coole Kiter mit mir flirten wollte, gab er sich nicht besonders große Mühe. Vielleicht war er auch einfach nur zu bekifft, um es auf die Reihe zu bekommen. Sein Kumpel neben ihm lehnte mit dem Kopf an der Seitenscheibe und schlief wenig anziehend mit offenem Mund. Nick zückte sein Handy und wischte auf dem Bildschirm herum.

»Vielleicht trifft man sich ja mal wieder. Schick mir mal eine Nachricht über Snapchat. Du bist doch bei Snapchat?«

Ich schüttelte den Kopf. »Um ehrlich zu sein, ich habe noch nicht mal ein Handy.«

Er sah mich an, als käme ich aus einer anderen Dimension.

»Echt jetzt? Das ist schräg. So, aus Überzeugung? Ich mein, ich kenne niemanden, der kein Handy hat. Sogar meine Oma hat eins. Und die ist echt alt!«

Der Bursche war ein Charmebolzen, das musste man ihm lassen. Ich sah ihn todernst an.

»Diese Handystrahlung ist mir einfach zu gefährlich.« Ich deutete auf meine Schläfe. »Davon bekommt man Visionen.«

Er blinzelte ein paar Mal hektisch mit den Augen und schien sich zu fragen, ob ich es ernst meinte. Ich setzte einen betont unschuldigen Blick auf. »Hast du auch schon Probleme damit?«

»Nee.« Dann lehnte er sich zurück und unser Gespräch war beendet.

Ich widmete mich wieder der Landschaft, die durch das große Seitenfenster an mir vorbeizog, und genoss die Stille. Wenn man die letzten zehn Jahre damit verbracht hatte, entspannten Mitteleuropäern an den Traumstränden der Welt dabei zu helfen, ihre Freizeit sinnvoll zu gestalten und nicht nur cocktailtrinkend am Pool abzuhängen, dann hatte man auch eine Menge Übung darin, hoffnungslose Flirtversuche bereits im Keim zu ersticken. Und dieser bemüht coole Hipster, der kaum dem Kindergarten entwachsen war, entsprach ganz sicher nicht meinem Beuteschema. Selbst dann nicht, wenn es nicht Chris in meinem Leben gegeben hätte.

Mein Plan war es gewesen, Chris nach meiner Landung in München von einem öffentlichen Telefon aus anzurufen. Wenn mir seine Nummer wieder eingefallen wäre. An die konnte ich mich leider nicht erinnern. Wer tut das schließlich noch, wenn einem das Smartphone alles abnimmt. Damals, als ich noch in Brodershöved lebte, kannte ich alle Telefonnummern meiner Freundinnen auswendig. Der Mobilfunkempfang an der Küste war alles andere als zuverlässig gewesen und der Festnetzanschluss die einzig sichere Alternative, mit jemandem zu telefonieren, wenn man ihn auch wirklich sprechen wollte.

Eine nette Mitreisende hatte mir den Weg zu einem Internet-Café schräg gegenüber vom Münchner Hauptbahnhof gezeigt und ich hatte für ein kleines Vermögen zwischen aufgeregt plappernden Afrikanern, die mit ihren Verwandten in der Ferne skypten, eine E-Mail geschrieben. Ich hatte ihm kurz mitgeteilt, dass ich gut in Deutschland angekommen sei und mich gleich auf den Weg zu meiner Familie machen würde, wo ich dann hoffentlich wieder ein Handy zur Verfügung hätte. Für diesen Fall solle er mir die Adresslisten meines Smartphones mailen, das ich in unserem Strandbungalow vergessen hatte. Natürlich wollte ich auch in Erfahrung bringen, ob der Idiot, dem ich meine überstürzte Abreise verdankte, einen Wutanfall bekommen hatte, als er erfuhr, dass ich weg war. Ich wartete zehn Minuten auf eine Antwort von Chris, die nicht kam. Dann war mein Budget aufgebraucht und die Internet-Verbindung unterbrochen. Eine halbe Stunde später hockte ich im Gang eines völlig überfüllten ICE in Richtung Norden, der auch noch Verspätung hatte.

Im Bus wurde es immer stiller und leerer, je weiter wir uns die Küste hocharbeiteten. Die Dämmerung hatte bereits eingesetzt und die Sonne war in einem spektakulären Farbenspiel hinter den sanft geschwungenen Hügeln der Holsteinischen Schweiz untergegangen und hatte für einen kurzen Moment die Welt in lila- und orangefarbenes Licht getaucht. Nun war es stockfinster draußen und nur in der Ferne kündigten vereinzelte Lichter menschliches Leben an. Bei diesem Tempo würde es bis in die frühen Morgenstunden dauern, ehe ich mein Ziel erreicht hatte. Vor Müdigkeit fielen mir schließlich die Augen zu und ich fiel in einen tiefen, traumlosen Schlaf.

»Hallo … Aufwachen …«

Ich fuhr erschrocken hoch, als etwas an meiner Schulter rüttelte und ich in die müden, rot geränderten Augen unseres Busfahrers sah.

»Endstation. Sie müssen hier raus.«

Ich sah mich kurz orientierungslos um. »Sind wir schon in Allershöved?«

»Da sind wir vor zwanzig Minuten vorbeigefahren.«

Ich fluchte unterdrückt, was mir einen ratlosen Blick des Fahrers einbrachte.

»Ich hab es dreimal ausgerufen. Wirklich. Sie müssen tief und fest geschlafen haben.«

»Ja. Tut mir leid. Ich habe nichts mehr mitbekommen.« Ich schenkte ihm ein entschuldigendes Lächeln, denn er sah etwas unglücklich aus. »Ich weiß, ist nicht Ihre Schuld.« Beim Blick hinaus zum Fenster erkannte ich im Licht der Straßenlaternen die wenig einladende Atmosphäre eines frühmorgendlichen Busbahnhofs.

»Wo sind wir jetzt?«

»Freistadt«, gab der Fahrer einsilbig Auskunft, und an seinem Blick erkannte ich, dass er langsam ungeduldig wurde und den letzten Fahrgast, also mich, endlich loswerden wollte. Der arme Mann war die ganze Nacht durchgefahren und sehnte sich vermutlich zurecht nach seinem Feierabend.

»Okay, Freistadt.« Das lag an der Schleimündung und war hauptsächlich bekannt für seinen kleinen Fischereihafen, der von den heimischen Fischern angefahren wurde, die aus den umliegenden Dörfern kamen. Bis nach Brodershöved waren es knapp fünfzehn Kilometer. Zur Not konnte ich die auch zu Fuß zurücklegen.

Ich schälte mich mit steifen Gliedern aus dem Sitz, zog fröstelnd meine viel zu dünne Fleecejacke über und schnappte mir meine Tasche, die ich unter dem Sitz deponiert hatte. Ich sah den völlig übermüdeten Mann entschuldigend an.

»Ich brauch nur noch mein Gepäck, dann sind Sie mich los.« Das freundliche Lächeln, das ich hinterherschickte, schien die Laune des Mannes zu heben. Vielleicht lag es aber auch nur daran, dass ich endlich das Weite suchte.

»Ihnen gehört der abgewetzte Rucksack, stimmt's? Den hab ich schon rausgestellt.« Er zuckte mit den Schultern. »War sowieso der letzte.«

Es musste kurz nach sechs sein, und es begann bereits zu dämmern, als ich etwas verloren und unentschlossen auf dem Gelände des Busbahnhofs stand und nach einem Café oder einer Bäckerei Ausschau hielt. Etwas Koffein wäre jetzt nicht schlecht, und mein Magen knurrte ebenfalls vor Hunger.

Ich fragte einen einsamen Mitarbeiter am Counter der Buslinie und er wies mir mürrisch den Weg zum Hafen. Um diese Zeit sei das der einzige Ort, an dem es so etwas wie Kaffee und Brötchen gebe. Was mich nicht weiter wunderte. Freistadt war nicht gerade das, was man als pulsierende Metropole beschreiben würde. Die Kleinstadt war noch immer genauso verschlafen, wie ich sie in Erinnerung hatte. Jedenfalls so früh am Morgen und so früh in der Feriensaison. Um diese Zeit kamen eigentlich nur die Fischer heim in den Hafen, um den nächtlichen Fang abzuliefern. Die meisten hatten sich schon zur Jahrtausendwende zu einer Fischereigenossenschaft zusammengeschlossen, um nicht allein gegen die großen Fischereikonzerne zu stehen, die mit ihren Fischtrawlern die Ostsee leer fischten.

Die Luft war klar und kühl und roch nach Salz und Algen, als ich mich dem Hafen näherte. Die Sonne ging über der Ostsee auf und tauchte den Himmel in ein glühendes Orange, das sich malerisch vom Stahlblau der See abhob. Einen Augenblick blieb ich stehen, schloss die Augen und ließ mein Gesicht von den Sonnenstrahlen wärmen. Zum ersten Mal, seit ich aus dem Flieger in München gestiegen war, fühlte ich mich tatsächlich angekommen. Einen Moment später drang mir der verführerische Duft von frisch aufgebrühtem Kaffee und noch ofenwarmen Brötchen in die Nase und mein Magen begann laut zu knurren. Die Aussicht, in ein frisches, knuspriges Brötchen zu beißen, so wie ich es seit Jahren nicht mehr getan hatte, vertrieb die restliche Müdigkeit und ich eilte mit schnellen Schritten auf die kleine Bude zu, die hinter den Anlegern gelegen den Fischern und Touristen Erfrischungen und Souvenirs anbot. Als ich den kleinen Verkaufsraum betrat, musterte mich eine Handvoll Augenpaare überrascht. Vermutlich waren Touristen um diese Uhrzeit eher Mangelware, und die heimischen Fischer schienen etwas verwundert, in ihrer morgendliche Routine gestört zu werden.

»Moin.« Ich nickte freundlich und wandte mich dann an die Bedienung, die hinter der Theke die frischen Brötchen aufschnitt und mit Salat und Fisch belegte, um sie dann in die Auslage zu stapeln.

»Moin«, kam es knapp zurück, und die junge Frau, die nicht viel älter war als ich, lächelte mich so freundlich an, wie es die morgendliche Uhrzeit zuließ.

»Was darf's sein?«

Ich bestellte einen großen Kaffee und ein Matjesbrötchen. Nicht gerade das, was ich normalerweise zum Frühstück mochte, aber meine innere Uhr und mein Biorhythmus waren ohnehin komplett durcheinandergeraten. Während die Frau meine Bestellung fertig machte, wandte ich mich um zu den Herren, die in ihrem Ölzeug an den Stehtischen standen, Kaffee schlürften und Brötchen mit Rührei und Krabben in sich hineinstopften. Ich deutete kurz raus zu den Booten, die im Hafen lagen.

»Guten Fang gehabt heute?«

Sie sahen mich mit der für die Norddeutschen so typischen Mischung aus Skepsis und Ablehnung an und zuckten mit der Schulter.

»Wie immer. Zum Leben zu wenig, zum Sterben zu viel.«

Es gab eben Dinge, die änderten sich nie.

»Verstehe. Hering oder Dorsch?«

Sie tauschten einen kurzen Blick untereinander. Anscheinend waren sie es nicht gewohnt, dass Touristen sich für ihre Arbeit interessierten.

»Hering. Für Dorsch gibt's keine Fangquoten mehr.« Die Stimme klang bitter. »Jedenfalls nicht für uns.«

Die kleinen Fischer hatten es vor zehn Jahren schon schwergehabt, ihren Lebensunterhalt mit dem zu verdienen, was Generationen vor ihnen die Familie ernährt hatte. In den letzten Jahren war es wohl noch schlimmer geworden.

Ich nahm meinen Kaffee und das Brötchen entgegen und nickte den Fischern knapp zu.

»Viel Glück, trotzdem.«

Dann ging ich hinaus, um draußen am Anleger mein Frühstück zu genießen.

Ein paar Möwen kreischten über mir und musterten mich neugierig, wohl in der Hoffnung, etwas von meinem Frühstück abzubekommen. So richtig nah wagten sie sich aber nicht heran. Was hauptsächlich daran lag, dass ich sie mahnend anstarrte. Möwen mögen es überhaupt nicht angestarrt zu werden, und so ließen sie mich und mein Brötchen in Ruhe.

Der Kaffee tat gut und belebte meinen Geist. Der Matjes war ganz frisch, zart und mild-salzig, wie ich es früher geliebt hatte. Während ich auf der Bank saß und beobachtete, wie der kleine Hafen langsam zum Leben erwachte, fiel mir auf, dass die meisten Anlegestellen frei blieben. Es gab nur noch eine

Handvoll Fischerboote, deren Netze auf dem Pier lagen, um in der Sonne zu trocknen. Die anderen Anlegeplätze belegten Ausflugsschiffe oder umgebaute Kutter, die niemals mehr das offene Meer sehen würden und als schwimmende Imbissbuden den Touristen fangfrischen Fisch und Pommes versprachen. Von dem einstmals stolzen Fischereihafen war nicht viel mehr als eine touristische Kulisse übrig geblieben.

Von hier aus war ich als Jugendliche zu meinen ersten Tauchgängen in der Kieler Bucht aufgebrochen. Ich versuchte unter den Booten die kleine Motorjacht von Harmsen zu entdecken, dem ein kleiner Tauchshop gehörte, bei dem auch ich meine Flaschen und Ausrüstung besorgt hatte. Sie war nirgendwo zu sehen. Vermutlich hatte auch er schon längst aufgegeben und bot in seinem Shop lieber Souvenirs an. Ich warf die Reste meines Frühstücks in den Mülleimer. Es wurde Zeit, sich auf den Weg zu machen, um endlich nach Hause zu kommen.

»Livvy?«

Die Stimme kam mir bekannt vor und ich drehte mich um.

»Liv Larsen? Ich fass es nicht! Du bist es!«

Einen Moment musste ich überlegen, ob ich die Gestalt in dem gelben Ölzeug, mit der schwarzen Pudelmütze auf dem Kopf und den geröteten Wangen tatsächlich kannte. Ein paar rote Strähnen, die ihr wirr in die Stirn hingen, kamen mir allerdings sehr bekannt vor.

»Inken!«

Eigentlich wunderte es mich nicht, dass ich ausgerechnet meiner ältesten Freundin als erstes in die Arme lief. Sie schüttelte ungläubig den Kopf, und auf ihrem Gesicht erschien das breite Lachen, das sie so unwiderstehlich machte.

»Mensch, das ist ja mal 'ne Überraschung!«

Dann kam sie auf mich zu und umarmte mich so stürmisch, als hätten wir uns erst vor einer Woche verabschiedet.

»Schön, dass du da bist.«

Ich war einen Moment überrumpelt. Immerhin hatte ich seit etwas mehr als zehn Jahren nichts mehr von mir hören lassen. So etwas kann einer Freundschaft schon ein wenig abträglich sein.

»Ich ... ich freu mich auch dich zu sehen.«

Was tatsächlich stimmte.

Kapitel 5

Eine Stunde später stand ich mit Inken, meiner besten Freundin aus der Kindheit, im Führerhaus ihres kleinen Fischkutters und wir fuhren die Küste entlang hoch in Richtung Brodershöved. Die Luft war ungewöhnlich mild für die Jahreszeit und die Sonne stand hoch am Himmel und gab dem Meer unter uns eine tiefblaue Farbe, auf der sich die Wellenkronen wie weiße Wolken malerisch abhoben. Für meine viel zu dünne Fleecejacke war es trotzdem etwas zu frisch und ich zog sie fröstelnd fest um meinen Körper. Inken musste es aus den Augenwinkeln beobachtet haben.

»Unten in der Kajüte ist noch ein alter Parka von mir. Du kannst ihn gerne anziehen.«

Das ließ ich mir nicht zweimal sagen. Eine Minute später stand ich angenehm warm eingepackt in der kleinen Pantryküche unter Deck und beschloss, mich mit einem heißen Getränk für ihre Hilfsbereitschaft zu bedanken.

»Magst du lieber Tee oder den schrecklichen Instantkaffee, der hier steht?«

Sie blickte kurz hinunter in die Kajüte und grinste frech. »Der Kaffee ist noch von meinem Paps. Keine Ahnung, was er daran gefunden hat. Ich nehme lieber Tee.«

»Alles klar. Kommt sofort.«

Während ich darauf wartete, dass der Wasserkocher seinen Zweck erfüllte und ich, ohne groß suchen zu müssen, die Metallbox mit dem losen Tee gefunden hatte (Inken mochte noch immer die kräftige ostfriesische Teemischung unserer Kindheit), beobachtete ich sie, wie sie gelassen am Steuer stand. Sie hatte sich wirklich kaum verändert. Die dunkle Wollmütze hatte sie im Unterstand abgelegt, und ihre kurzen rotblonden Locken standen in alle Himmelsrichtungen von ihrem Kopf ab. Ihre Haut war noch immer so hell und feinporig wie Samtpapier, und selbst jetzt im Frühjahr hatten sich bereits die Sommersprossen über das ganze Gesicht verteilt und gaben ihr das Aussehen einer unbesiegbaren Pippi Langstrumpf.

Sie hatte mir, ohne auch nur eine Sekunde zu zögern, angeboten, mit ihr nach Brodershöved zu fahren, nachdem sie ihren Fang bei der Genossenschaft abgeliefert hatte. Sie hatte tatsächlich den kleinen Fischereibetrieb ihres Vaters übernommen, so wie es immer ihr Plan gewesen war. Davon konnte man zwar nicht leben, aber um mit ihrem kleinen Kutter *Seenixe* über die Runden zu kommen, bot sie auch noch Hochseeangeltouren für die zahlreichen Touristen an, die sich zu uns hoch in den Norden verirrten. Ich schüttelte amüsiert den Kopf, während ich das heiße Wasser über das Tee-Ei und den Kandiszucker goss, der sofort zu knistern begann. Es verwunderte mich kein bisschen, dass Inken in die Fußstapfen ihres Vaters getreten war, etwas anderes hätte ich mir kaum vorstellen können. Das war schon ihre Welt gewesen, als wir mit zehn das erste Mal über Nacht auf dem Kutter rausfahren durften, um ihren Vater bei seinem nächtlichen Fangzug zu begleiten.

»Wie geht's deinen Eltern eigentlich? Genießen sie endlich die Rente irgendwo im Süden Spaniens?« Es war ihr Traum gewesen, damals, als wir noch Kinder waren.

Ich reichte Inken den Becher mit dem Tee und sie pustete hinein.

»Nee, dafür reicht das Geld nicht. Paps hilft Stüwe mit den Strandkörben und Mutti arbeitet immer noch bei Frau Doktor Langwiek in der Praxis.«

Ich nickte peinlich berührt. »Oh ... tut mir leid für die beiden.«

Inken schenkte mir einen kurzen Seitenblick und überlegte wohl, ob ich das ernst meinte. Dann konzentrierte sie sich wieder auf die Strecke, die vor uns lag. An der Küstenlinie kamen die Steilklippen in Sicht, denen Brodershöved seinen Namen zu verdanken hatte. Und der kleine rote Leuchtturm aus Backstein, der hoch oben an den Klippen stand.

»In einer halben Stunde sind wir da.«

Sie deutete auf den Leuchtturm. »Vor vier Jahren haben sie endlich ein Museum draus gemacht, und die Kurverwaltung bietet jetzt Hochzeiten im Leuchtturm an. Man kann ein ganzes Hochzeitspaket buchen. Mit Catering und Sektempfang und Livemusik und so. Ist schwer gefragt.« Sie grinste frech. »Nur, falls du Interesse hast. Oder bist du schon verheiratet? Kinder?«

Ich lachte laut auf und verschluckte mich fast an meinem Tee. »Bist du irre? Nein! Kein Mann, keine Kinder.« Ich sah sie prüfend an. »Und du?«

Sie hob nur ironisch eine Augenbraue. Natürlich war sie es nicht. Alles andere hätte mich auch gewundert.

Sie zuckte gleichmütig mit den Schultern.

»Ich war mal eine Zeit lang mit Lars zusammen.«

Ich forschte intensiv in meinem Gedächtnis nach einem Gesicht, zu dem der Name passen könnte. »Lars? Lars Rickertsen aus der Parallelklasse?«

Inken nickte. »Er hat den Strandkorbverleih vom Südstrand seiner Eltern übernommen und dann noch einen Fahrradverleih aufgemacht. Läuft ziemlich gut für ihn, seit er auch Elektroroller im Angebot hat.«

»War es was Ernstes mit Lars?« Ich sah sie vorsichtig an und wollte nicht schon wieder in ein Fettnäpfchen treten.

»Für ihn schon.« Sie lächelte schief. »Fürchte ich. Er hat mir einen Antrag gemacht. Bei der Saisoneröffnung vor zwei Jahren.« Sie sah mich vielsagend an. »Mit allem, was dazugehört.«

Ich verzog das Gesicht. »Das ist peinlich.«

»Ja, sehr peinlich. Er war nicht gerade begeistert, als ich dankend ablehnte. Es hat ein Jahr gedauert, bis er überhaupt wieder ein Wort mit mir gesprochen hat. Seitdem bin ich in Brodershöved die, die den Männern das Herz bricht, und sie machen lieber einen großen Bogen um mich.«

»Shit, das tut mir leid.«

»Muss es nicht. Ist mir ehrlich gesagt lieber so. Ich komme prima alleine klar.« Ihr Lächeln hatte etwas Anzügliches. »Und wenn ich mal wieder Lust auf was Männliches habe, dann gibt's genug Touristen, die gerne mal eine Fischerin flachlegen wollen.«

Ich schüttelte den Kopf und musste lachen. »Die männermordende Fischerin. Ehrlich, Inken, das hätte ich nie von dir gedacht.« Ich schenkte ihr einen anerkennenden Blick. »Aber ich muss sagen, es gefällt mir.«

Wir plauderten noch eine Weile, und Inken brachte mich auf den neuesten Stand, was unser kleines Küstendorf betraf. Viel hatte sich nicht verändert, denn im Gegensatz zu den großen Badeorten etwas südlich an der Küste entlang, war Brodershöved schon immer etwas zu abgelegen und hatte sich nicht mit groß ausgebauten Strandpromenaden, Wellenbädern oder modernen Ferienhaussiedlungen bei den Urlaubern angebiedert. Es gab immer noch die kleine Seebrücke, die hauptsächlich den Anglern und den kleinen Ausflugsbooten vorbehalten war, die ausgedehnten Naturstrände und holprige

Kopfsteinpflasterstraßen oder sandige Feldwege. Nicht zu vergessen die Handvoll Pensionen und Gästehäuser, die es schon immer in Brodershöved gegeben hatte und die von Generation zu Generation weitergegeben wurden. Genauso wie es bei unserem kleinen Familienhotel der Fall war. Mittlerweile hatten dort Anneke und Thies die Leitung übernommen, wie meine Mutter mir irgendwann einmal geschrieben hatte.

Ein paar alte Fischerkaten waren von den Kindern und Enkelkindern ihrer ehemaligen Besitzer zu Ferienwohnungen umgebaut worden, die man prima an Touristen vermieten konnte. Die meisten jungen Leute waren nämlich aus der Gegend weggezogen, um anderswo ihr Glück zu finden. Inken war da die große Ausnahme. So wie meine Schwester Anneke.

»Die wissen gar nicht, dass du kommst?« Inken zog erstaunt ihre hellen, fast durchsichtigen Augenbrauen hoch und in die wasserblauen Augen trat ein überraschter Ausdruck.

Ich zuckte gleichmütig mit den Schultern und hielt mich am Steuerstand fest, als eine Welle uns unvermittelt durchschüttelte.

»Ehrlich gesagt war keine Zeit, mich anzukündigen. Mein Heimatbesuch ist mehr eine spontane Sache.«

Inken deutete auf meinen Rucksack. »Was das spärliche Gepäck erklärt. Wie lange willst du denn bleiben?«

Auch darauf wusste ich keine Antwort.

»Mal sehen, wie es mit der Familie so läuft. Vielleicht den Sommer über.«

Inken nickte, und ich merkte, dass ihr etwas auf der Zunge lag.

»Ist alles in Ordnung?«

Sie schenkte mir einen knappen Seitenblick, der eindeutig verriet, dass sie mir etwas sagen wollte, was ich vielleicht gar nicht hören wollte.

»Gibt es irgendwelche Probleme mit unserem Hotel?«

Inken nahm einen tiefen Atemzug. »Na ja, es geht mich im Grunde genommen nichts an.«

Sie sah aus, als hätte sie tatsächlich ein schlechtes Gewissen.

»Aber vielleicht kannst du mal mit deiner Schwester reden.«

»Mit Anneke?«

Inken nickte. »Sie und Thies … na ja, du kennst ihn ja. Sie haben da so ihre Pläne. Und die gefallen nicht allen in Brodershöved. Auch deiner Mutter nicht.«

Das war zugegebenermaßen etwas kryptisch. Und ich hatte keine Ahnung, was sie meinte. In ihren E-Mails hatte meine Mutter nie etwas von irgendwelchen Plänen erwähnt. Und meine kleine Schwester Smilla interessierte sich sowieso nur für ihr Nautik-Studium in Kiel und ihre Karriere auf einem dieser riesigen Kreuzfahrtschiffe.

»Was denn für Pläne?«

»Große Pläne.« Inken sah mich vielsagend an. »Aber am besten, du sprichst mit Anneke darüber. Ich hab eh schon genug gesagt.«

Sie deutete auf die kleine Seebrücke, die nun vor uns auftauchte.

»Wir sind so gut wie da. Hilfst du mir beim Anlegen? Falls du noch weißt, wie's geht.« Sie grinste frech.

Ich lachte müde auf. »Sehr witzig, Inken, sehr witzig.« Es gab Dinge, die verlernte man genauso wenig wie das Schwimmen oder Fahrradfahren.

Inken drosselte die Geschwindigkeit, und wir glitten langsam auf die östliche Anlegestelle der Seebrücke zu. Die Brücke ragte etwas mehr als fünfzig Meter vom Strand aus in die Ostsee hinein und war für kleinere Boote wie die *Seenixe* bestens geeignet. Für die größeren Ausflugsschiffe, die die Kieler Bucht überquerten und bis rüber nach Dänemark fuhren, war sie eher ungeeignet. Ein weiterer Grund dafür, warum Brodershöved nach wie vor ein Dornröschendasein führte. Zumindest was den Massentourismus an der Ostseeküste betraf.

An der Seebrücke hatten auf der anderen Seite nur zwei weitere Schiffe festgemacht. Ein kleiner Fischkutter, der der *Seenixe* ziemlich ähnlich sah. Die seitlichen Masten und Seilzüge für die Netze hatte man allerdings abgebaut. Stattdessen befanden sich bequeme Sitzbänke auf dem Deck, und ich fragte mich, wer aus diesem Kutter wohl ein kleines Ausflugsschiff gemacht hatte. Es war auf den Namen *Windsbraut* getauft, und irgendwo in den Tiefen meines Gedächtnisses schrillte eine kleine Alarmglocke. Gleich dahinter war ein weiteres Boot vertäut, das aussah, als sei es einem Hochglanz-Magazin für den anspruchsvollen Wassersport entsprungen. Ein nachtschwarzes, elegantes Speedboot, dessen vier mächtige Außenbordmotoren sich unter einer Schutzhülle verbargen. Ich kannte diese Art von Booten gut. In den tropischen Gewässern Thailands war es ein großer Spaß, Touristen mit diesen Formel-1-Geschossen der Motorboote übers Wasser zu kutschieren. Sie machten mehr als hundertfünfzig Stundenkilometer und verursachten einen Höllenlärm. Unter und über Wasser. Ein solches Boot ausgerechnet in Brodershöved vorzufinden, überraschte und warf ein paar Fragen auf.

»Wer braucht denn so eine Potenzspritze?«

Vor dem High-Tech-Boot an der Balustrade der Seebrücke war ein drei Meter langes und ein Meter hohes Werbebanner angebracht, das martialisch eine unvergessene Höllen-Kreuzfahrt im Stil von »Pirates of the Caribbean« versprach. Was für ein Blödsinn!

»Bitte sag mir, dass das kein Schwein in Brodershöved interessiert.«

Normalerweise bevorzugten die Touristen, die sich hier hinverirrten, Ruhe und Entspannung. Ich sah Inken gequält an. »Auf so eine Idee kann doch nur ein Zugezogener gekommen sein. Vermutlich hat er auch einen von diesen Coffeeshops aufgemacht. Mit völlig überteuerten Fantasiegetränken.«

Inken rieb sich etwas verlegen die Stirn und stülpte dann ihre Wollmütze wieder über die roten Locken.

»Da wartet wohl noch eine Überraschung auf dich.«

Ich wollte weiter nachhaken, wurde jedoch von einem großen Hund, dessen strubbeliges Fell an ein reifes Weizenfeld erinnerte, abgelenkt. Er stürmte laut bellend vom Ende der Seebrücke auf mich zu, als wäre ich ein lang verschollenes Familienmitglied, das er unbedingt begrüßen musste. Ich wappnete mich innerlich darauf, im nächsten Moment von dem Hund angesprungen und von den Füßen gerissen zu werden, als er es sich noch einmal anders überlegte, wie ein Irrer an mir vorbeischoss und sich lieber den Möwen widmete, die friedlich auf der Seebrücke hockten. Bei seiner Größe und Statur hätte ich ihm eine solche Geschwindigkeit gar nicht zugetraut. Die Möwen ahnten die Gefahr und hoben im letzten Moment vom Holzdeck ab, bevor der Hund sie erreichen konnte. Zu meiner Überraschung musste der Hund das Spiel schon kennen, denn er setzte ebenfalls zu einem gigantischen Sprung in die Luft an, um seiner Beute hinterherzufliegen. Anscheinend mühelos überwand er die hölzerne Balustrade, die die Besucher der Seebrücke davon abhalten sollte, ins Wasser zu plumpsen.

Ich hielt den Atem an, und im nächsten Moment war ein lautes Platsch zu hören, mit dem der Hund drei Meter unter uns in der Ostsee aufschlug.

»Oh, shit.« Ich sah besorgt zu Inken. »Hast du das gesehen?«

Noch bevor Inken etwas sagen konnte, eilte ich zu der Stelle, an der der Hund ins Wasser gefallen war, und beugte mich über die Balustrade. Es schien ein Labrador-Mix zu sein und würde hoffentlich schwimmen können. Also musste ich mir keine Sorgen machen. Allerdings war mir auch klar, dass das Wasser um die Pfeiler der Seebrücke herum tückisch war und gefährliche Strudel barg, die ein Kind oder eben auch einen Hund leicht unter Wasser ziehen konnten. Schließlich entdeckte ich einen großen hellen Hundekopf, der sich mühsam strampelnd über Wasser hielt.

»Da ist er!«

Ich blickte zu Inken, die in aller Ruhe die *Seenixe* an der Anlegestelle vertäute, und einen Moment ärgerte ich mich über ihre Gleichgültigkeit angesichts des Hundedramas, das sich unter unseren Füßen im Wasser abspielte.

Ich sah wieder zu dem Hund, der nun mit dem Kopf unter Wasser verschwand.

»Mist, ich glaube, der ertrinkt.«

Ohne weiter zu überlegen, streifte ich Inkens Parka ab, zog meine Sneakers aus und kletterte über die Balustrade.

»Nein! Liv, warte!«

Ich hörte Inkens Stimme noch, als ich sprang. Dann prallte ich auch schon auf der Wasseroberfläche auf und die kalte Ostsee brach über meinem Kopf zusammen. Für einen kurzen Moment stockte mir der Atem. Ich hatte ganz vergessen, wie kalt die See um die Jahreszeit war, und ich tauchte prustend und nach Atem ringend auf. Von oben hörte ich Inken brüllen.

»Bist du irre?! Komm da sofort wieder raus!«

Langsam beruhigte sich mein Atem und ich sah mich nach dem Hund um. Keine zwei Meter entfernt trat er tapfer Wasser und sah hilfesuchend zu mir. Jedenfalls kam es mir hilfesuchend vor. Mit zwei, drei kräftigen Schwimmzügen war ich bei ihm und packte ihn am Halsband. So wie es aussah, hatte er also einen Besitzer. Es stellte sich nur die Frage, wo der eigentlich war, während sein Hund fast ertrank. Er ließ sich ohne großen Widerstand von mir in Richtung *Seenixe* ziehen, und ich hoffte, Inken hatte mein Manöver durchschaut und würde die Heckklappe herunterlassen, um ihn und mich wieder an Bord zu hieven. Wie sich herausstellte, tat sie genau das. Allerdings sah sie mich dabei verärgert an.

»Sag mal, spinnst du jetzt völlig?«

Für meine eben vollzogene Heldentat hätte ich mir an dieser Stelle tatsächlich ein paar lobende Worte gewünscht. Doch Inken sah mich an, als wäre ich geistig umnachtet. Gemeinsam hievten wir den Hund an Bord des Kutters, und kurz darauf lag auch ich zitternd und patschnass auf dem alten Holzdeck. Ich wischte mir das Wasser aus den Augen und blickte nun ebenfalls sauer auf.

»Was hätte ich denn machen sollen? Ihn vielleicht ertrinken lassen?«

Inken schüttelte nur mit dem Kopf, eilte in den Steuerstand und kam mit einer alten Decke zurück, in die sie mich einwickelte.

»Glaub mir, Liv, der wäre garantiert nicht ertrunken.«

Sie deutete auf den Hund, der sich wesentlich schneller von dem Abenteuer zu erholen schien als ich. Er hatte sich kräftig geschüttelt und sein nasses helles Fell stand ihm wie bei einem Stachelschwein in alle Himmelsrichtungen vom Körper ab. Er legte den Kopf schief und sah mich unbekümmert an. Erst jetzt fielen mir die ungewöhnlichen Augen auf, die mich frech unter dem strubbeligen Fell anblitzten. Eins braun und glänzend wie ein Karamellbonbon. Das andere erinnerte an einen klaren Bergsee, in dem sich ein milchig blauer Winterhimmel spiegelte. Schöne Augen. Und so außergewöhnlich.

»Sag nicht, er hat es schon wieder getan.«

Eine männliche Stimme, die mir noch immer sehr vertraut vorkam, meldete sich von der anderen Seite der Anlegestelle. Der Hund spitzte die Ohren, gab ein unbekümmertes Wuffen von sich und wedelte erfreut mit dem Schwanz. Dazu ließ er ein fröhliches Winseln hören. Inken richtete sich auf und hob die Hand zum Gruß.

»Moin.«

»Moin.« Kam es zurück und ich hielt für einen Moment den Atem an. »Sorry, dass er immer wieder diese Nummer abzieht. Wen von deinen Gästen hat es denn diesmal erwischt?«

Ich drehte mich endlich um und sah zum ersten Mal seit mehr als zehn Jahren in das Gesicht, das mir auch nach all der Zeit sofort vertraut war.

»Hi.« Ich hob etwas schüchtern die Hand. »Schön, dich zu sehen, Jewe.«

Das breite Lächeln, das sein Gesicht erhellt hatte, verschwand augenblicklich und wich einem ungläubigen Ausdruck.

»Liv …«

Es war mehr eine Feststellung als eine Frage.

Wenn mich später jemand gefragt hätte, wie ich mir die erste Begegnung mit dem Mann vorstellte, der die große Liebe meines Lebens war (zumindest meines Teenager-Lebens), so hätte ich vermutlich geantwortet, dass ich es mir gar nicht vorgestellt hatte.

So wie die Dinge lagen, hatte ich in den vergangenen zehn Jahren Jewe Jaspers komplett und unwiderruflich aus meinem Gedächtnis getilgt, dass mir bei meiner Rückkehr nach Brodershöved überhaupt nicht in den Sinn kam, ihm früher oder später wieder über den Weg zu laufen. Ein klassischer Fall von Verdrängung. Brodershöved war schließlich keine Großstadt, in der man anonym nebeneinanderher laufen und sich vermutlich ein ganzes Leben lang nicht begegnen würde.

In meinem Heimatdorf sah die Sache so aus: Es gab zwei Supermärkte, eine Tankstelle, eine Landbäckerei und zwei Kneipen (wenn man die Restaurants und Cafés nicht mitzählte, die nur in der Urlaubssaison geöffnet hatten und von Touristen besucht wurden). Es gab also reichlich Möglichkeiten, Jewe früher oder später über den Weg zu laufen. Wobei mir später eindeutig lieber gewesen wäre. Dass es ausgerechnet in der Minute meiner Ankunft geschehen sollte und ich zudem einen etwas mitgenommenen Eindruck machte, so nass und durchgefroren wie ich war, trug ebenfalls nicht dazu bei, meine Stimmung zu heben.

»Was machst du hier?«

Jewes Stimme hatte noch immer diesen dunklen, etwas rauen Klang, der ihm schon im Teenageralter eine Reife und Abgeklärtheit verliehen hatte, der ich sofort verfallen war.

Ich zog die Decke etwas enger um mich und erhob mich mühsam.

»Wenn mich das heute noch einmal jemand fragt, reise ich sofort wieder ab.«

Ich sah genervt zu Inken, die umgehend beschloss, sich aus der ganzen Angelegenheit herauszuhalten. »Ich … schau mal, ob ich ein paar trockene Klamotten für dich finde …«

Sie beeilte sich, im Führerstand zu verschwinden, und ich wurde den Eindruck nicht los, dass sie flüchtete, damit Jewe und ich das, was wir zu klären hatten, alleine klären konnten. Einen Moment stand ich etwas unentschlossen auf dem Deck des Kutters herum, während der Hund zu mir kam und mich mit der Schnauze freundlich anstupste. Ich kraulte kurz das nasse Fell und blickte zu Jewe, der mich anstarrte, als wäre ich ein Geist aus seiner Vergangenheit. Was in gewisser Weise stimmte.

»Weißt du, wem der Hund gehört?«

Er nickte knapp. »Er gehört mir.«

Warum wunderte es mich nicht? Ich sah, wie Jewe kurz in die Hände klatschte. »Na los, du alter Chaot, komm her.«

Der Hund sah einen Moment unentschlossen von mir zu Jewe und entschied sich dann aber doch für sein Herrchen.

Verräter. Ich sah ihm vorwurfsvoll hinterher und wandte mich wieder an Jewe.

»Du solltest besser auf ihn aufpassen. Er wäre fast ertrunken, als er den Möwen hinterhergejagt ist.«

Jewe hatte sich hingehockt und kraulte nun dem Hund den Hals, der es mit heraushängender Zunge und Hecheln genoss.

»Glaub ich nicht.« Er sah mich leichthin an. »Er ist ein ziemlich guter Schwimmer.«

»Kann schon sein, aber wenn er unter der Seebrücke in einen Strudel gerät, hilft ihm das auch nicht.«

Ich schaute ihn böse an. »Ein bisschen mehr Verantwortungsbewusstsein sollte man schon mitbringen, wenn man sich einen Hund anschafft.«

Jewe sah mich einen Moment lang an und wir maßen uns stumm mit Blicken.

»Eigentlich hab ich mir Bootsmann gar nicht angeschafft. Er ist mir unten am Strand zugelaufen. Vor zwei Jahren, nach der üblen Sturmflut. Niemand schien ihn zu vermissen. Also ist er bei mir hängengeblieben.«

Sein Gesichtsausdruck war neutral und verriet nichts darüber, was er von mir und der Tatsache hielt, dass wir uns so unvermittelt nach einer gefühlten Ewigkeit gegenüberstanden.

Schließlich erhob er sich und wischte sich die nassen Hände an seiner Jeans ab.

»Und zu deiner Information«, er deutete auf den Hund, der nun mit Unschuldsmiene neben seinem Herrchen hockte und ihn ehrfürchtig ansah. »Der Chaot hier …«

Bootsmann bellte einmal laut auf, so als müsste er seine Worte unterstreichen.

»Bootsmann«, fuhr Jewe fort, »ist ein ziemliches Schlitzohr. Sobald er jemand Neues auf der Seebrücke sieht, springt er mit Anlauf vom Anleger ins Meer und tut so, als müsse er gerettet werden.«

Jewe zuckte mit den Schultern.

»Ist so ein Tick von ihm. Keine Ahnung, was er sich davon verspricht. Vermutlich Aufmerksamkeit. Er hat ein ziemlich großes Ego.«

Er lächelte mich entschuldigend an, und ich dachte, wie prima die beiden zueinander passten.

»Falls es dich tröstet, du bist nicht die Einzige, die darauf reingefallen ist.«

Ich blickte skeptisch von Jewe zu dem Hund, der mich aus seinen ungewöhnlichen Augen treuherzig ansah.

»Du willst mich auf den Arm nehmen, oder?«

Ich glaubte Jewe kein Wort.

»Er hat recht, Liv. Bootsmann zieht die Nummer ständig ab. Normalerweise warne ich meine Gäste, bevor wir anlegen. Tut mir leid, dass ich es diesmal verpasst habe.«

Inken kam mit einem Paar Jeans, einem dunkelblauen Wollpullover und einem Paar Socken zu mir und drückte mir die Sachen in die Hand.

»Die müssten passen. Du kannst dich unten in der Kajüte umziehen.«

Ich blickte noch einmal ungläubig von Inken zu dem Hund und dann zu Jewe.

»Ihr habt doch 'nen Knall. Ich glaube euch kein Wort.«

Missmutig verschwand ich in der Kajüte.

Inken stand auf der Seebrücke, die Hände tief in den Taschen ihrer Öljacke vergraben, und schaute der *Windsbraut* hinterher, die gerade ablegte, als ich umgezogen und einigermaßen trocken aus der Kajüte kam. Am Bug des Bootes stand der Hund, den ich glaubte, gerettet zu haben, und bellte mit den Pfoten auf der Reling aufrecht stehend fröhlich die Bugwellen an. Er machte einen sehr glücklichen Eindruck. Ich kletterte von Bord und trat an Inkens Seite. Jewes große Gestalt war hinter dem Steuerrad des alten Kutters deutlich zu erkennen. Er drehte sich nicht noch einmal um und steuerte sein Boot auf die Fahrrinne zu, die südlich Richtung Freistadt führte, von wo ich heute Morgen gekommen war.

»Die *Windsbraut* gehört Jewe?«

Ich sah Inken fragend an. Sie nickte knapp, und jetzt fiel mir ein, warum mir das Boot so vertraut vorgekommen war. Es war tatsächlich der alte Fischkutter seines Vaters. Allerdings mit neuer Farbe und wesentlich besser in Schuss, als ich es in Erinnerung hatte. Sören Jaspers war nicht nur ein miserabler Fischer gewesen, er hatte auch so gut wie nichts an seinem Boot instand gehalten und die Leute aus Brodershöved hatten mehr als einmal befürchtet, es würde die nächste Gewitterfront nicht überstehen und einfach auseinanderfallen.

»Dann ist er wirklich Fischer geworden.« Eine gewisse Enttäuschung machte sich in mir breit. Jewe hatte damals geschworen, um nichts in der Welt in die Fußstapfen seines Vaters zu treten. Auch dieses Versprechen hatte er gebrochen.

Inken sah mich von der Seite an. »Er hat seinem alten Herrn eine Zeit lang auf dem Boot geholfen, als es gar nicht mehr anders ging.«

»Eine Zeit lang?«

»Jewe war gar nicht mal schlecht, Liv. Der hat ein Gespür dafür, wo die Fische stehen.«

Ich hörte die Bewunderung für sein Talent in Inkens Stimme.

»Auf jeden Fall hat Jewe in der kurzen Zeit, in der er rausge-fahren ist, mehr Geld gemacht, als sein Vater in seinem ganzen Leben. Es hat die Familie durchs Gröbste gebracht.«

»Und was ist dann passiert?«

Inken atmete tief durch. »Sein Vater ist gestorben. Bauchspeicheldrüsenkrebs. Ging alles wahnsinnig schnell.«

Es überraschte mich nicht. Sören Jaspers war, so lange ich denken konnte, ein Trinker gewesen. Leid tat er mir trotzdem.

»Das … das hab ich nicht gewusst. Tut mir leid. Für ihn und seine Familie.«

Inken nickte knapp.

»Jewe hat überlegt, den Kutter zu verkaufen. Aber viel hat man für den Schrottkahn nicht mehr verlangen können. Und er wollte seine Mutter auch nicht allein lassen.«

Ich erinnerte mich an die kleine, zarte Person, die im Supermarkt still an der Kasse ausgeholfen und die immer etwas entrückt gewirkt hatte. Ich konnte verstehen, warum Jewe sie nicht allein lassen wollte.

Inken deutete auf meinen Rucksack und die Tasche, die sie bereits auf den Steg gestellt hatte.

»Komm, ich begleite dich noch ein Stück.«

Sie warf mir über die Schulter einen Blick zu.

»Deine nassen Klamotten kann ich bei mir waschen. Ich bringe sie dir dann morgen vorbei.«

»Das ist echt nett. Danke, Inken.«

Dafür, dass unsere letzte Begegnung in Brodershöved ein ganzes Jahrzehnt zurücklag und alles andere als harmonisch gewesen war, war sie erstaunlich freundlich zu mir. Was vermutlich nicht an mir lag. Inken war einfach die Liebenswürdigkeit in Person.

Einen Moment gingen wir stumm nebeneinanderher und hingen unseren Gedanken nach.

»Für einen Fischkutter sah die *Windsbraut* aber komisch aus.«

Ich bemerkte erst, als Inken antwortete, dass ich laut dachte.

Sie grinste mich an. »Die ist auch kein Fischkutter mehr. Jewe hat sie total umgebaut und wieder in Schuss gebracht. Und jetzt bietet er Touren an.«

Ich sah neugierig auf. »Er schippert Touristen über die Kieler Bucht?«

Das klang nicht wirklich nach dem Mann, den ich kannte. Jewe waren die Touristen ein Gräuel gewesen.

»Er macht Walbeobachtungstouren. Ist der letzte Schrei hier in Brodershöved.«

Ich blieb stehen und sah sie überrascht an.

»Wale? Ernsthaft?«

Inken musste laut auflachen. »Irgendwie erinnert mich dein Gesichtsausdruck gerade an meinen, als er mir das erste Mal davon erzählt hat.«

Wie sich herausstellen sollte, hatte nicht nur Jewe Jaspers in den letzten Jahren eine wundersame Wandlung durchgemacht. Als ich auf dem breiten Kiesweg stand, der von der Hauptstraße hoch zu unserem kleinen Familienhotel führte, konnte ich mein Erstaunen kaum verbergen.

»Heiliger Bimbam ... was ist denn hier passiert?«

Inken grinste schief. »Nicht was ist passiert, frag lieber *wer* ist passiert.«

Ich konnte meinen Blick nicht von dem lösen, was von der alten Backsteinvilla meiner Kindheit noch übriggeblieben war. Auf jeden Fall war es nicht viel.

»Soweit ich weiß, haben Thies und Anneke irgendeinen Stararchitekten aus Kiel mit dem Umbau betraut«, erklärte Inken weiter. »Und das ist dabei rausgekommen.«

Ich starrte noch immer mit leicht geöffnetem Mund auf das, was vor mir lag. Unser kleines, uriges Hotel *Sturmnest* hatte sich in eine reetgedeckte, mit riesigen Fensterfronten ausgestattete, dreigeschossige, moderne Luxusherberge verwandelt, die man eher auf Sylt oder am Timmendorfer Strand vermutet hätte als in der nordholsteinischen Einöde. Der alte

79

rote Backstein war hinter einer Wärmedämmung verschwunden, und die Fassade war nun in einem edlen Grau gehalten, wie man es von modernen Gebäuden in Hamburg oder Kiel kannte. Es sah nicht schlecht aus und war vermutlich auch im Inneren wesentlich komfortabler, heller und geräumiger, als ich das Haus in Erinnerung hatte. Allerdings war reichlich wenig von dem urigen Charme, der unser Hotel einmal ausgezeichnet hatte, übrig. Ich blies etwas überfordert die Wangen auf.

»Und darauf stehen die Leute heutzutage?«

Ich sah skeptisch zu Inken.

»Ich glaube, der Laden läuft ziemlich gut.« Sie zuckte mit den Schultern. »Was man so hört.«

Ich nickte nachdenklich und starrte weiter auf das Hotel. Irgendwie erinnerte es mich an etwas und dann fiel es mir ein. So modern und stylisch wie das Haus war auch das Boot unten an der Seebrücke gewesen. Mir kam ein unschöner Verdacht.

»Sag mal, dieses Speedboot an der Seebrücke … hat das zufällig was mit uns zu tun?«

Inken klopfte mir anerkennend auf die Schulter.

»Richtig geraten. Und ich muss jetzt auch mal los.«

Sie deutete die Hauptstraße hinunter.

»Ich hab eine kleine Wohnung über der alten Bäckerei von Ohlrogge, falls du morgen deine Sachen abholen willst.«

Ich nickte knapp, während sie schon die Kiesauffahrt hinuntereilte.

»Kannst mich auch anrufen. Anneke hat meine Nummer. Und bestimmt auch ein Handy, das sie nicht mehr braucht.«

Sie winkte knapp, dann war sie auch schon auf der Dorfstraße verschwunden. Ich blieb einen Moment unentschlossen in der Auffahrt stehen. Seitlich vor der großen Streuobstwiese, die ebenfalls zum Grundstück gehörte und die mit einer Friesenmauer eingefasst war, lag der neu angelegte Parkplatz. Fast alle Parkbuchten waren besetzt, was bedeutete, dass Inken recht haben musste. Anscheinend schien der Laden gut zu laufen und sie mussten fast ausgebucht sein. Was um diese Jahreszeit ungewöhnlich war. Früher waren die meisten Urlauber nicht vor Mitte Mai gekommen, wenn das Wetter beständiger war und der nahende Sommer mit angenehmen Temperaturen zu ausgedehnten Spaziergängen oder Fahrradtouren an der Steilküste einlud.

Ich atmete einmal tief durch, schulterte meinen abgetragenen Rucksack und begab mich in die Höhle des Löwen. Oder der Löwin, wenn man es genau nehmen wollte.

Kapitel 6

»Was um alles in der Welt machst du hier?«

Anneke sah mich fassungslos an. Und es war nicht die Art von erfreuter Fassungslosigkeit.

»Wirklich schön, wieder zu Hause zu sein.«

Innerlich verdrehte ich die Augen und versuchte nach außen Gelassenheit auszustrahlen, während ich meinen Rucksack in der großen Diele des Hauses, die nun als Rezeption diente, abstellte.

»Sorry, dass ich mich nicht angekündigt habe.«

Anneke, die gerade damit beschäftigt gewesen war am modernen Empfangstresen etwas in einen Computer einzutragen, blickte mich noch immer verblüfft an.

»Aber ... wir sind komplett ausgebucht.«

Ich musste trocken auflachen. »Eigentlich bin ich nicht hier, um Urlaub zu machen.«

Ich trat auf sie zu, um ihr eine Umarmung zu schenken.

»Komm her, Schwesterherz.« Sie ließ meine schwesterliche Liebesbekundung widerstandslos über sich ergehen, was wohl dem Umstand geschuldet war, dass sie noch immer unter Schock stand. Ich hielt sie eine Armlänge von mir entfernt und sah sie anerkennend von oben bis unten an.

»Gut siehst du aus.«

Was tatsächlich stimmte. Ihre glatten blonden Haare waren zu einem perfekt geschnittenen Bob frisiert, an dem kein Haar falsch lag. Ein dezentes Make-up im *natural style* unterstrich das helle Strahlen ihrer Augen, und der dunkle Hosenanzug betonte vorteilhaft die schlanke, hochgewachsene Silhouette ihres Körpers. In dieser Aufmachung hätte sie auch hinter der Rezeption eines Fünf-Sterne-Luxusresorts in Abu Dhabi stehen können. Für Brodershöved fand ich es eine Spur zu übertrieben. Ich hütete mich allerdings davor, es ihr zu sagen. Vielleicht lag es auch daran, dass ich mir in den geborgten Klamotten von Inken, die etwas muffig nach Algen und Salzwasser rochen, ziemlich underdressed vorkam.

Anneke fuhr sich kurz mit der Hand über die Stirn, so als müsste sie sichergehen, keine Fata Morgana vor sich zu haben. Drei Sekunden später hatte sie sich endlich wieder im Griff.

»Was man von dir nicht gerade sagen kann. Wie siehst du überhaupt aus? Warst du baden?«

Sie schüttelte missbilligend den Kopf. Meine Haare waren von meinem kleinen Ausflug in die Ostsee noch nass und mussten reichlich zerzaust aussehen. Im Gegensatz zu dem glatten blonden Haar meiner Schwester waren meine dunklen Locken schon immer schwer zu bändigen gewesen.

Ich sah an mir herunter und trat etwas unwohl von einem Fuß auf den anderen.

»Baden trifft es nicht ganz. Ich wollte einen Hund retten. Unten an der Seebrücke …«

Anneke stöhnte auf und unterbrach mich. »Bootsmann!«

»Du hast schon davon gehört?« Ich sah sie überrascht an.

Anneke schenkte mir ein etwas herablassendes Lächeln, wie ich fand.

»Dieser Hund ist verrückt. Wirklich verrückt. Ich hab Jewe schon so oft gesagt, er soll ihm das endlich mal abgewöhnen!

Irgendwann wird das noch übel ausgehen. Und zwar nicht für den Hund.«

»Dann stimmt es? Der verarscht Touristen mit seiner Todessprungnummer?«

Anneke nickte. Nun, wenigstens hatte mich nur der Hund auf den Arm genommen. Und nicht Jewe. Das war doch schon mal was.

Ich wollte nicht weiter auf das Thema eingehen und begann mich im Haus umzusehen. Wie ich vermutet hatte, war auch hier drin alles sehr modern und geschmackvoll eingerichtet.

»Hier hat sich einiges getan.« Ich drehte mich um zu Anneke. »Das ist ... schön geworden. Sehr modern.«

Anneke folgte mir und blieb an dem Durchgang zum neuen Frühstücksraum stehen, dessen große Panoramafenster einen atemberaubenden Blick hinunter zur Steilküste und Ostsee boten.

»Du musst dir keine Mühe geben, Liv. Ich merke auch so, dass du's scheußlich findest.«

Ich sah sie empört an. »Nein, tu ich doch gar nicht.«

Anneke hob eine Augenbraue und schwieg vielsagend. Sie hatte meine kleinen Notlügen schon immer durchschaut.

»Na ja, also ... findest du nicht, das ist für Brodershöved ein bisschen zu schick?«

Sie setzte wieder diesen arroganten, herablassenden Blick auf, der mich augenblicklich einschüchterte. Ich hob abwehrend die Hände.

»War ja nur so ein Gedanke.« Ich schenkte ihr ein entschuldigendes Lächeln. »Ich habe nur etwas anderes erwartet. Es ist wirklich toll geworden.«

Das schien sie etwas zu besänftigen.

»Wir haben die letzten Jahre wirklich alle sehr hart daran gearbeitet, dass es so wird, wie es jetzt ist. Und es läuft gut.«

Ich grinste. »Ich weiß ... ausgebucht.«

Ich blickte hoch zur Treppe, die ins Obergeschoss führte und die nun aus modernem Sichtbeton bestand. Die Trittflächen waren mit dicken, polierten Holzbohlen belegt und die neue Treppe nahm weit weniger Platz in Anspruch als die alte geschwungene Eichentreppe, die früher nach oben geführt hatte.

»Ich habe gehofft, ich kann vielleicht in meinem alten Zimmer bleiben, falls Mama nichts dagegen hat.«

Anneke lachte kurz auf.

»Du kommst nach zehn Jahren das erste Mal wieder heim und glaubst, du kannst in deinem alten Zimmer schlafen? Ernsthaft, Liv?«

Nun, jetzt, wo sie es aussprach, kam es mir auch etwas absurd vor. So wie das ganze Haus auf den Kopf gestellt worden war, war mein altes Kinderzimmer bestimmt nicht vom Umbau verschont geblieben. Ich biss die Zähne zusammen und vermied einen bissigen Kommentar, der Annekes Laune garantiert nicht verbessert hätte. Ohne ein weiteres Wort schnappte ich mir meinen Rucksack und wollte den Rückzug antreten.

»Ich hab verstanden, Anni, kein Problem. Ich such mir was anderes.«

Bei meinem fehlenden Budget wäre das vermutlich eine Brücke gewesen, unter der ich schlafen konnte. Allerdings gab es in Brodershöved keine Brücken, soweit ich mich erinnern konnte. Was die Sache etwas komplizierter machte.

Ich hörte Anneke hinter mir aufstöhnen, was sie immer machte, wenn sie sich ertappt fühlte und ein schlechtes Gewissen bekam.

»Jetzt warte mal. So hab ich das nicht gemeint.«

Ich drehte mich um und sah sie abwartend an. Sie schaffte es tatsächlich, so etwas wie ein versöhnliches Lächeln zustande zu bringen.

»Du bleibst hier. Wir haben das Dachgeschoss komplett ausgebaut und erweitert. Mama hat oben eine Einliegerwohnung, die groß genug für zwei ist.«

Ich atmete erleichtert auf. Sie kam zu mir und legte mir einen Arm um die Schultern, wobei sie nach ein paar Sekunden die Stirn runzelte und die Nase rümpfte.

»Vielleicht gehst du erst mal duschen und ziehst dir was Sauberes an.«

Sie trat einen Schritt zurück.

»Du müffelst.«

Die kleine Einliegerwohnung unter dem Dach war, wie scheinbar alles an dem Haus, hell, gemütlich und sehr geschmackvoll eingerichtet. Vom großen Wohnraum aus konnte man durch die bodentiefen Schiebetüren, die auf eine Dachterrasse führten, das glitzernde Blau der Ostsee sehen. Es gab sogar einen kleinen Kaminofen, der Behaglichkeit ausstrahlte und die offene Küche im Landhausstil war penibel aufgeräumt und sauber. Ich erkannte einige der alten Möbelstücke wieder, die früher in Mamas alter Wohnung im Erdgeschoss gestanden hatten. Da gab es den großen, urgemütlichen Ohrensessel, der neu bezogen und aufgepolstert war. Und die alte Art-déco-Vitrine, die meiner Urgroßmutter gehört hatte. Endlich kam so etwas wie ein Zuhause-Gefühl bei mir auf. Anneke führte mich durch die Wohnung und deutete auf ein kleines Zimmer, das nicht größer als eine Abstellkammer war und mit Mamas Hobbyutensilien vollgestopft war, die sich penibel gestapelt in den Wandschränken in weißen Plastikboxen verbargen.

»Du kannst hier schlafen. Thies bringt dir später eins der Zustellbetten hoch.« Sie lächelte mich zuversichtlich an. »Ist doch schön hier oben, oder?«

Ich konnte ihr kaum widersprechen, und sie schwärmte weiter.

»Alles barrierefrei und mit Fußbodenheizung. Und es gibt sogar einen Außenfahrstuhl.«

Ich sah Anneke mahnend an. »Mama ist keine achtzig, Anni. Das letzte Mal, als ich sie gesehen habe, kam sie die Treppen schneller hoch als ich.«

Was Anneke nicht wirklich beeindruckte. »Im Gegensatz zu dir leben Thies und ich nicht in den Tag hinein, Liv. Es ist immer besser, wenn man einen Plan hat.«

Ich nickte knapp. »Sicher. Pläne sind super.« Selbst mir fiel auf, wie meine Stimme vor Ironie triefte.

»Da wir gerade beim Thema sind.« Anneke sah mich wieder mit diesem prüfenden Blick an, als würde ich insgeheim eine Verschwörung planen. »Wie sehen eigentlich deine Pläne aus?«

»Ich bleibe nicht lange. Du wirst mich schneller wieder los, als du Sommersaison sagen kannst.«

Sie merkte wohl, dass sie in der letzten halben Stunde nicht gerade das ausgestrahlt hatte, was man ein herzliches Willkommen nennen konnte.

»So war das nicht gemeint, Liv. Ich bin nur wirklich überrascht, dass du so plötzlich auftauchst. Du hättest wenigstens vorher mal anrufen können. Oder eine Mail schicken. Ich nehme mal an, auch in Thailand haben sie mittlerweile das Internet erfunden.«

Ich schenkte ihr erneut ein ironisches Lächeln und schwieg, während ich weiter durch die Wohnung ging, einen kurzen Blick ins Schlafzimmer warf (die Betten waren ordentlich gemacht, keine Kleidung lag herum, und nicht ein Staubkörnchen war zu sehen), kurz das Badezimmer inspizierte (Sandsteinfliesen und Regendusche, sehr stylisch) und dann wieder zurück in die offene Küche kam. Als ich den Kühlschrank öffnete, in der

Hoffnung, etwas zu trinken zu finden, starrte mich eine große Leere an. Und mir fiel auf, dass wir ziemlich allein waren. Zwar trug die ganze Wohnung Mamas Handschrift, doch von ihr fehlte jede Spur.

»Sag mal«, ich schaute fragend zu Anneke, »wo steckt sie eigentlich? Ich meine Mama? Ist sie verreist? Besucht sie Smilla in Kiel?«

Anneke wich kurz meinem Blick aus und starrte durch die große Terrassentür hinaus zur Klippe. Sie hatte wieder die Arme um den Körper geschlungen und machte diese abwehrende Haltung, die sie immer schon draufhatte, wenn sie einer unangenehmen Diskussion aus dem Weg gehen wollte. Alles an ihr verriet mir, dass hier etwas im Argen lag.

»Nein. Sie besucht Smilla nicht. Sie ist hier.«

Meine feuchten Haare, in denen das Salz klebte, fingen an zu jucken und ich wollte endlich unter die Dusche.

»Aha!« Ich wartete auf eine weitere Erklärung, während ich in meinem Rucksack nach Duschzeug suchte.

Anneke drehte sich wieder zu mir um und auf ihrem Gesicht war eine ruhige Entschlossenheit zu erkennen, die keinen Widerspruch duldete.

»Du gehst erst mal duschen und ziehst dich um. Und dann kommst du runter in die Küche.«

Bevor ich protestieren konnte, war Anneke auch schon raus und ich stand etwas verloren und ratlos in der kleinen Wohnung herum. Vermutlich würden heute noch einige Überraschungen auf mich warten.

»Sie ist campen?«

Ich verschluckte mich fast an dem zugegebenermaßen herausragenden Cappuccino, den Anneke mir eine halbe Stunde später unten in der Hotelküche servierte und den sie mit einem teuer aussehenden, ultramodernen Kaffeevollautomaten gezaubert hatte.

Sie sah mich kurz mahnend an und zog eine Augenbraue hoch.

Ich griff automatisch nach einem Küchenkrepp und wischte die Kaffeespritzer von der ansonsten blitzblanken Anrichte.

»Warum campt Mama auf Petermanns Klippe? Um diese Jahreszeit? Sie fand campen doch immer blöd.«

Anneke setzte eine Leidensmiene auf, die ich für etwas übertrieben hielt.

»Vielleicht fragst du sie das am besten selber. Ich kann dir dafür nämlich keine logische Erklärung geben.«

Sie wandte sich ab, um sich ebenfalls einen Kaffee zu machen.

»Thies und ich haben mit Engelszungen auf sie eingeredet. Aber sie hat sich vor drei Wochen auf der Klippe eingenistet und will nicht mehr weg.«

Ich nippte nachdenklich an meinem Cappuccino. Das sah meiner Mutter so überhaupt nicht ähnlich, und ich ahnte, dass noch wesentlich mehr dahinterstecken musste, als meine große Schwester bereit war zuzugeben.

»Gab's Stress zwischen euch?«

»Ja, den gab es.« Anneke sah ruhig und beherrscht auf. »Aber das ist nicht der eigentliche Grund.«

»Na, wenigstens gibt's einen Grund.«

Ich versuchte die angespannte Situation mit etwas Humor zu entspannen, so wie ich es immer getan hatte, wenn in der Familie der Haussegen schief hing. Unser Vier-Mädels-Haushalt geriet nämlich öfters in Schieflage, nachdem mein Vater die Familie kurz nach meinem zwölften Geburtstag verlassen hatte, um im fernen Wismar mit neuer Frau und neuer Familie ein neues, ruhigeres Leben zu beginnen. Die Larsen-Frauen neigten dazu, etwas aufbrausend zu sein.

Anneke nahm einen Schluck von ihrem Kaffee.

»Thies und ich, wir haben hier in den letzten zehn Jahren was wirklich Gutes aufgebaut, Liv. Das Hotel läuft von Saison zu Saison besser. Wir erhalten Superbewertungen auf den Reiseportalen. Die Einnahmen haben sich verdreifacht im Gegensatz zu früher.«

»Das ist toll. Und muss wohl auch so sein. Der Umbau hat bestimmt ein Vermögen gekostet. Ich kann mir nicht vorstellen, dass Mama was dagegen hat.«

»Du kennst unsere Mutter nicht mehr besonders gut, Liv. Denn alles, was sie in letzter Zeit unternimmt, dient nur dazu, mir und Thies das Leben schwerzumachen. Sie legt uns Hindernisse in den Weg, wo es nur geht, und raubt mir den letzten Nerv. Ich kann das nicht mehr länger mitmachen.«

Das hörte sich kritisch an, und der gequälte Gesichtsausdruck in Annekes Gesicht versprach ebenfalls nichts Gutes. Das Dumme war nur, dass sich alles, was sie sagte, überhaupt nicht nach unserer Mutter anhörte.

Ich stand ratlos vor ihr und strich ihr dann mit der Hand über den Arm. Sie kämpfte mit den Tränen.

»Hey, ist ja gut. Soll ich mal mit Mama reden?«

Anneke wischte sich wieder fahrig mit der Hand über die Stirn und riss sich mühsam zusammen.

»Du kannst es gerne versuchen. Sie müsste da sein. Den Weg zur Klippe kennst du bestimmt noch.«

»Willst du nicht mitkommen?«

Anneke schüttelte den Kopf.

»Die Zwillinge kommen gleich aus der Schule. Ich muss noch das Mittagessen vorbereiten.«

Und dann schenkte sie mir wieder einen vorwurfsvollen Blick, so als wäre unsere Mutter an allen Übeln der Welt schuld.

»Sie weigert sich seit Monaten, mich auch nur bei den kleinsten Kleinigkeiten zu unterstützen. Selbst ihre Enkelinnen lässt sie hängen. Das ist doch nicht normal.«

Das war es in der Tat nicht und sehr, sehr untypisch für Antje Larsen. Zudem fiel mir auf, dass ich meine beiden Nichten ebenfalls seit Monaten nicht mehr gesprochen hatte. Eigentlich kannte ich sie nur von den kurzen Telefonaten über Skype und den Videos, die sie mir ab und zu schickten. Ich rieb mir etwas überfordert den Nacken. Das Familientreffen hatte ich mir etwas harmonischer vorgestellt.

»Okay, dann geh ich jetzt mal zu Mama. Und sag den beiden Mädels, ich freue mich schon auf sie, ja?«

Ich machte, dass ich rauskam. Bevor Anneke mir noch weitere Horrorgeschichten erzählen würde.

Das gute Wetter hatte sich gehalten, und es wehte ein leichter Ostwind vom Meer herüber und brachte den Geschmack von Salz und Algen mit an Land. Über mir kreischten die Möwen und in den Feldern am Rand des schmalen, sandigen Klippenweges leuchtete der Raps strahlend gelb bis zum Horizont.

Unter mir lag die Ostsee und die sanften Wellen brandeten an den Kieselstrand und erzeugten das beruhigende Geräusch von Beständigkeit und Unendlichkeit. Ein paar Radfahrer kamen mir entgegen, die sich im sandigen Pfad auf ihren Rädern etwas abmühen mussten und mir trotzdem fröhlich einen guten Tag wünschten. Vielleicht waren es ja Annekes Gäste. Ihre teuren Funktionsjacken und die Designer-Räder würden auf jeden Fall zum neuen trendigen Look unseres Hotels passen. Ich blieb einen Augenblick stehen und blickte über das Meer. All die vergangenen Jahre hatte ich nicht nur die schönsten Ozeane und Strände der Welt gesehen, sondern auch das große Privileg genossen, dort zu leben.

Dagegen wirkte die Ostsee wie eine etwas in die Jahre gekommene, alte Tante, der man aus dem Sessel helfen musste, weil sie nicht mehr schnell genug hochkam. Und dennoch, hier oben, von der Klippe aus betrachtet, versprach das dunkle Blau des Wassers, auf dem sich weiße Schaumkronen bis zum Horizont erstreckten, eine Vertrautheit, dass mir zum ersten Mal seit Jahren bewusst wurde, wie sehr ich Brodershöved vermisst hatte.

Ich erkannte die vertrauten Umrisse des alten Lastenseglers, der vor mehr als hundert Jahren kurz vor der Klippe im Sturm untergegangen war und nun in sieben Metern Tiefe vor sich hin rostete. Es war das erste Wrack gewesen, das ich jemals in meinem Leben betaucht hatte und die Erinnerungen kamen so unvermittelt hoch, dass ich eine Gänsehaut bekam. Ich hatte immer geglaubt, dass ich in meinem Leben nur eine Sache wirklich brauchte – das Meer. Und es war völlig egal, wo dieses Meer war. Doch nun wurde mir bewusst, dass das gar nicht stimmte. Ich hatte die Ostsee vermisst. Ich hatte meine Heimat vermisst.

Und dann sah ich sie. So plötzlich und unvermittelt, wie es nur sein konnte. Ihre in der Sonne silbern glänzenden Rücken tauchten aus den Wellen auf, und ich hörte das vertraute Schnauben ihrer Atemlöcher, als sie Luft holten. Es waren Schweinswale, die man auch kleine Tümmler nannte, weil sie einen entfernt an Delphine erinnerten. Ich konnte zwei große, ausgewachsene Exemplare erkennen, die ihre Runden in der kleinen Bucht vor der Klippe zogen. Sie waren die einzige Walart, die in der Ostsee heimisch war und mittlerweile sehr selten geworden. Es war außergewöhnlich, sie so nah an der Küste zu sehen. Und dennoch war es nicht meine erste Begegnung mit ihnen hier an der Klippe. In dem Sommer, in dem ich mich in Jewe verliebt hatte, waren wir ihnen genau an dieser Stelle auf unseren gemeinsamen Tauchgängen zum Wrack mehr als einmal begegnet, und die Wale wurden zum Zeichen unserer unendlichen Liebe. Was sich im Nachhinein als ausgemachter Blödsinn erwiesen hatte. Die Liebe hatte keine sechs Monate gehalten. Ich lächelte milde und schüttelte den Kopf, als ich mich daran erinnerte, wie naiv und verklärt ich damals das Leben gesehen hatte. Trotzdem war es schön, jetzt und hier die Wale zu erblicken.

Ich wollte mich gerade wieder abwenden, als ein dritter Wal sich aus den Wellen erhob und eine kleine Sprühfontäne ausstieß, als er Luft holte. Ich starrte ungläubig aufs Wasser. Das war kein normaler Schweinswal mit einem stahlgrauen Rücken und hellem Bauch, der da munter in der Ostsee schwamm. Es war eines jener verzauberten Exemplare, die man nur sehr selten zu Gesicht bekam. Sein Körper war strahlend weiß und hob sich perfekt vom Blau des Meeres ab. Mein Herz machte einen Sprung und mein Blick wurde trüb vor Tränen, die meine Augen fluteten. Diesem Wal war ich schon einmal begegnet. An dem Tag, als mir Jewe gestanden hatte, dass es nie wieder jemanden geben werde, den er so liebte, wie er mich liebte.

KAPITEL 7

Ich hatte meine Mutter, solange ich denken konnte, als eine Person erlebt, die die Dinge lieber praktisch anging, als lange herumzudiskutieren. Das zumindest musste ich von ihr haben. Im Gegensatz zu Anneke, die gerne alles Für und Wider abwägte, um dann eventuell eine Entscheidung zu treffen. Was meine Mutter für richtig hielt, das setzte sie in die Tat um. Punkt.

So war sie eine der Ersten gewesen, die in unserem Dorf dafür gesorgt hatte, dass eine Windkraftanlage hinter unserem Haus auf dem Feld gebaut wurde. Nach und nach waren die anderen ihrem Beispiel gefolgt, nachdem sie festgestellt hatten, dass es nicht nur gut für die Umwelt war, sondern tatsächlich auch ihren Geldbeutel schonte und zusätzliche Einnahmen brachte.

Antje Larsen hatte in unserem Hotel mit Mülltrennung und Recycling angefangen, da war das noch etwas so Exotisches, dass die Küstenbewohner es mit Argwohn betrachteten. Aus politischen Diskussionen hatte sie sich aber immer herausgehalten und den Filz und die Seilschaften der Provinzpolitik mit Verachtung gestraft. Um so mehr war ich überrascht, als ich die Transparente und Schilder erblickte, die rund um den kleinen Picknick-Platz aufgestellt waren, auf dem normalerweise die Radfahrer ihre Pausen mit Blick über die Ostsee einlegen konnten. Mitten auf dem Platz stand ein altes Wohnmobil, das mich ein wenig an das Gefährt von Opa Lindhoff erinnerte, der es irgendwann mal einem Touristen abgekauft hatte, als er beschloss, mit Eintritt ins Rentenalter auf Weltreise zu gehen. Er war ein alter Freund meiner Eltern und hatte Jahre an dem Wohnmobil herumgebastelt, um es weltreisetauglich zu machen. Schließlich war klar gewesen, dass er damit nie die Welt erkunden würde. Er blieb viel lieber daheim. Doch das Basteln machte ihm wirklich Spaß.

Als ich näher kam, erkannte ich die Botschaften, die auf den Plakaten zu lesen waren: »Kein Platz für Bonzen«, stand da zu lesen, oder »Kein Jachthafen für Brodershöved«. Die Parolen waren mit Zeichnungen versehen, die entfernt an die Kunstwerke erinnerten, die meine kleine Schwester Smilla mit vier Jahren auf meine Tapete gemalt hatte, als sie die Macht der Fingerfarben entdeckte. Irritiert blieb ich vor den Protestplakaten stehen.

»Wenn Sie Interesse haben, hier sind auch ein paar Broschüren, die Sie gerne mitnehmen können.«

Noch bevor ich mich umdrehte, wusste ich, zu wem die Stimme gehörte. Es war eindeutig meine Mutter.

»Ich muss zugeben, du hast mich neugierig gemacht.«

Ich drehte mich um und strahlte meine Mutter an, die sichtlich überrascht war.

»Liv?!«

»Schön dich zu sehen, Mama.« Sie hatte sich seit unserer letzten Begegnung kaum verändert. Hochgewachsen und schlank sah sie Anneke zum Verwechseln ähnlich, nur zwanzig Jahre älter. Ich ging auf sie zu und nahm sie in den Arm. Endlich eine Begrüßung, die herzlich war.

»Was machst du denn hier?« Sie hielt mich auf Armeslänge von sich und musterte mich mit einer Spur Besorgnis im Blick.

»Ist alles in Ordnung mit dir? Mein Gott, du bist ganz blass. Und so dünn bist du geworden.«

»Bin ich nicht.« Ich lächelte etwas verlegen. »Das sieht nur so aus, weil mir der alte Parka von Inken viel zu groß ist. Ich hab leider keine dickeren Sachen aus Thailand mitgebracht.«

Meine Mutter umarmte mich erneut und drückte mich fest an sich.

»Ich bin so froh, dass du da bist. Dich schickt der Himmel.«

Einen Moment standen wir eng umschlungen, während unter uns die Ostsee im ewig gleichen Rhythmus der Wellen an die Steilküste brandete. Ich war ebenfalls froh, wieder zu Hause zu sein und von ihr im Arm gehalten zu werden. Andererseits dämmerte mir, dass mein Aufenthalt in Brodershöved wohl um einiges komplizierter werden würde, als ich es geahnt hatte.

»Einen Moment, Mama, nur damit ich das richtig verstehe.«

Ich sah meine Mutter über den Rand der dampfenden Teetasse an und kniff die Augen zusammen.

»Du hältst hier seit drei Wochen den Platz besetzt.«

Sie nickte entschlossen.

»Um dieses Bauvorhaben zu verhindern?«

Sie nickte erneut und nahm einen großen Schluck von ihrem Tee.

Wir saßen seit einer halben Stunde auf den alten quietschbunten Campingstühlen, die tatsächlich Opa Lindhoff gehörten, unter der Markise des Wohnmobils und tranken Tee. Mama hatte mich kurz auf den neuesten Stand gebracht.

»Aber«, ich schüttelte irritiert den Kopf, »dieser Platz, also das Land hier«, ich deutete auf die Wiese, die bis zur Landstraße führte und die seit Ewigkeiten unserer Familie gehörte, »das gehört doch alles dir.«

Normalerweise verpachteten wir die Wiesen an die Landwirte in der Umgebung, die ihre Kühe oder Schafe darauf weiden ließen.

»Das musst du doch nicht besetzen.«

Sie atmete einmal tief durch.

»Ganz so einfach ist es leider nicht.« Und nach einer kurzen Pause fügte sie hinzu: »Nicht mehr.«

Ich hoffte auf eine weitere Erklärung und sah sie fragend an. Schließlich wich sie meinem Blick aus und ihr Blick schweifte über die weiten Felder.

»Ich habe das Grundstück Anneke übertragen. Schon vor einer ganzen Weile.«

»Davon hast du mir gar nichts erzählt.« Ich war selbst erstaunt, wie sehr mich die Tatsache verletzte, dass meine große Schwester unser Land bekommen hatte. Meine Mutter sah mich milde lächelnd an.

»Ich bin davon ausgegangen, dass es dich sowieso nicht interessiert, was hier in Brodershöved passiert, Liv.«

Sie sagte es nicht anklagend oder vorwurfsvoll, sondern mit der sicheren Gewissheit eines Menschen, der die Wahrheit kennt. Als sie merkte, dass ich nichts erwiderte, nickte sie bestätigend.

»Weißt du, Liv, die Sanierung des Hotels und der ganze Umbau haben ein Vermögen gekostet. Wir mussten es tun. Das Haus hat schließlich fast hundert Jahre auf dem Buckel und wurde nie wirklich von Grund auf saniert. Vor drei Jahren war es einfach fällig. Und ich hätte das Geld nie allein aufbringen können.«

»Und was hat das mit Anneke zu tun? Die Bank hätte dir doch bestimmt einen Kredit gegeben.«

»Du weißt, wie ich darüber denke.« Sie sah mich tadelnd an. »Solche Dinge sollten in der Familie bleiben.«

Ich nippte missmutig an meinem Tee.

»So super ist es dann ja wohl nicht gelaufen«, murmelte ich leise vor mich hin, was mir erneut einen tadelnden Blick meiner Mutter einbrachte. Bevor sie noch etwas sagen konnte, fuhr ich fort: »Und was hat das jetzt alles mit diesem neuen Jachthafen zu tun, den die Gemeindeverwaltung hier bauen will?«

So ganz hatte ich das Problem noch nicht durchschaut, obwohl mir meine Mutter in der vergangenen Stunde einen kurzen Überblick gegeben hatte, während wir in der kleinen Küche des Wohnmobils standen und sie mit routinierten Handbewegungen einen Tee zauberte, der so gut schmeckte, dass ich auf der Stelle beschloss, ab sofort nie wieder Kaffee zu trinken. So wie es aussah, wollten die Verantwortlichen der Kreisverwaltung das verschlafene Brodershöved aus dem Dornröschenschlaf erwecken und planten eine groß angelegte Tourismusoffensive.

Unter uns, wo im Augenblick noch der Kieselstrand lag und ein paar Findlinge wie gestrandete Wale in der Dünung lagen, an denen sich die Wellen brachen, sollte in weniger als einem Jahr eine moderne Marina entstehen, in der Freizeitkapitäne anlegen konnten. Auf dem Feld hinter uns war eine dazugehörige Ferienhaussiedlung geplant, die keine Wünsche offenließ. Auch wenn ich kein Freund des modernen Massentourismus war, erschien mir das Projekt, gemessen an anderen Ferienanlagen, die ich bereits in meinem Leben gesehen hatte, einigermaßen verträglich zu sein. Die Zeit blieb halt nicht stehen, auch nicht in Brodershöved.

»Thies!« Meine Mutter lachte bitter auf. »Oder vielmehr seine Eltern haben uns das Geld für den Umbau des *Sturmnests* gegeben, Liv. Und im Gegenzug habe ich Anneke das Land überschrieben. Da wusste ich allerdings noch nicht, was mein lieber Herr Schwiegersohn und sein Schwager so planen.« Sie schüttelte empört den Kopf. »Wie konnte ich nur so dumm sein? Natürlich wussten die da schon, was Sache ist.«

Als sie meinen verständnislosen Blick sah, fuhr sie erklärend fort: »Thies' Schwager sitzt seit fünf Jahren in Freistadt in der Kreisverwaltung. Der wusste doch damals schon, was hier mal geplant werden würde.«

»Du glaubst, sie haben dich über den Tisch gezogen?« Ich sah meine Mutter immer noch skeptisch an. Anneke und ich hatten zwar nicht das herzlichste Schwestern-Verhältnis, aber das traute ich ihr nun wirklich nicht zu. Ganz im Gegensatz zu meiner Mutter.

»Natürlich haben sie das! Was glaubst du denn?«

Ich blies überfordert die Wangen auf. »Ganz ehrlich? Anneke hätte dabei niemals mitgespielt, Mama. Und das weißt du auch.«

Ich sah sie ruhig an. Nach einem Moment wich sie meinem Blick schuldbewusst aus. Ich atmete tief durch und stellte die Teetasse auf dem etwas wackeligen Campingtisch ab.

»Du und Anneke, ihr zwei ward euch immer näher als jedem anderen. Ihr seid euch so verdammt ähnlich und da denkst du, sie würde dich über den Tisch ziehen? Niemals!«

»Sie vielleicht nicht. Aber Thies.«

Meine Mutter sah mich trotzig an. Ich lachte einmal kurz trocken auf.

»Thies! Ernsthaft, Mama? Du weißt so gut wie ich, wer bei den beiden die Hosen anhat. Und das ist bestimmt nicht Thies. Das ist genauso wie bei dir und Papa damals.«

Meine Mutter stellte ebenfalls heftig die Tasse auf dem Tisch ab und sah mich sauer an. »Das ist nicht fair, Liv.«

Ich hob entschuldigend die Hände. »Okay, okay. Ich fange jetzt nicht wieder mit den alten Geschichten an. Vergiss einfach, was ich gesagt habe.«

Ich erhob mich müde aus dem Stuhl.

»Außerdem will ich mich gar nicht einmischen. Das Hotel, das alles hier.« Ich deutete mit einer Geste auf die Felder. »Das ist eure Sache. War es schon immer. Und ich will damit auch gar nichts zu tun haben. Ich habe mein eigenes Leben und das ist im Augenblick kompliziert genug.«

Damit wollte ich mich abwenden.

»Warte, Liv.«

Meine Mutter war ebenfalls aufgestanden. Sie sah mich entschuldigend an.

»Es tut mir leid. Ich habe dir die ganze Zeit mit meinen Problemen in den Ohren gelegen und gar nicht gefragt, wie es dir geht. Warum du überhaupt hier bist.«

Ich zuckte mit den Schultern, beugte mich vor und gab ihr einen Kuss auf die Wange. »Ist nicht so schlimm, Mama. Ich glaube, ich brauche einfach mal eine Auszeit vom Job. Immer nur Palmen und Südsee sind doch langweilig auf Dauer.«

Ich merkte ihr an, dass sie mir kein Wort glaubte, doch sie erwiderte nichts und nickte nur nachdenklich.

»Ich gehe mal wieder zurück ins Hotel. Ich muss mich dringend hinlegen. Der Jetlag.«

»Natürlich, Süße. Mach das.« Sie deutete auf das Wohnmobil. »Du kannst dich auch gerne hier hinlegen.«

Ich sah sie mit einem schiefen Grinsen an. »Wenn ich ehrlich bin, deine Wohnung oben im *Sturmnest* hat ein Vermögen gekostet und ist verdammt gemütlich.«

Vielleicht konnte ich sie ja überreden mitzukommen. »Warum begleitest du mich nicht und wir kochen nachher zusammen? Dann können wir noch einmal in Ruhe über alles reden.«

Ich sah, wie sie zögerte, und hatte schon fast die Hoffnung, sie überredet zu haben. Doch dann schüttelte sie energisch den Kopf.

»Ich bleibe lieber hier.«

»Okay.«

Dann ging ich davon, um mich nach ein paar Schritten noch einmal umzudrehen. Meine Mutter stand etwas verloren vor dem Wohnmobil und hatte ihre Jacke eng um den Körper geschlungen, als sie mir wehmütig hinterher sah.

»Ich schaue heute Abend noch mal bei dir vorbei.« Und mit einem breiten Grinsen fügte ich hinzu: »Vorher plündere ich noch Annekes Weinkeller. Magst du lieber Weiß- oder Rotwein?«

Sie lächelte nun ebenfalls. »Nimm den spanischen Rosé. Der ist ganz hervorragend.«

Ich versuchte mich heimlich an der Rezeption nach oben in Mamas Einliegerwohnung zu schleichen, doch vor meiner Familie gab es kein Entkommen. Noch bevor ich zwei Stufen weit gekommen war, hörte ich auch schon einen zweistimmigen Jubelschrei aus Richtung Küche.

»Liiiiv!«

Im nächsten Moment stürmten zwei schlaksige, dünne Gestalten mit weißblonden Haaren und wasserblauen Augen auf mich zu und umarmten mich stürmisch. Das war das letzte Mal geschehen, als die beiden gerade anfingen zu laufen. Im Grunde kannte ich sie nur von den Videos, die sie mir regelmäßig schickten, und unseren Telefonaten. Dass sie mir trotzdem so einen herzlichen Empfang bereiteten und sich freuten, mich zu sehen, lag vermutlich an der Tatsache, dass meine Mutter zu ihrem Geburtstag, zu Weihnachten und zu sonstigen Festen dafür Sorge trug, sie im Namen ihrer Tante mit all den Geschenken zu versorgen, die sie sich gewünscht hatten. Ohne dass ich besonders viel dafür getan hatte, war ich in ihren Augen ihre Lieblingstante. Ich bekam sofort ein furchtbar schlechtes Gewissen.

»Clara! Jule!« Ich erwiderte ihre stürmische Umarmung mit all der Herzlichkeit, die ich beim Rest meiner Familie etwas vermisst hatte.

»Cool, dass du da bist.« Jule strahlte mich begeistert an. »Du bist ja viel kleiner als im Internet.« Clara musterte mich überrascht. Und sie hatte recht. Unter den Larsen-Schwestern war ich von der Größe her tatsächlich die Kleinste. Smilla und Anneke überragten mich fast um Haupteslänge.

»Danke auch, liebste Nichte.« Ich wuschelte ihr einmal übers Haar.

Jule sah mich hoffnungsvoll an. »Hast du uns was mitgebracht aus Thailand? Irgendwas Cooles?«

Daran hatte ich nicht gedacht. Natürlich nicht. Das tat ja normalerweise meine Mutter. Jetzt musste ich überlegen, wie ich aus der Nummer wieder rauskam, ohne bei meinen Nichten komplett das Gesicht zu verlieren.

»Im Flieger war es ein wenig kompliziert.« Ich log, dass sich die Balken bogen, und hoffte inständig, man würde mir mein schlechtes Gewissen nicht sofort ansehen. »Ich hab's per Post geschickt. Ihr müsst euch also noch ein paar Tage gedulden.«

»Was ist es denn?« Jule sah mich hoffnungsvoll an.

»Eine Überraschung. Ich verrate nichts.«

Insgeheim ging ich bereits sämtliche Souvenirläden durch, die es im Coral Garden Resort gab und überlegte, was wohl in mein Budget passte, um Chris dann dazu zu bewegen, auf die Schnelle ein Überraschungspäckchen für meine ungeduldigen Nichten zu schicken. Bei dieser Gelegenheit fiel mir ein, dass ich sowieso dringend mit Chris sprechen musste, was nun hoffentlich kein Problem mehr sein würde.

»Sagt mal, ihr beiden«, ich hockte mich auf die Treppe, und Clara und Jule setzten sich ebenfalls zu mir, »ich bräuchte mal eure Unterstützung. Habt ihr einen Laptop, den ihr mir mal kurz leihen könnt?«

»Ich hab ein Tablet.« Clara sah mich stolz an. »Hab ich von Papa zu Weihnachten geschenkt bekommen.«

»Genau, mein Schatz.« Thies' Stimme ertönte aus Richtung Frühstücksraum. »Und das ist eigentlich nur für die Schule und fürs Lernen bestimmt.«

Ich blickte auf, als er lässig in die Diele geschlendert kam und seine beiden Töchter anlächelte. Er hatte sich in all den Jahren nicht wirklich verändert. Seine hochgewachsene, schlanke Gestalt, die flachsblonden Haare, die etwas schütter geworden waren und der leicht missmutige Ausdruck um seine Mundwinkel herum, waren immer noch gleich. Er trug ein hellblaues Businesshemd zu einem dunklen Sakko und legere Designerjeans. Auf eine Krawatte hatte er verzichtet, und alles an ihm strahlte die gleiche Gediegenheit aus, die ich auch bei Anneke gesehen hatte. Zusammen mit den Zwillingen gaben sie das perfekte Bild einer wohlsituierten Bilderbuchfamilie ab. Manche Dinge ändern sich anscheinend nie.

Anneke kam ebenfalls hinzu und stellte sich an Thies' Seite. »Wolltest du dich einfach so hochschleichen?«

Warum musste ihre Stimme immer diesen nörgelnden, vorwurfsvollen Ton haben? Innerlich verdrehte ich leicht die Augen, und es gelang mir tatsächlich, so etwas wie ein entschuldigendes Lächeln auf mein Gesicht zu zaubern.

»Du, ich bin total müde. Jetlag. Ich wollte mich mal eine Stunde aufs Ohr legen.«

Sie sah mich mit skeptisch hochgezogenen Augenbrauen an und glaubte mir vermutlich kein Wort. Hinter ihrer Stirn sah ich es arbeiten und sie versuchte wohl zu ahnen, wie das Treffen mit unserer Mutter gelaufen war. Thies kam zu mir und legte mir gönnerhaft eine Hand auf die Schulter. Es war seine Version einer herzlichen Begrüßung.

»Ich hab es kaum glauben können, als Anneke es mir gesagt hat. Du bist tatsächlich da. Na dann, willkommen daheim.«

Seine Augen musterten mich aufmerksam, und auch er schien sich zu fragen, welche Informationen seine Schwiegermutter in den letzten Stunden an mich weitergegeben haben konnte. Ich setzte einen betont neutralen Gesichtsausdruck auf und ließ mir nichts anmerken, während die Zwillinge bereits aufgesprungen waren.

»Ich hol dir mein Tablet, Liv. Können wir mit hoch zu dir?«

»Erzählst du uns was von Thailand?«

»Kannst du uns das Tauchen beibringen?«

Die beiden plapperten aufgeregt durcheinander, und ich kam bei dem Tempo kaum mit.

»Wow, wow, wow.« Ich hob abwehrend die Hände. »Vielleicht komme ich erst mal an und dann sehen wir weiter, okay?«

Sie sahen etwas enttäuscht aus.

»Ich bin noch eine ganze Weile hier. Wir haben also alle Zeit der Welt.«

Das schien sie etwas zu beruhigen und sie düsten mit der gleichen Geschwindigkeit ab, mit der sie gekommen waren. Anneke und Thies sahen ihnen kurz hinterher und tauschten einen vielsagenden Blick.

»Hast du mit Mama gesprochen?«

Annekes Stimme klang betont gleichmütig, doch in ihren Augen war Verunsicherung zu erkennen.

Ich nickte. »Ja, das habe ich.«

Sie tauschte wieder einen Blick mit Thies.

»Und? Was sagst du dazu?«

Ich erhob mich und zuckte mit den Schultern. »Was soll ich dazu schon sagen?«

»Deine Schwester könnte etwas Unterstützung ganz gut gebrauchen.«

Warum sich mein Schwager immer als großer Beschützer aufspielen musste, obwohl klar war, dass Anneke prima allein

104

zurechtkam, war mir ein Rätsel. Ebenso, dass Anneke ihn gewähren ließ. Ich blickte zunehmend genervt zu den beiden auf.

»Wisst ihr was?! Ich halte mich da raus.«

Anneke gab kurz einen empörten Ton von sich, was Thies dazu veranlasste, ihr auch noch tröstend den Arm um die Schultern zu legen. Und mir einen Blick zuzuwerfen, der sensiblere Gemüter als mich in Depressionen versetzt hätte.

»Tatsächlich?«

»Ja. Tatsächlich.« Ich sah die beiden entschlossen an. »Ich hab sowieso keine Ahnung, was in den letzten Jahren hier alles abgegangen ist. Also kann ich dazu auch nichts sagen. Und ich würde mich sehr freuen, wenn ihr mich auch aus dieser ganzen Angelegenheit heraushalten würdet. Kriegen wir das hin?«

Ich sah sie auffordernd an. Thies schüttelte mit dieser Arroganz und Überheblichkeit den Kopf, die mich schon früher dazu gebracht hatte, ihn am liebsten auf den Mond schießen zu wollen.

»Klar kriegen *wir* das hin, Liv. Wie immer. *Du* musst ganz sicher keine Verantwortung übernehmen.«

Er sagte es mit einem ironischen Unterton, der mich tatsächlich auf die Palme brachte. Bevor ich etwas erwidern konnte, legte Anneke ihrem Mann beruhigend die Hand auf den Arm.

»Ist schon gut, Thies. Lass es sein.«

»Wäre auch mein Vorschlag gewesen.« Ich lächelte ihn zuckersüß an.

Im nächsten Moment kamen auch schon die Zwillinge zurückgestürmt und hielten ihr Tablet wie eine Trophäe in die Luft.

Ich bedankte mich brav und machte mich dann auf den Weg nach oben in die Wohnung.

»Sag mal, Liv?«

Thies' Stimme ließ mich noch einmal innehalten.

»Wie lange willst du uns eigentlich mit deinem Überraschungsbesuch erfreuen?«

Ich hätte es nicht unfreundlicher ausdrücken können.

»Genau das, mein lieber Schwager«, ich schenkte ihm ein ironisches Grinsen und hielt das Tablet in die Höhe, »versuche ich gleich mal herauszufinden.«

Ich nickte den beiden knapp zu. »Ich sag euch heute Abend Bescheid.«

Ich brauchte nur zwei Versuche, bis ich Chris am frühen Abend tatsächlich über Skype erreichte, nachdem ich zwei Stunden auf dem Sofa gedöst hatte. In Koh Lanta war es kurz nach Mitternacht und ich erkannte Chris' müdes Gesicht im Schein der kleinen Nachttischlampe unseres gemeinsamen Schlafzimmers im Beachhouse. In weniger als fünf Minuten hatte ich ihn auf den neuesten Stand gebracht, was die derzeitige angespannte Stimmung in meiner Familie betraf, und sah ihn nun flehend an.

»Bitte, Chris, sag mir, dass ich zurückkommen kann und alles in bester Ordnung ist.«

Er rieb sich den Nacken und schenkte mir ein müdes Lächeln. Ich ahnte, was das bedeutete.

»Mist!«

»Ja, ziemlich großer Mist. Sie haben der Hotelleitung ordentlich Druck gemacht, bevor sie abgereist sind.«

»Dieses Höllenehepaar ist weg?« Für einen kurzen Augenblick sah ich einen Hoffnungsschimmer am Horizont. »Dann kann ich zurück?«

Chris rieb sich überfordert die Stirn.

»Solltest du das jemals tun, wird dich Mister Duong höchstpersönlich im Pool ertränken.«

Mister Duong war langjähriger Hotelmanager des Coral Garden Resorts und schien nicht gerade begeistert von meiner Aktion zu sein.

»Er will dich auf Koh Lanta nie mehr wiedersehen. Und er wird dafür sorgen, dass du an der gesamten Südküste keinen Job mehr bekommst.«

»Na super.« Ich sah ihn schuldbewusst an. »Hat er euch Ärger gemacht?«

Chris schüttelte den Kopf und wich meinem Blick aus. »Du weißt, wie überzeugend Stevie sein kann. Allerdings gibt's da ein Problem mit deiner Ausrüstung.«

»Was ist damit?« Ich setzte mich aufrecht hin und ahnte bereits, dass das, was nun folgen sollte, mich nicht gerade in Begeisterungsstürme ausbrechen lassen würde. Ich war stolz auf meinen Scubapro-600-Atemregler und das Lotus Jacket hatte ich mir gerade erst gekauft. Sie hatten mich ein kleines Vermögen gekostet.

»Deinen Tauchcomputer konnte ich gerade noch verschwinden lassen. Alles andere hat Duong beschlagnahmt. Als Wiedergutmachung für den finanziellen Schaden, den du dem Hotel bereitet hast.«

»Das kann er nicht machen. Die Sachen gehören mir.«

»Jetzt nicht mehr.«

Ich fand Chris' Art, damit umzugehen, etwas locker und teilte ihm das auch mit. Ich hing an meiner Ausrüstung.

»Weißt du, Liv, dafür, dass wir dir deinen hübschen Hintern gerettet haben, hätte ich ein wenig mehr Dankbarkeit erwartet.«

Womit er nicht ganz unrecht hatte.

»Ja, ich weiß. War auch nicht so gemeint.« Ich sah ihn entschuldigend an und hoffte, dass meine Betroffenheitsmiene auch in Thailand entsprechend rüberkam.

»Was soll ich jetzt ohne meine Ausrüstung machen? Eine neue kann ich mir nämlich erstmal nicht leisten.«

»Kannst du dir nicht etwas Geld von deiner Schwester leihen? Oder deiner Mutter? Ohne Ausrüstung wird's schwer werden, dir einen neuen Job als Tauchguide zu besorgen.«

Das hörte sich so an, als ob Chris schon etwas in Aussicht hatte. Was ausnahmsweise mal gute Neuigkeiten waren.

»Dann klappt's mit Marsa Alam?«

Ich sah, wie Chris nickte und sein Gewinnerlächeln aufsetzte.

»Marc hat erzählt, Robbie unten in Safaga braucht jemanden ab August für seine Basis. Er will dich als Instructor für Open Water.«

Ich schloss erleichtert die Augen. Das war doch eine vielversprechende Perspektive. Außerdem mochte ich das Rote Meer als Tauchspot wirklich gern.

Chris dämpfte meine Euphorie ein wenig. »Es sieht allerdings nicht sehr professionell aus, wenn du ohne eigenes Equipment erscheinst.«

»Ich lass mir etwas einfallen. Irgendwie krieg ich die zweitausend Euro für eine neue Ausrüstung schon zusammen.« Ich sah ihn liebevoll an und legte einen Finger auf den Bildschirm, genau da, wo sein Mund war. »Danke. Du bist ein Schatz.«

»Immer wieder gern.«

Ich schaute ihn sehnsuchtsvoll an. »Du fehlst mir hier oben im kalten Norden.«

Er hob erstaunt die Augenbrauen. »Tatsächlich? Die Frau, die nichts mehr liebt als ihre Freiheit, vermisst mich? Ich bin überrascht.«

Seine Worte verletzten mich, obwohl ich wusste, dass er recht hatte. In unserer dreijährigen Beziehung war ich nicht gerade dafür bekannt gewesen, große Liebesschwüre zu leisten.

»Ich habe nie behauptet, dass du mir gleichgültig bist.«

»Nein, das hast du nicht.«

Lag es am Licht der diffusen Lampe im fernen Thailand, oder sah Chris tatsächlich etwas gequält aus.

»Bislang hast du aber auch nie gesagt, dass du eine richtige Beziehung willst.«

Die letzten Tage waren anstrengend gewesen und ich hatte nicht den Nerv, jetzt eine dieser Diskussionen zu führen, zu denen Chris mich in den letzten drei Jahren unseres Zusammenlebens in regelmäßigen Abständen gedrängt hatte.

»Du weißt, wie ich dazu stehe, Chris.« Ich sah ihn offen an. »Warum lassen wir nicht alles so wie es ist? Es hat bisher wunderbar funktioniert. Warum sollten wir irgendetwas daran ändern?«

»Vielleicht, weil es Zeit ist, Liv. Seit drei Jahren steigen wir miteinander in die Kiste, reisen gemeinsam um die Welt und trotzdem scheust du dich davor, es als das zu sehen, was es ist … eine feste Beziehung.«

»Hör zu, Chris. Ich muss langsam Schluss machen. Ich danke dir, für alles, was du da unten in Thailand in den letzten Tagen für mich getan hast, okay? Und Stevie bin ich auch dankbar. Alles andere klären wir ein anderes Mal.«

Ich erkannte auf dem pixeligen Bildschirm, wie er frustriert den Kopf hängen ließ und seine nackten, braun gebrannten Schultern sich mit einem Seufzer hoben.

»Okay. Wir klären es ein anderes Mal. So wie immer.«

Ich schluckte eine bissige Bemerkung hinunter und lächelte ihn versöhnlich an. »Du fehlst mir wirklich. Ich melde mich morgen wieder.«

Damit beendete ich die Verbindung und atmete erleichtert auf. Im nächsten Moment fiel mir ein, dass ich ihn nicht nach einem Geschenk für die Zwillinge gefragt hatte.

»Mist!«

Ihn erneut anzurufen kam allerdings auch nicht infrage. So wie es aussah, musste ich mir etwas anderes einfallen lassen, um meine Nichten nicht zu enttäuschen. Genau wie ich mir etwas einfallen lassen musste, um genügend Geld für die Ausrüstung aufzutreiben und irgendwie drei Monate in Brodershöved zu überstehen, ohne mich in einen Kleinkrieg mit meiner Familie hineinziehen zu lassen. Stöhnend ließ ich mich in die weichen Polster des Sofas fallen. Etwas entspannter hatte ich mir meine Rückkehr schon vorgestellt.

Kapitel 8

»Du willst im Hotel mit anpacken?«

Anneke sah mich so ungläubig an, als hätte ich gerade vor-geschlagen, nächste Woche zu einer bemannten Mars-Mission aufzubrechen.

»Ja, warum nicht? Du hast doch gesagt, dass dir die Arbeit über den Kopf wächst und du keine Zeit für die Familie hast. Also helfe ich dir dabei und übernehme den Sommer über Mamas Job.«

Anneke sah mich noch immer misstrauisch an.

»Einfach so?«

Ich zuckte mit den Schultern. »Ja, einfach so.«

Ich hielt ihren skeptischen Blick, mit dem sie mich anstarrte, nicht lange aus, ohne ein Wort zu sagen. So hatte sie mich auch schon früher immer rumgekriegt, sämtliche Missetaten zu gestehen, die ich begangen hatte.

»Okay, okay. Es könnte sein, dass du, oder Mama«, fügte ich eilig hinzu, »mir eventuell auch einen kleinen Gefallen tun könntet.«

»Und der wäre? Ich meine, davon abgesehen, dass du hier umsonst wohnen kannst und der Kühlschrank immer gut gefüllt ist?«

Ich sah sie verletzt an. »Jetzt tust du so, als würde ich euch nur auf der Tasche liegen.«

Sie schnaubte einmal auf und schwieg dann aber zum Glück.

»Ich brauche eine neue Tauchausrüstung für den Job in Ägypten ab August.«

Anneke nickte und wusste sofort, um was es ging.

»Wieviel wird mich deine Hilfe kosten?«

»Auf jeden Fall kein Vermögen.« Ich blickte sie beleidigt an. »Und ich stottere das Geld ab, sobald ich den Job in Ägypten habe.«

Anneke wandte sich um und widmete sich wieder ihrer Arbeit an der Rezeption.

»Wann wirst du eigentlich endlich erwachsen?«

Ich verdrehte hinter ihrem Rücken die Augen und machte eine wenig schmeichelhafte Grimasse.

»Also, was sagst du? Machen wir's so oder nicht?«

Ich strahlte sie hoffnungsvoll an. »Als Zimmermädchen bin ich gar nicht mal schlecht.«

Das war zwar gelogen, aber egal. Der Blick, der mich traf, zeugte davon, dass auch Anneke alles andere als überzeugt war.

»Okay, wir probieren es. Aber du hältst dich an meine Anweisungen. Es wird genau so gemacht, wie ich es sage.«

Ich salutierte übertrieben. »Jawoll, Chefin.«

Sie unterdrückte ein Grinsen. »Übertreib's nicht, Liv.«

Zumindest eines meiner akuten Probleme hatte sich damit erledigt und ich konnte ein wenig aufatmen.

Nach dem gemeinsamen Abendessen mit Thies, meiner Schwester und den Zwillingen, das tatsächlich ohne weitere Zwischenfälle ablief, überredete ich Anneke, mir noch eine Flasche von dem spanischen Rosé zu überlassen, den Mama

112

mir empfohlen hatte. Es wurde bereits dunkel, als ich mich auf den Weg zum Camper machte und ich fluchte innerlich, nicht auch nach einer Taschenlampe gefragt zu haben. Es war verdammt dunkel auf der Klippe und ich befürchtete schon, zehn Meter in die Tiefe zu stürzen, als ich den schwachen Schein einer Campingleuchte vor dem Wohnmobil erkannte. So wie es aussah, wartete meine Mutter bereits auf mich.

Mama zog erstaunt eine Augenbraue hoch, als ich ihr von meinem Deal mit Anneke erzählte, sparte sich aber zum Glück einen Kommentar über meine Ambitionen, als Zimmermädchen im *Sturmnest* zu arbeiten. Vermutlich erinnerte sie sich sehr genau daran, wie ich in den Schulferien ausgeholfen und mich dabei so ungeschickt angestellt hatte, dass sie mich lieber zum DLRG schickte, um mich dort als Rettungsschwimmerin die Sommerferien mit etwas Sinnvollem verbringen zu lassen. Und natürlich ahnte sie auch, dass mein überraschender Heimatbesuch nicht ganz freiwilliger Natur war.

»Du bist also pleite, hast deinen Job und deine Tauchausrüstung verloren«, stellte sie nüchtern fest und sah mich dabei an, als wäre ich mit der Kaffeekasse unseres Hotels durchgebrannt. »Was genau hast du denn in Thailand angestellt?«

Ich wusste, dass sie sich mit einer Ausrede nicht zufriedengeben würde, also erzählte ich ihr, was passiert war und goss uns dabei großzügig von dem Rosé nach, der tatsächlich ziemlich gut schmeckte. Als ich meine Erzählung beendet hatte und auf ein Donnerwetter wartete, blickte meine Mutter nur stumm über die Klippen auf die Ostsee. Der Vollmond ließ die Wellen unter uns silbern glitzern.

»Es war gut, dass du diesem unmöglichen Menschen seine Grenzen aufgezeigt hast.«

113

Ich verschluckte mich fast an meinem Wein.

»Meinst du das ernst, Mama?«

Immerhin fand sie so gut wie nie irgendetwas richtig, was ich tat oder nicht tat. Sie sah mich stumm an und in ihren Augen erkannte ich einen müden Ausdruck, den ich noch nie bei ihr gesehen hatte.

»Weißt du, Liv, in den letzten Jahren ist mir so einiges klar geworden. Ich habe viel nachgedacht über uns und unser Leben hier.«

Sie nippte nachdenklich an ihrem Wein.

»Schon vor dem Umbau lief das Hotel immer besser. Jedes Jahr wurden es mehr Gäste, weil das Wetter so außergewöhnlich gut war. Die letzten Sommer waren wie auf Mallorca. Es war heiß, trocken, das ideale Badewetter.«

»Das ist doch gut, oder nicht?«

»Nicht für alle. Den Bauern ist das Gras auf den Wiesen vertrocknet. Der alte Nielsen musste im August schon Heu nachkaufen, weil seine Kühe auf der Weide keinen Grashalm mehr finden konnten. Alles vertrocknet.«

Ich nickte nachdenklich.

»Das ist alles nicht mehr normal, Liv. Und die Herbststürme werden immer heftiger. Wir hier oben an den Klippen sind einigermaßen geschützt. Aber weiter unten ist die Steilküste auf hundert Meter abgebrochen. Und dann die Sturmflut vor zwei Jahren. Da hat es die Küste in der Lübecker Bucht böse erwischt. Da sind ganze Badeorte abgesoffen. Ein Glück, dass es keine Toten gegeben hat.«

Ich erinnerte mich vage daran, im Internet von »Oskar«, einem heftigen Orkan, gelesen zu haben, der tatsächlich die Ostseeküste unterhalb Fehmarns geflutet hatte.

»Ist Petermanns Klippe gefährdet?«

Meine Mutter schüttelte den Kopf.

»Wie es aussieht, gehören wir zu den Gewinnern der ganzen Sache. Selbst wenn um uns herum das Land untergeht … wir sitzen im Trockenen.«

Ich verstand nicht ganz, was ihr Problem war und ließ sie das auch wissen.

»Ich habe unsere Klippe nicht besetzt, weil ich glaube, Anneke und mein lieber Herr Schwiegersohn haben mich über den Tisch gezogen, Liv. Ich mache es, weil irgendwann auch einmal Schluss sein muss.«

»Womit denn Schluss sein, Mama?«

»Mit dem weiter, größer, schneller, Liv.« Sie sah mich fest an. »Thies redet nur noch davon, wie viel Potenzial in Brodershöved steckt und im *Sturmnest*. Dass er expandieren will, noch mehr bauen will, alles größer machen will.«

Es war das altbekannte Dilemma. Die einen wollten, dass alles so blieb, wie es war. Die anderen nicht.

»So etwas nennt man Fortschritt, Mama. Den kannst du nicht aufhalten.«

Sie sah mich nachdenklich an. »Vielleicht. Vielleicht hast du recht. Aber ich kann immerhin versuchen, es Menschen wie Thies nicht ganz so einfach zu machen.«

Ich schwieg und nippte an meinem Wein. Was sollte ich dazu auch sagen. Ich war schließlich auch ein Teil von dem, was Mama so schrecklich fand, und verdiente mein Geld damit, zahlungskräftige Touristen an die schönsten Riffe der Welt zu führen, auch wenn die Ökosysteme dort bereits mehr als angeschlagen waren und eigentlich eine Pause von uns Menschen verdient gehabt hätten.

»Du kannst es ihm nicht übelnehmen, Mama. Thies versucht nur, gut für seine Familie zu sorgen. Für Anneke und für die Zwillinge.«

Sie sah mich an, als hätte ich etwas sehr, sehr Dummes gesagt. Ich bereute umgehend, überhaupt etwas gesagt zu haben.

»Es geht auch anders, Liv. Thies und Anneke gehen den einfachen Weg. Sie sollten sich lieber ein Beispiel an Jewe nehmen. Der Junge macht es richtig.«

Ich verschluckte mich an dem Wein und versaute Annekes teure Funktionsjacke, die sie mir geliehen hatte, mit ein paar ordentlichen Weinspritzern.

Meine Mutter schenkte mir einen amüsierten Blick. »Interessant, dass er noch immer diese Reaktionen bei dir hervorruft.«

»Der ruft gar nichts mehr bei mir hervor«, gab ich hustend zurück. »Ich kann mich nur nicht mehr daran erinnern, dass Jewe Jaspers jemals in seinem Leben etwas richtig gemacht hat.« Ich blitzte sie sauer an. »Eher im Gegenteil.«

Sie nickte amüsiert. Und bevor sie noch etwas sagen konnte, stellte ich klar, dass ich auch nicht weiter über ihn reden wollte. Meine kurze Begegnung mit ihm und seinem verrückten Hund am Morgen und sein arrogantes Auftreten hatten mir gereicht.

»Wenn mich jemand vor die Wahl stellen würde, Jewe oder Thies zu folgen, müsste ich nicht lange überlegen. Und dabei kann ich Thies noch nicht mal gut leiden. Also sollten wir das Thema lieber lassen.«

»Das ist wirklich schade.« Sie blickte mich prüfend über den Rand ihres Weinglases an.

»Ich habe immer gedacht, aus euch beiden könnte etwas Besonderes werden.«

»Ja, ich erinnere mich. Aber du hast ja auch daran geglaubt, dass ich der nächste Jacques Cousteau werde. Nur in weiblich. Und jetzt schau mal, was aus mir geworden ist.«

Meine Worte klangen bitterer, als ich es beabsichtigt hatte.

»Aber weißt du was? Das ist okay. Ich bin glücklich mit dem, was ist. Und wenn dieser Sommer vorbei ist und ich wieder in Ägypten einen Haufen Touristen durchs Wasser führe, dann bin ich sogar noch glücklicher.«

Meine Mutter merkte, dass sie einen wunden Punkt berührt hatte und legte beruhigend die Hand auf meine.

»Das weiß ich, Liv. Und ich freue mich, dass du das machen kannst, was du liebst. Ich hätte es mir nicht anders für dich wünschen können.«

Ich wusste, dass sie es ehrlich meinte. Allerdings war ich nicht ganz ehrlich. Denn manchmal überkam mich das Gefühl, nicht ganz da angekommen zu sein, wo ich in meinem Leben eigentlich hingewollt hatte. Doch es war zu spät, um weiter darüber nachzudenken.

Wir saßen noch eine weitere Stunde im Licht des Vollmonds vor dem Wohnmobil, genossen den lauen Frühlingsabend und den Rosé und vermieden so heikle Themen wie alte Liebschaften und neue Geschäftspläne. Es war kurz vor Mitternacht, als ich mich verabschiedete und den Weg heim ins *Sturmnest* antrat.

KAPITEL 9

Die nächsten zwei Wochen verliefen erstaunlich harmonisch, was mich an dieser Stelle bereits hätte misstrauisch machen müssen.

Natürlich verschlief ich am ersten Arbeitstag und starrte erschrocken in das Gesicht meiner Schwester, als sie wie ein Geist im Zwielicht des anbrechenden Morgens vor mir in der kleinen Kammer stand. Thies hatte mir wie angekündigt ein Zustellbett, das furchtbar unbequem war, hineingestellt. Nachdem sie mir mit einem Kaffee aus ihrem ultramodernen Vollautomaten Leben eingehaucht hatte, begaben wir uns in den großen Frühstücks- und Aufenthaltsraum, um das Büfett für die Gäste vorzubereiten.

Sie hatten das alte *Sturmnest* sehr modern, aber wirklich geschmackvoll eingerichtet, und ich konnte verstehen, dass sich die Gäste wohlfühlten und immer wieder kamen, egal, wie das Wetter draußen war. Ein offener, modern gestalteter Kamin mitten im Raum erzeugte behagliche Wärme und Wohlfühlatmosphäre. Alles war grau- und cremefarben gehalten, mit dezent gesetzten Farbtupfern in Gold, Rot und Blau. Das Geschirr war schlicht und edel und trug das alte Logo unseres Hotels, das mein Urgroßvater vor fast hundert Jahren eigenständig entworfen hatte. Frische Tulpen in leuchtenden Farben, die Anneke selbst im Garten zog, standen auf den Tischen. Durch die großen Panoramafenster konnte man das leuchtende Orange des anbrechenden Tages erkennen. Es tauchte die Streuobstwiese, die bis zu den Klippen führte, in ein magisches, sanftes Licht. Ich half Anneke dabei, das Frühstücksbüfett herzurichten. Auch das ließ keine Wünsche offen. Sie setzte auf regionale Bio-Produkte höchster Qualität, die bestimmt nicht billig im Einkauf gewesen waren. Es gab sogar ein umfangreiches veganes Angebot, was mich überraschte.

»Wieso?« Anneke sah mich spöttisch an. »Hat Mama den Eindruck erweckt, mir und Thies geht's nur ums Geld und wir kümmern uns einen Dreck um die Umwelt?«

So genau hatte meine Mutter es zwar nicht gesagt, aber ich konnte Anneke auch nicht widersprechen.

»Wie gesagt«, ich lächelte sie versöhnlich an und hob beschwichtigend die Hände, »ich halte mich da raus.«

Ihr Blick zeigte mir deutlich, dass sie davon alles andere als überzeugt war.

Das Putzen der Toiletten, das Bettenmachen und Staubsaugen in den knapp dreißig Zimmern war dann weniger erfreulich, aber ich beschwerte mich nicht und übernahm alle Aufgaben, die Anneke mir übertrug, klaglos. Die Tage vergingen wie im Flug.

Nachmittags, wenn alles erledigt war, die Zwillinge aus der Schule kamen und ich mit ihnen herumgealbert hatte, machte ich einen Spaziergang zu Petermanns Klippe, um meine Mutter zu besuchen, die wie ein Fels in der Brandung die Stellung hielt. Was bei den angenehmen Frühlingstemperaturen auch nicht weiter schlimm war.

Während wir am Strand spazieren gingen, den Möwen zuschauten und den Kieselstrand nach Bernstein oder Hühnergöttern absuchten, redeten wir über alles Mögliche. Nur nicht über die wirklich wichtigen Dinge. Ich hielt an meinem

Vorsatz fest, mich nicht mehr als nötig in den Familienstreit hineinziehen zu lassen, und so fragte ich lieber nach Smilla, die noch immer in Kiel Nautik studierte und demnächst ihren Uni-Abschluss machen würde. Die Liebe zum Meer war so ziemlich das Einzige, was uns beide verband. Immerhin war das schon mehr als mit Anneke. Meine kleine Schwester war immer das Nesthäkchen gewesen, das in seiner ganz eigenen Welt lebte. Sie war sechs Jahre jünger als ich, hatte andere Freunde als ich, und eigentlich bekamen wir beiden Älteren sie kaum zu Gesicht, weil wir so mit unserem eigenen Leben beschäftigt waren. Trotzdem liebte ich Smilla und hatte mich über jeden ihrer Besuche gefreut, wenn sie auf den verschiedenen Tauchbasen, auf denen ich arbeitete, für einen Kurzurlaub auftauchte. Ich hatte amüsiert (und ein wenig beeindruckt) zugeschaut, wie sie den männlichen Touristen an den Traumstränden der Welt mächtig den Kopf verdrehte. Sie war keine Model-Schönheit wie aus einem Hochglanz-Magazin, aber ihr Charme und ihre offene Herzlichkeit verzauberten jedermann sofort. Es war vermutlich der Bonus, den man als jüngstes Geschwisterkind mit auf die Welt bekam, dass einem alles quasi in den Schoß fiel, weil wir älteren Geschwister schon längst die Kämpfe ausgetragen hatten, die nötig waren, um erwachsen zu werden. Smilla konnte sich einfach ins gemachte Nest setzen, ihren Charme spielen lassen und das Leben genießen.

»Ich finde, du siehst das ein bisschen zu positiv.«

Meine Mutter schenkte mir einen tadelnden Blick, während sie einen Stein näher in Augenschein nahm, der nach Bernstein aussah.

»Ich habe auch mit Milly so meine Auseinandersetzungen gehabt.«

Ich schaute meine Mutter skeptisch an.

»Doch, das haben wir, Liv. Du und Anneke, ihr habt davon nur nichts mitbekommen. Ihr wart ja kaum noch daheim.«

Nun, dem konnte ich nicht widersprechen. Als Smilla in die Pubertät kam, waren Anneke und ich längst ausgeflogen.

Nach zwei Wochen und dem dritten Abend hintereinander, den ich gemeinsam mit Anneke, Thies und den Kindern in deren großer Einliegerwohnung im Anbau des *Sturmnest* zugebracht hatte, wurde mir das Familienleben zu viel. Noch bevor die Tagesschau auf dem riesigen Flachbildschirm an der Wand lief, trat ich die Flucht an.

»Ich werde mal schauen, was es im *Anker* Neues gibt.«

Anneke und Thies sahen überrascht von ihrem Platz auf der Couch auf. Sie gingen mittlerweile nicht mehr sehr oft abends aus dem Haus. Falls sie das überhaupt jemals getan hatten.

»Ich hab mich mit Inken verabredet. Ich wollte mich bei ihr noch für die Hilfe bedanken. Also hab ich sie auf ein Bier eingeladen.«

Anneke nickte. »Denk bitte daran, dass du morgen um halb sechs rausmusst.«

Ich sah sie kopfschüttelnd an. »Du hörst dich an wie eine Helikopter-Mum.«

Clara und Jule stimmten mir lautstark zu und wollten unbedingt mit in Brodershöveds legendärste Kneipe. Ich versprach ihnen, sie bei nächster Gelegenheit mitzunehmen. So in vier bis fünf Jahren. Ihre enttäuschten Kommentare bekam ich schon gar nicht mehr mit und schloss eilig die Wohnungstür hinter mir. Draußen atmete ich erleichtert auf. Diese Familie war einfach zu perfekt für mich.

Ich war tatsächlich mit Inken verabredet und hatte sie nicht nur als Ausrede benutzt. Über WhatsApp. Nachdem mir Clara ihr altes Smartphone (es war moderner als meins in Thailand) zur

Verfügung gestellt hatte und mir Anneke sogar eine Prepaid-Karte spendierte. Es war ein gutes Gefühl, wieder online zu sein. Ich hatte auch kurz mit Chris gechattet, von dem allerdings nicht viel Neues kam.

Während ich die Hauptstraße hinunterging und an dem Supermarkt und der Bäckerei Ohlrogge vorbeikam, wurde mir bewusst, wie wenig sich in den vergangenen zehn Jahren in meinem kleinen Heimatdorf verändert hatte. Hier und da waren einige der alten, aus roten Ziegeln gemauerten Kapitänshäuser renoviert und modernisiert worden, und aus den Selbstversorgergärten hatte man blühende Gartenlandschaften gemacht. Doch es war alles noch immer so, wie ich es in Erinnerung hatte. Ich musste den Kopf schütteln. Draußen in der großen weiten Welt veränderten sich die Dinge in einer irrsinnigen Geschwindigkeit, doch Brodershöved verschlief einfach die neuen Zeiten. Irgendwie konnte ich Thies und Anneke verstehen, dass sie ihr Heimatdorf zumindest ein wenig ins einundzwanzigste Jahrhundert holen wollten. Alles veränderte sich doch, oder nicht?! Wieso wollte meine Mutter das nicht wahrhaben? Vermutlich, weil sie mit Veränderungen nicht besonders gut umgehen konnte.

Es war auch der Grund dafür gewesen, dass es zwischen ihr und unserem Vater irgendwann nicht mehr geklappt hatte und er lieber anderswo ein neues Leben anfing. Er war viel zu abenteuerlustig und freiheitsliebend, um den Rest seines Lebens in Brodershöved zu verbringen. Ich war damals zwölf Jahre alt und bis zu meinem zwanzigsten Geburtstag hatte ich kein Wort mehr mit ihm gewechselt und mich geweigert, ihn zu sehen. Als er eines Tages dann völlig unvermittelt in dem kleinen Urlaubsresort auf den Malediven auftauchte, in dem ich meinen ersten Job als Guide hatte, war ich mehr als verblüfft und gar nicht in der Lage, nicht mit ihm zu reden. Ich weiß nicht, ob es daran lag, dass wir auf neutralem Boden waren, weit entfernt von Brodershöved und all den Erinnerungen meiner Kindheit, aber wir verbrachten tatsächlich eine entspannte Woche am Strand einer kleinen Insel mit dem malerischen Namen Filitheyo, gingen gemeinsam tauchen und sprachen uns aus. Und mir wurde bewusst, dass wir beide uns viel ähnlicher waren, als ich gedacht hatte. Später gestand er mir, dass er nicht zufällig dort gewesen war, sondern unser Treffen natürlich von langer Hand geplant war. Ich war froh, dass er es getan hatte. Ich hatte ihn schrecklich vermisst. Seit dieser Zeit hielten wir losen Kontakt und telefonierten alle paar Wochen oder schrieben uns Mails. Vielleicht sollte ich lieber ihn fragen, ob er seiner Lieblingstochter nicht ein wenig finanziell unter die Arme greifen konnte.

Ich war so in Gedanken versunken, dass ich die hochgewachsene Gestalt, die vor der Tür des *Anker* stand und auf ihr Smartphone blickte, fast über den Haufen rannte.

»Oh ... 'tschuldigung.«

»Nichts passiert.«

Jewe Jaspers lächelte freundlich auf mich herab. Im Bruchteil einer Sekunde verschwand das Lächeln und er erstarrte.

»Liv ...«

Ich brauchte ebenfalls einen Moment, um mich zu sammeln.

»Hi Jewe.« Ich schaffte es tatsächlich, so etwas wie ein Lächeln auf meine Lippen zu zaubern. Zugegebenermaßen ein etwas ironisches Lächeln. »Wo hast du deinen verrückten Hund gelassen?« Ich blickte mich suchend um. »Versucht er gerade wieder, eine unschuldige Touristin im Meer zu ertränken?«

Jewe lächelte ebenfalls ironisch. »Für diese Woche hat er sein Soll erfüllt. Er ruht sich lieber aus. Wer weiß, was ihm die nächsten Tage so über den Weg läuft. Gib mir Bescheid, wenn du mal wieder auf der Seebrücke bist. Ich kann für euch beide was arrangieren.«

»Sehr witzig, Jewe.« Ich wandte mich ab, um im *Anker* zu verschwinden. »Bis dann.«

Irritiert blickte ich über die Schulter, als ich merkte, dass er mir folgte.

»Stalkst du mich?«

Er sah mich verständnislos an.

»In Brodershöved gibt's nicht besonders viele Kneipen, in denen man in Ruhe ein Bier trinken kann. Und glaub mir, jetzt im Augenblick wünschte ich mir sehr, dem wäre anders.«

Er hielt mir die Tür auf. »Nach Ihnen.«

Ich unterdrückte einen bissigen Kommentar und drückte mich durch die schwere Eichenholztür, die in den Gastraum führte.

Im nächsten Moment überkam mich das irrsinnige Gefühl, mit einer Zeitmaschine in die Vergangenheit teleportiert worden zu sein. Hier hatte sich rein gar nichts verändert. An den dunkel getäfelten Wänden hingen noch immer die alten Fotos, die Brodershöveds beschauliche Vergangenheit dokumentierten und die alten Fischerfamilien zeigten, die die ersten Feriengäste begrüßten und mit ihren Schiffen hinaus auf die Ostsee brachten. Auch ein Foto meiner eigenen Urgroßeltern war dabei, die stolz vorm *Sturmnest* standen, das sie kurz nach dem ersten großen Krieg des vergangenen Jahrhunderts gegründet hatten. Meine Mutter behauptete immer, dass ich meiner Urgroßmutter von all ihren Töchtern am ähnlichsten sei. Was ich nicht wirklich beurteilen konnte. Immerhin war sie schon lange tot, als ich geboren wurde. Doch dieser trotzige Blick, der den Betrachter unter einer sorgsam gestärkten weißen Haube der traditionellen schleswig-holsteinischen Tracht auf dem Foto anblickte, kam mir durchaus vertraut vor, wenn ich in den Spiegel sah.

Im Schankraum gab es noch immer die alten Holztische und die schweren Stühle und über der Theke hingen die Flaschen mit dem Hochprozentigen kopfüber in den Halterungen. Nur das Personal schien älter geworden zu sein, ebenso wie die Gäste.

Aus dem Hinterzimmer, in dem ein alter Billardtisch stand, hörte ich Gelächter und Inkens vertraute Stimme, die verkündete, die Runde gewonnen zu haben. Ich blickte mich noch einmal kurz zu Jewe um, der etwas unschlüssig neben mir im Raum stand.

»Na, dann genieß dein Feierabendbier.«

Damit eilte ich in den Nebenraum, ohne ihn eines weiteren Blickes zu würdigen. Ob er, wie es früher seine Art gewesen war, mit hochgezogenen Augenbrauen und schiefem Lächeln meinen Abgang kommentierte, wusste ich nicht. Aber ich spürte seinen Blick in meinem Rücken.

»Liv! Na endlich! Ich hab schon gedacht, du tauchst gar nicht mehr auf.«

Inken begrüßte mich stürmisch, als wären wir seit Jahrzehnten die besten Freundinnen. Was wir ja eigentlich auch waren, von einer kleinen Pause von zehn Jahren mal abgesehen.

Sie führte mich an den Billardtisch, der mit seiner etwas abgewetzten grünen Stoffbespannung hervorragend zu dem ebenfalls in die Jahre gekommenen *Anker* passte.

»Darf ich dir vorstellen?«, sie deutete auf die männliche Begleitung neben sich, die anscheinend gerade das Billardspiel verloren hatte, »Das ist Hauke Cornelsen. Unser Umweltbeauftragter der Kreisverwaltung Freistadt. Und zufällig der schlechteste Billardspieler im Umkreis von zweihundert Seemeilen.«

Sanfte braune Augen unter einem verwuschelten dunklen Lockenschopf lächelten mich freundlich an und er streckte mir die Hand entgegen.

125

»Hi. Schön dich kennenzulernen. Inken hat mir erzählt, dass ihr euch seit Ewigkeiten kennt und du auf Heimatbesuch bist.«

Sein Händedruck war warm und kraftvoll und genauso sympathisch wie seine ganze Erscheinung. Er war ebenfalls hochgewachsen und mehr als attraktiv und hätte es mit jedem männlichen Model in einem dieser Hochglanz-Magazine aufnehmen können, die man zu Dutzenden in den Flughafenbuchhandlungen fand. Bei genauerem Hinsehen fiel einem auf, dass er noch recht jung sein musste. Vielleicht Mitte zwanzig, doch der Dreitagebart verlieh ihm ein etwas älteres Aussehen.

Inken deutete auf den Tisch. »Komm, spiel mit.«

Ich hob abwehrend die Hände. »Ich schaue lieber nur zu. Erinnerst du dich an unser letztes Billardspiel? Da hab ich den Tisch ruiniert.«

»Das ist eine Ewigkeit her. Außerdem warst du betrunken.«

Ich warf Inken einen mahnenden Blick zu und sah entschuldigend zu dem sympathischen jungen Kerl.

»Hör nicht auf sie. Sie übertreibt immer maßlos.«

Ich sah mich kurz um und beschloss, etwas zu trinken zu besorgen.

»Da wir gerade beim Thema sind … wer möchte noch ein Bier? Die erste Runde geht auf mich.«

Keine fünf Minuten später kam ich mit den Getränken vom Tresen zurück und die beiden waren bereits in ein neues Spiel vertieft. Jewe hatte ich im Schankraum nur kurz gesehen. Mit dem Rücken zur Theke saß er mit ein paar älteren Herren, die mir unbekannt waren, an einem wackeligen Tisch und schien vergessen zu haben, dass es mich überhaupt gab. Es störte mich nicht im Geringsten.

Die nächste halbe Stunde sah ich dabei zu, wie Hauke sich tatsächlich ganz fürchterlich blamierte und Inken eine Kugel nach der anderen versenkte. Einen Moment fragte ich mich, ob die beiden wohl ein Paar waren, und verwarf den Gedanken dann wieder. Die beiden wirkten eher wie zwei richtig gute Freunde und nicht wie ein Liebespaar. Oder wie zwei, die es werden wollten. Schließlich zogen wir uns in den Schankraum zurück und machten Platz für ein paar Jugendliche, die ebenfalls ihr Glück beim Billard versuchen wollten.

Als wir am Tisch gleich unter dem großen Fenster saßen, das raus zur Straße führte, blickte ich mich kurz nach Jewe um. Doch er war vom Tisch verschwunden. Einen Moment war ich enttäuscht, verwarf den Gedanken dann aber schnell wieder.

»Inken hat erzählt, du bist Profitaucherin?«

Hauke sah mich interessiert an und riss mich damit aus meinen Überlegungen.

»Ja.« Ich nickte. »Allerdings mehr im Freizeitbereich. Ich arbeite als Tauchguide und PADI-Instructor auf verschiedenen Tauchbasen. Zuletzt in Koh Lanta. Das ist in Thailand.«

Hauke nickte anerkennend. »Hört sich nach Spaß an.«

»Ja, das ist es auch.« Ich vermied zu erwähnen, dass sich der Spaß in der letzten Zeit etwas in Grenzen gehalten hatte.

»Und? Sieht es da unten wirklich so schlimm aus? Ich meine, mit der Korallenbleiche? Ich war seit einer Ewigkeit nicht mehr dort.«

Inken lächelte mich schief an. »Hauke verdient seine Kohle nicht nur mit dem Umweltschutz. Er tut auch tatsächlich etwas dafür. Wie zum Beispiel auf Flugreisen zu verzichten.« Sie lächelte Hauke ein wenig mitleidig an. »Außerdem ist er Veganer.«

Haukes Lächeln war charmant. Und etwas schüchtern. »Ich bin ein sehr entspannter Veganer. Ich habe nichts gegen Fleischesser, nur falls du besorgt bist.«

»Kein Problem.« Ich lächelte ihn ebenfalls freundlich an. »In Thailand gibt's so leckere Currys. Da verzichte ich schon seit Jahren auf importierte deutsche Salami, die nach Plastik schmeckt.«

Hauke hob sein Bierglas und wir stießen verschwörerisch an. Inken stupste Hauke kurz den Ellbogen in die Seite und sah ihn auffordernd an.

»Na komm, frag sie schon.«

»Inken!« Er sah etwas gequält aus. »Wir kennen uns gerade mal eine halbe Stunde.«

»Na und?« Inken sah darin anscheinend kein Problem.

»Außerdem …« Hauke knibbelte etwas nervös die Kanten des Bierdeckels ab, der vor ihm auf dem Tisch lag. »Sie ist die Schwägerin von Thies.«

Ich blickte etwas orientierungslos von Hauke zu Inken und konnte mir keinen Reim darauf machen, was sie genau von mir wollten.

»Na, ihr macht es ja spannend.« Ich nahm einen Schluck von meinem Bier. »Was immer du mich fragen willst, Hauke, frag einfach. Und falls es dich beruhigt, mein Schwager und ich stehen uns nicht gerade nahe. Mal ganz davon abgesehen, dass er vor einer Ewigkeit meine Schwester geheiratet und mir zwei wirklich entzückende Nichten beschert hat.« Ich dachte einen Moment nach und fügte dann hinzu: »Die entzückenden Nichten wären vermutlich auch ohne sein Zutun zustande gekommen, wenn ich genau darüber nachdenke. Sie kommen ganz nach meiner Schwester. Keine Ahnung, wie Thies sie dazu gebracht hat, ihn zu heiraten. Sie hätte auch was Interessanteres haben können.«

Hauke hörte mir aufmerksam zu. »Wirklich?«

Ich nickte entschlossen. »In der zwölften Klasse war sie mit diesem Benny zusammen.« Ich blickte zu Inken, die die Augen verdrehte.

»Was denn? Ich fand den toll.«

Inken schüttelte den Kopf. »Fandest du nicht. Er ist jetzt übrigens Kreissparkassenleiter in Allershöved. Dagegen ist Thies ein echter Abenteurer.«

Ich nickte überrascht und wandte mich wieder an Hauke. »Also, Hauke, wobei kann ich behilflich sein? Geht's um die neue Marina, die Thies plant? Dann solltest du dich mit meiner Mutter zusammentun, die ist da ganz auf deiner Seite.«

Hauke grinste schief. »Ja, ich weiß.«

»Der Charmeur hier hat deine Mutter zu der Aktion ermuntert«, erklärte Inken vielsagend. »Er weckt die Rebellin in ihr.«

Ich musste laut lachen. Vermutlich konnte niemand diesem äußerst sympathischen Adonis etwas abschlagen.

Hauke zuckte nur mit den Schultern. »Ich mag sie ... also deine Mutter,« fügte er eilig hinzu und wurde tatsächlich etwas rot. »Ich meine, du siehst ihr gar nicht ähnlich.«

Ich zuckte gleichmütig mit den Schultern. »Hat alles Anneke abbekommen. Ich komme mehr nach meinem Vater.«

Er nickte die Information interessiert ab.

»Verrätst du mir jetzt, wobei ich dir helfen soll?«

Hauke nahm einen Schluck von seinem Bier und sah mich dann ernst an. Die Leichtigkeit, die gerade noch in seinen Augen gelegen hatte, war verschwunden.

»Hast du schon mal was von Geisternetzen gehört?«

Ich runzelte die Stirn. Jeder, der sich auf dem Wasser heimisch fühlte, hatte davon gehört.

»Habt ihr große Probleme damit?« Ich sah düster zu Inken. »An den Küsten im thailändischen Golf sind sie eine echte Plage. Kommen von den riesigen Fischfangflotten, die alles leer fischen und sich nicht darum kümmern, wenn ihre riesigen Schleppnetze verloren gehen.«

Hauke nickte. »Wir kennen das Problem. Läuft hier ähnlich ab.«

Inken fühlte sich verpflichtet, eine Lanze für die heimischen Fischer zu brechen. »Also so richtig kommerziell betreibt keiner von uns mehr Fischfang. Das ist alles nur noch Kulisse für die Touristen. Gegen die großen Trawler haben wir eh keine Chance.« Sie hob ihr Glas und prostete uns mit leichter Bitterkeit in der Stimme zu. »Ich bin auch nur Kulisse.«

»Aber eine tolle Kulisse.« Hauke schenkte ihr ein aufmunterndes Lächeln. Dann wurde er wieder ernst. »Ich habe ein bisschen Geld auftreiben können. Von verschiedenen Umweltschutzgruppen, der Kreisverwaltung und der Tourismusverband hat auch was springen lassen. Seit dem Frühjahr läuft ein Ocean-Clean-up«, fuhr Hauke mit Begeisterung in der Stimme fort. »Ich sammle alle Meldungen von gesichteten Netzen und fahre raus, um sie zu bergen. Leider ist mein Tauchbuddy letzte Woche abgesprungen. Er ist gerade Vater geworden und hat keine Zeit mehr.«

Ich verstand, worauf er hinauswollte und lächelte erfreut.

»Du suchst jemanden, der mit dir runtergeht?«

»Genau. Wir würden dich den Sommer über für die Ocean-Clean-up-Aktion anstellen.«

Innerlich führte ich einen Freudentanz auf. Kein Bettenmachen, Toilettenschrubben oder Fensterputzen mehr.

»Ich bin dabei.« Mir fiel ein, dass ich dabei ein mittelgroßes Problem hatte. »Äh … ich hab gerade keine Ausrüstung. Die ist … noch in Thailand.«

Hauke zuckte nur mit den Schultern.

»Ich organisiere dir alles, was du brauchst.«

Er sah mich mit einem schlechten Gewissen an und erweckte den Eindruck eines schuldbewussten Labradorwelpen, der gerade den Sonntagsbraten geklaut hatte. »Allerdings ist die Bezahlung ziemlich mies.«

Meine Euphorie erlitt einen empfindlichen Dämpfer.

»Genau genommen ist es gar keine Bezahlung. Mehr eine Unkostenpauschale.«

Er sah wirklich sehr schuldbewusst aus.

»Aber die Ausrüstung und das Boot stellen wir natürlich kostenlos zur Verfügung.«

Es wäre auch zu schön gewesen, so schnell mein Geld wieder mit dem Tauchen zu verdienen.

»Ist kein Problem.« Ich konnte seinen schuldbewussten Blick nicht länger ertragen. »Ich bin dabei. Allerdings hab ich noch einen Job im Hotel meiner Schwester. Ich werde erst am Nachmittag rausfahren können.«

Hauke wirkte erleichtert. »Das krieg ich organisiert.«

»Und wann soll es losgehen?«

Ich sah ihn fragend über den Rand meines Bierglases an, an dem ich gerade nippte.

»Morgen.«

Ich verschluckte mich fast an dem Bier. Das ging schneller als gedacht.

»Ich weiß, das ist vielleicht etwas kurzfristig. Aber die letzten Tage kamen immer wieder Sichtungen von einem ziemlich großen Netz rein, das draußen vor dem Dormagener Kliff schwimmt. Es wäre gut, wenn wir es aus der Bucht bekommen, bevor die Wale da sind.«

Ich blickte überrascht auf. »Die Wale?«

»Schweinswale. Sie kommen seit etwa drei Jahren regelmäßig zu uns in die Bucht. Es sind meist zehn, zwölf Tiere.« Inken strahlte mich an. »Irgendwie scheinen sie sich bei uns wohlzufühlen.«

Ich hatte mich also nicht getäuscht und die Wale tatsächlich vor ein paar Tagen oben an Petermanns Klippe gesehen.

»Dann sollten wir tatsächlich morgen loslegen. Ich glaube nämlich, sie sind schon da.«

Inken und Hauke tauschten einen überraschten Blick.

KAPITEL 10

Am frühen Nachmittag, Clara und Jule waren noch nicht aus der Schule zurück, holte mich Hauke an unserem Hotel ab. Ich hatte ihn gebeten, an der Straße auf mich zu warten. Die Begeisterung über mein Engagement in Sachen Meeresschutz hielt sich bei meiner Familie in Grenzen. Thies hatte mir einen tödlichen Blick am Frühstückstisch zugeworfen, als ich beiläufig erwähnte, mir den Nachmittag freizunehmen, um mit Hauke die Geisternetze zu bergen.

»Du machst bei diesem Öko-Faschisten mit?«

Ich blickte irritiert von meinem Obstsalat auf.

»Öko-Faschist? Ist das jetzt nicht ein bisschen übertrieben?«

Thies ließ mit einem Klirren das Messer auf den Teller fallen und lehnte sich erbost auf dem Stuhl zurück.

»Nur zu deiner Information, Liv. Dieser Penner will uns ruinieren. Falls dir das bis jetzt nicht klar war.«

»Ach ja?« Ich wurde ebenfalls sauer und ließ es ihn spüren. »Weil er Mama unterstützt? Und gegen diese Schwachsinns-Marina ist, die meiner Meinung nach kein Mensch in Brodershöved braucht, außer dir natürlich und ...«

»Liv!« Anneke unterbrach mich, und ich erinnerte mich daran, dass ich mich aus der Sache raushalten wollte.

»Schon gut.« Ich atmete tief durch. »Wie auch immer … die Geisternetze sind wirklich eine Plage. Und eine Todesfalle für die Tiere. Wenn ich helfen kann, sie einzusammeln, dann mache ich es. Und es ist mir egal, was du von Hauke hältst.«

Ich sah von Thies zu Anneke.

»Mal ganz davon abgesehen, dass Hauke wirklich nett ist.« Für mich war die Sache damit erledigt. Thies sah das anders.

»Na, vielen Dank auch, Liv. Dafür, dass du bei uns wohnst und wir dir einen Job geben, damit du weiter deinem Hobby nachgehen kannst, hätte ich mir ein bisschen mehr Unterstützung erhofft.«

»Tauchen ist kein Hobby, Thies. Das ist mein Job.«

Mein Schwager wusste, wie er mich so richtig auf die Palme bringen konnte. Er sah mich abschätzig an.

»Mein Job ist es, dafür zu sorgen, dass mit unserem Unternehmen genug Geld reinkommt, um die Familie zu versorgen. Woran mich dein neuer Freund hindert.«

Ich verstand die ganze Aufregung nicht. Thies tat so, als wäre ich persönlich dafür verantwortlich, dass er und Anneke in Zukunft am Hungertuch nagen mussten.

»Hier geht es doch nicht nur um Geisternetze. Verratet ihr mir mal, was euer Problem mit Hauke ist?«

»Er hat dafür gesorgt, dass die Umweltschutzbehörde in Freistadt Thies' Bootstouren auf Eis gelegt hat.« Anneke sah mich ruhig an. »Dabei hat uns die *Red Pearl* in der letzten Saison wirklich eine Menge Geld eingebracht.«

Ich blickte überrascht auf. »Dieses alberne Schnellboot gehört tatsächlich euch?«

Thies schnaubte auf. »Schon klar, dass du das auch wieder blöd findest.«

»Entschuldigen Sie, bitte.« Die Stimme einer älteren Dame, die mit ihrem Mann zu Gast im *Sturmnest* war und nun in der Tür zur Küche erschien, beendete die Diskussion. Sie hielt den leeren Brötchenkorb in den Händen. »Könnten wir vielleicht noch ein paar von diesen leckeren Brötchen haben?«

Bevor meine Schwester reagieren konnte, sprang ich auch schon auf und nahm der nett fragenden Damen den Korb aus der Hand.

»Natürlich. Ich bringe sie Ihnen gleich raus.«

»Sie sind ein Schatz.«

»Brauchen Sie vielleicht noch etwas?«

Die Dame lächelte wieder etwas schüchtern. »Die Erdbeermarmelade ist auch fast alle. Ist die selbstgemacht?«

Ich nickte. »Kommt sofort.«

Ich machte mich eilig auf den Weg in den Vorratsraum. In erster Linie, um Thies' nerviger Diskussion aus dem Weg zu gehen. Über den Sinn oder Unsinn von Schnellbooten wollte ich nun wirklich nicht länger mit ihm streiten.

Zum Glück lief ich meinem Schwager im Verlauf des Tages nicht mehr über den Weg und kam einigermaßen unfallfrei über den Tag. Ich merkte, wie mich eine Welle der Erleichterung erfasste, als ich endlich in Haukes altem Golf saß und wir in Richtung Freistadt fuhren.

»So langsam kann ich verstehen, dass du gestern Abend skeptisch warst, was den Larsen-Clan betrifft.«

Ich sah ihn von der Seite an und schüttelte den Kopf.

»Speedboot-Touren! Auf so eine bekloppte Idee kann auch nur mein Schwager kommen.« Ich tippte mir mit dem Zeigefinger an die Stirn. »Der hat nicht mehr alle Latten am Zaun. Mich wundert nur, dass er tatsächlich Leute findet, die dafür auch noch bezahlen.«

Hauke zuckte mit den Schultern. »Davon gibt's mehr als genug.«

»Kann ja sein. Aber doch nicht hier in Brodershöved. Die Spaßtouristen tummeln sich lieber weiter unten im Süden, da wo die großen Badeorte sind. Oder sie bleiben lieber gleich drüben an der Nordsee und machen Sylt und die Friesischen Inseln unsicher.«

Hauke sah mich amüsiert an. »Du warst wirklich lange nicht mehr hier.« Es war eine nüchterne Feststellung. Er blickte wieder auf die Straße und wurde ernst. »Die Touristenzahlen steigen von Jahr zu Jahr, und je natürlicher und abgeschiedener die Strandabschnitte sind, desto mehr kommen her. Und dann erwarten sie den gleichen Unsinn wie überall sonst auch. Spaßbäder, Fastfood-Restaurants und eben Speedboote.« Er schüttelte den Kopf. »Verstehe einer die Menschen.«

Hauke hatte recht. Ich hatte diese Entwicklung auch miterlebt auf meinen Reisen durch die Tauchparadiese dieser Erde. Es war wohl überall auf der Welt so.

Die Tauchausrüstung, die wir brauchten, besorgten wir uns bei dem Freistädter Tauchverein, den es immer noch gab und bei dem ich während meiner Schulzeit schon Mitglied gewesen war. Ein Neffe meines früheren Tauchlehrers sorgte mittlerweile dafür, die Vereinsmitglieder mit gefüllten Pressluftflaschen und sonstigem Equipment zu versorgen. Er war der Tauchbuddy und frischgebackene Familienvater, von dem mir Hauke erzählt hatte, und machte einen etwas übermüdeten Eindruck, als ich mir meine Leihausrüstung zusammensuchte, die aussah, als wäre sie einem Museum entsprungen.

Als wir die Ausrüstung wieder in den Wagen packten, um nach Brodershöved zu fahren, wunderte ich mich. Früher hatte der Verein immer ein kleines Boot unten am Hafen in Freistadt gehabt, mit dem sie zu den Tauchtouren rausfuhren.

»Das gibt's schon lange nicht mehr«, klärte mich Hauke auf, um etwas kryptisch hinzuzufügen: »Wir fahren mit einem richtigen Boot raus.«

»Willkommen an Bord.«

Jewe Jaspers lehnte mit aller verfügbaren Lässigkeit am Steuerhaus der *Windsbraut* und sah uns grinsend entgegen, als wir mit dem Bollerwagen, in dem unser Equipment verstaut war, über die Seebrücke holperten und vor seinem Boot zum Stehen kamen.

»Moin, Jewe.« Hauke hievte bereits die ersten Flaschen an Bord.

Ich stand derweil etwas unentschlossen da und starrte Jewe an. Er hob eine Augenbraue, stieß sich seufzend vom Steuerhaus ab, um sich dann mit beiden Armen, die immer noch sehr muskulös aussahen, an der Reling abzustützen. Er trug nur ein dunkles T-Shirt mit dem Logo der *Windsbraut* und hatte eine Sonnenbrille lässig in die blonden Haare geschoben, die ihm wie immer wild vom Kopf abstanden.

»Du hast nicht gesagt, dass wir mit ihm rausfahren.«

Ich sah Hauke sauer an. Der verstand die ganze Aufregung nicht.

»Hätte ich das tun müssen?«

Er sah fragend von mir zu Jewe, der weiterhin nichts anderes tat, als zu grinsen.

»Du hast gesagt, es wäre kein Problem.«

»Ist es auch nicht. Jedenfalls nicht für mich.«

Jewe zuckte nur mit den breiten Schultern und musterte mich aufmerksam. »Wie sieht's bei dir aus, Liv? Hast du ein Problem damit?«

Und ob ich das hatte. Allerdings hielt ich es für klüger, es nicht gerade jetzt zur Sprache zu bringen.

»Nein, kein Problem.«

»Na dann.«

Er machte eine einladende Geste und nahm mir den Korb mit meinen Flossen, dem Anzug und dem Jackett ab, um es unter einem Verschlag unter den Sitzbänken zu verstauen.

»Ihr seid früh dran.«

Er wandte sich wieder Hauke zu.

»Die anderen kommen erst in einer halben Stunde.«

Während ich die weitere Ausrüstung über Bord hievte, sah ich fragend auf.

»Kommt denn noch jemand mit raus?«

»Ja, klar. Jewe macht heute eine seiner Touren. Wir sind nur der Beifang.«

Hauke lächelte freundlich.

»Er lässt uns immer umsonst mit rausfahren, wenn er seine Waltouren macht.«

Ich hob spöttisch die Augenbrauen. »Dann ist das also ernst gemeint? Walbeobachtungen? Wow!«

Jewes Miene verriet nicht, ob er sich von mir auf den Arm genommen fühlte.

»Manchmal treffen wir auch Kegelrobben. Die mögen meine Gäste auch.«

Ich sah mich an Bord um.

»Wo ist denn dein verrückter Hund? Dreht er noch eine Runde am Strand?«

Er lächelte wieder dieses überlegene Lächeln, das ich irgendwann einmal tatsächlich toll gefunden hatte.

»Er begleitet Doro.«

»Muss ich Doro kennen?« Vielleicht war das ja seine Freundin.

»Sie hilft mir bei den Touren. Macht Tee, Kaffee und verteilt die Plätzchen von Ohlrogge. Die Touristen sind ganz wild drauf.«

Er sah mich leichthin an.

»Wir sind ein paar Stunden draußen. Da soll es den Leuten an nichts fehlen. Wir sind die Fünf-Sterne-Tour.«

So wie es aussah, hatte sich Jewe Jaspers ordentlich ins Zeug gelegt, um bei seinen Gästen zu punkten. Was ihm nicht sehr ähnlich sah.

Während Hauke die Kisten und die Flaschen mit einem Spanngurt sicherte, blickte ich amüsiert zu Jewe auf.

»Das ist also kein Spaß. Du machst das richtig professionell.«

Er runzelte die Stirn. »Klar, was hast du denn gedacht?«

Ich zuckte mit den Schultern. Tatsächlich hatte ich mir gar nichts dabei gedacht. Ich konnte den Jewe Jaspers von vor zehn Jahren nur nicht in Einklang bringen mit dem Mann, der nun vor mir stand und erklärte, er sorge sich um das Wohl von Touristen.

»Früher fandest du die Touristen immer blöd. Du hast dich sogar geweigert, zu uns ins Hotel zu kommen, wenn welche da waren.«

»Die Zeiten ändern sich, Liv. Wir ändern uns.«

Er musterte mich einen Augenblick von oben bis unten, und ich fühlte mich wie auf einem Seziertisch.

»Nun, vielleicht gilt das ja nicht für alle. Du hast dich nicht groß verändert.«

Ich fand, dass er das gar nicht beurteilen konnte und ich ließ es ihn wissen.

»Wir beide haben uns doch noch nie richtig gekannt.«

Damit wandte ich mich ab und sprang wieder von Bord.

»Ich besorg mir mal einen richtigen Kaffee.«

Ohne Jewe eines weiteren Blickes zu würdigen, lief ich über die Seebrücke zurück zu der kleinen Strandpromenade.

Es war kurz vor vierzehn Uhr als die ersten Tourgäste eintrudelten und etwas mürrisch von Doro (wie sich herausstellte, war sie eine siebzehnjährige Schülerin, die in ihrer Freizeit jobbte und über drei Ecken mit Jewe verwandt war) begrüßt wurden.

Die Tour war ausgebucht, soweit ich das beurteilen konnte. Ein knappes Dutzend Touristen in bunten, wasserdichten Funktionsjacken, mit Mützen auf dem Kopf und Ferngläsern oder teuer aussehenden Kameras um den Hals. Von dem Rentnerehepaar bis zur Kleinfamilie war alles dabei. Sogar zwei asiatisch aussehende Touristen, die nur freundlich lächelten, mit dem Kopf nickten und ansonsten die Nase in einen fremdsprachigen Reiseführer steckten, waren dabei. Ich zweifelte daran, dass sie auch nur ein Wort von dem, was Doro ihnen sagte, verstanden. In der Mitte der *Windsbraut* waren bequeme gepolsterte Sitzbänke angebracht und bei Schlechtwetter konnte man eine Plane über das Deck ziehen, die vor Regen und der Gischt schützte. Heute war allerdings ein herrlicher Frühlingstag. Die Luft war mild und man konnte den nahenden Sommer bereits ahnen.

Ich beobachtete Jewe dabei, wie er seine Gäste begrüßte, Fragen beantwortete und dabei versuchte, tatsächlich so etwas wie charmant zu sein. Es gelang ihm nur mittelmäßig. Dafür übernahm Bootsmann, sein verrückter Hund, die Unterhaltung seiner Gäste und ergaunerte charmant eine Leckerei nach der anderen.

Während Jewe das Boot raus in die Kieler Bucht und dann in Richtung Dormagener Kliff steuerte, übernahm Hauke den Part des Tourguides und erklärte den Fahrgästen, wohin der Ausflug gehen sollte und welche Wale man erhoffte zu sehen.

Es war ihm anzumerken, dass er mit ganzem Herzen dabei war, und es folgte ein überraschend spannender Beitrag über die Population der Schweinswale in der Ostsee, eine der kleinsten Walarten, die es auf der Welt überhaupt gab. Die größten Exemplare sind gerade mal zwei Meter groß. Einst zogen sie zu Hunderttausenden durch die Ostsee. Mittlerweile gibt es nur noch ein paar hundert von ihnen und sie sind akut vom Aussterben bedroht. Die meisten unserer Tourgäste hörten

139

Hauke betroffen zu, als er die Gefahren schilderte, denen die Tiere in ihrem angestammten Lebensraum ausgesetzt waren und die hauptsächlich von uns Menschen ausgingen. Was schließlich auch der Grund für unseren Besuch an Bord der *Windsbraut* war. Von Geisternetzen, die wir bergen wollten, hatten die meisten noch nie etwas gehört. Ich war überrascht, wie schnell die Zeit verging.

»Ihr könnt euch langsam mal fertig machen«, rief Jewe uns vom Steuerstand aus zu und deutete auf die Wellen vor unserem Boot. »Wir sind gleich da.«

Die Gäste schienen etwas enttäuscht zu sein, dem charmanten Meeresbiologen nicht mehr lauschen zu können.

Wir zogen uns in den engen Steuerstand zurück, um die Neoprenanzüge anzulegen. Ich warf Jewe einen Seitenblick zu, doch dieser starrte unverwandt nach vorn aufs Wasser und schien nicht daran interessiert zu sein, mich im Bikini zu sehen. Ich war mir nicht sicher, ob ich mich darüber ärgern oder erfreut sein sollte.

Schließlich erreichten wir die Stelle, an der Hauke und ich nach dem Netz tauchen wollten und das durch eine Boje markiert worden war.

»Alles klar, Kumpel, wir sind fertig.«

Hauke legte Jewe, der ihn um fast einen halben Kopf überragte, die Hand auf die Schulter. »Bleibst du vor Anker oder drehst du eine Runde?«

Jewe sah fragend zu mir. »Habt ihr Bojen dabei? Falls ja, würde ich ums Kliff rum und mal nach den Walen Ausschau halten. Ich bleibe in der Nähe und bin sofort da, wenn ihr wieder hochkommt.«

Ich zuckte mit den Schultern. »Kein Problem für mich.«

Eigentlich war es üblich, dass die Tauchboote an Ort und Stelle blieben, wenn die Tauchgruppe runterging. Allerdings war Jewes Boot ja auch kein Tauchboot.

Hauke war der gleichen Meinung. »Für mich ist das auch in Ordnung. Du kannst ruhig fahren. Deine Gäste sollen schließlich was geboten bekommen für ihr Geld.«

Er blickte über das Wasser. »Allerdings glaub ich, dass du heute kein Glück hast. Ist einfach noch zu früh für die Wale.«

»Ich hab schon welche gesehen.«

Jewe und Hauke sahen überrascht zu mir.

»Wirklich. An Petermanns Klippe vor ein paar Tagen. Es waren mindestens drei. Sie schwammen direkt vor dem Strand in Richtung Norden.«

»Bist du sicher?« Jewe sah mich zweifelnd an. »Sie ziehen nie so weit an der Küste hoch. Und bis jetzt ist in Brodershöved auch noch kein Schweinswal gesichtet worden.«

»Du weißt, dass das nicht stimmt.«

Ich sah ihn provozierend an.

»Oder hast du es vergessen?«

Jewes Miene verfinsterte sich. Natürlich erinnerte er sich an unsere Begegnungen mit den Walen bei unseren Tauchgängen am Wrack vor den Klippen. Eine Begegnung mit einem weißen Wal vergaß man sein Leben lang nicht. Genau so wenig wie den ersten Kuss. Beides hatte etwas Magisches gehabt, damals, als wir dachten, dass die Liebe, die wir gefunden hatten, unendlich sei.

Hauke zuckte mit den Schultern. »Vielleicht waren es auch die beiden Tümmler, die den ganzen Winter über an der Küste waren.«

Ich sah ihn beleidigt an. »Ich kenne den Unterschied zwischen einem Tümmler und einem Schweinswal. Und das, was ich da gesehen habe, war garantiert kein Tümmler.«

Ich hatte keine Lust auf weitere Diskussion und trat hinaus aufs Deck.

»Was ist? Wollen wir hier weiter rumstehen oder endlich runter?«

Jewe und Hauke tauschten noch einen stummen Blick, vermieden aber zum Glück jede weitere Diskussion. Unter den neugierigen Augen der Touristen legten Hauke und ich unsere Ausrüstung an und hievten die schweren Pressluftflaschen samt Jackett auf unsere Rücken. Kurz checkten wir gegenseitig unsere Ausrüstung und als wir sicher waren, dass alles so war, wie es sein sollte, gaben wir das Okay-Zeichen.

Die Ostsee war an dieser Stelle nicht besonders tief und am Horizont konnte man die weißen Segel der Hobby-Segler erkennen, die ebenfalls das gute Wetter ausnutzten. Im Wasser unter mir konnte ich bereits einen leuchtend orangeroten Farbfleck erkennen. Die Markierung musste zu dem verloren gegangenen Fischernetz gehören.

»Super Sicht heute.« Hauke strahlte mich an. Es war nicht ungewöhnlich, dass man wie jetzt im Mai Sichtweiten von zehn Metern hatte. Im Sommer, wenn das Wasser sich aufgeheizt hatte, reduzierten die Algen und Schwebeteilchen die Sicht auf fünf Meter.

»Na ja.« Ich schenkte ihm ein schiefes Lächeln. »Super Sicht fängt bei mir bei zwanzig an. Mindestens. Bei meinem letzten Tauchgang konnte ich fast bis nach Australien sehen.«

Hauke ließ sich nicht provozieren und verteidigte sein Heimatrevier. »Da kann man ja gleich ins Schwimmbad springen.«

Er zog sich die Neoprenhaube über den Kopf und stülpte sich die Brille über.

»Langweilig.«

Dann stieg er auf die Reling, legte den Lungenautomaten an und war im nächsten Moment verschwunden. Zwei Meter unter mir hörte ich ein sattes Platschen.

»Wie gesagt, ich bleib in der Nähe.«

Ich nickte Jewe knapp zu, dann sprang ich Hauke hinterher.

Ich brauchte einen Moment, um mich in dem trüben blaugrünen Wasser der Ostsee zu orientieren. Und um mich an die wirklich frischen Temperaturen zu gewöhnen. Obwohl ich einen sieben Millimeter dicken Neoprenanzug trug, merkte ich, wie das kalte Wasser in den Anzug kroch und mir für einen Moment der Atem stockte. Diese Kälte war ich tatsächlich nicht mehr gewohnt und ich hätte einiges für einen Trockentauchanzug gegeben. Ich konzentrierte mich auf meine Atemzüge, das Zischen des Lungenautomaten, wenn ich die Luft einsog und das Blubbern der Blasen, wenn ich wieder ausatmete. Es war das einzige Geräusch, das man hören konnte, und es hatte etwas Meditatives. Diese Stille unter Wasser, das Gefühl der Schwerelosigkeit, dieses sichere Bewusstsein, dass man sich einem Element ausgeliefert hatte, das nicht das unsere war, hatte mir am Tauchen immer am meisten gefallen. Man war ganz bei sich und dieser fremdartigen Welt um einen herum. Im Blaugrün des Wassers tauchte Hauke vor mir auf und ich sah seinen amüsierten Blick durch die Brille. Wir versicherten uns, dass alles okay war, und begannen den Abstieg in das trübe Nichts unter uns, wobei wir uns an dem Seil der Boje orientierten.

Schließlich erreichten wir die ersten Ausläufer des Geisternetzes, das gespenstisch in der Strömung hin und her trieb. Es musste ein vielleicht zwanzig Meter langes Teil eines Schleppnetzes sein, das schon vor geraumer Zeit abgerissen und dann durch die Ostsee getrieben worden war. Wäre das Netz aus Hanf, wäre es einfach verrottet und hätte kein Problem dargestellt. Doch das war lange her. Dieses Netz war aus Plastik und es bedeutete, dass sich auch noch in zweihundert Jahren Tiere darin verfangen und zugrundegehen konnten. Und wenn diese zweihundert Jahre rum wären und sich das Plastik durch die unbändige Gewalt des Meeres langsam auflösen würde, konnten die fast mikroskopisch kleinen Teile in den Mägen der Meeresbewohner verschwinden und dort ihr Unheil anrichten. Alles in allem keine besonders guten Aussichten. Was den Anblick des Geisternetzes unerträglich machte, waren all die zahllosen Kadaver verendeter Tiere, die sich über die Jahre, in denen das Netz durch die Ostsee gewandert war, verfangen und den Tod gefunden hatten. Es waren nicht nur Fische, die in dem Knäuel aus Fasern, Algen und Plastikmüll hingen. Auch Seesterne und Krabben waren darin verendet, und ich konnte das zerrupfte Gefieder eines Kormorans erkennen. Ihre leblosen Körper (oder das, was davon übrig geblieben war) trieben in der Strömung, als wollten sie stumm Anklage erheben gegen den Missbrauch, den der Mensch an ihrer Welt begangen hatte. Hauke und ich sahen uns kurz an und machten uns an die Arbeit. Wenigstens hatten sich keine Schweinswale in dem Geisternetz verfangen und das schenkte mir ein wenig Trost. Das Netz hatte sich am Grund um einen Felsen gewickelt, und wir begannen, die Schnüre mit unseren Messern durchzuschneiden. Das Seil, das die Boje über unseren Köpfen am Grund fixierte, würde uns dazu dienen, das Netz an Bord der *Windsbraut* zu hieven. Und ich verstand, warum Hauke Jewe gebeten hatte, mit seinem Boot rauszufahren. Die alte Seilwinde, die früher an Bord des Kutters dazu gedient hatte, die Netze an Bord zu heben, funktionierte immer noch und wir konnten dieses damit aus dem Wasser ziehen. Es würde vermutlich fast eine Tonne wiegen.

Hauke und ich arbeiteten konzentriert und zügig und schon bald hatten wir sämtliche Enden von dem Felsen losgemacht und zurrten das todbringende Ungetüm zusammen, um es leichter an Bord hieven zu können. Ich blickte nach oben, als ich das dumpfe Geräusch des Motors hörte, der die *Windbraut* durchs Wasser trieb. Jewe hatte seine Runde beendet und kam wieder zurück zur Boje. Genau zur richtigen Zeit. Ich blickte zu Hauke und gemeinsam begannen wir den Aufstieg, langsam im Tempo unserer Luftblasen. Wir hatten vielleicht drei Meter geschafft, als mich eine Bewegung in den Augenwinkeln aufmerksam werden ließ. Etwas Helles war dicht an mir vorbeigeschwommen, ohne dass ich es genauer hätte erkennen können. Angestrengt blickte ich in das Wasser, doch was immer es auch gewesen war, jetzt war es fort. Vielleicht hatte ich mich getäuscht. Hauke schlug plötzlich sein Tauchmesser gegen die Pressluftflasche, um meine Aufmerksamkeit zu erregen. Ich blickte zu ihm und erkannte die weit aufgerissenen Augen. Mit der linken Hand deutete er Schwimmbewegungen an, was das Unterwasserzeichen für Delfine war und deutete auf die Stelle ein paar Meter vor ihm. Ich starrte ebenfalls dorthin, sah allerdings nur eine blaugrüne Wand. Einige Sekunden warteten wir, dann plötzlich tauchte ein dunkler Schatten wie ein Geist vor unseren Augen auf, der schnell näher kam und feste Konturen annahm. Als er keine fünf Meter von uns entfernt war, erkannte ich, was da neugierig um uns herumschwamm – es war kein Delfin. Es war tatsächlich ein Schweinswal. Sie waren sehr scheu und gingen den Menschen meistens aus dem Weg, vor allen Dingen dann, wenn sich die Menschen im Wasser befanden. Vielleicht machten ihnen aber auch die Blasen Angst, die aus unseren Lungenautomaten hochstiegen, oder das zischende Geräusch unserer Atemregler. Die kleinste Walart, die es in der nördlichen Hemisphäre gab, war ziemlich lärmempfindlich. Wie fast alle Meeresbewohner. Das Exemplar, das uns neugierig beobachtete, schien allerdings keine Scheu zu haben. Es war ein ausgewachsenes Tier, fast eineinhalb Meter lang mit weißem Bauch, stumpfer Nase und einem schwarzen Strich, der sich von den Mundwinkeln seitlich über den Kopf bis zu den Ohren zog. Es war wunderschön. Ich blickte wieder zu Hauke und wir drückten unsere Begeisterung über die unverhoffte Begegnung durch ein doppeltes Okay-Zeichen aus. Dann verschwand das

Tier wieder aus unserem Blickfeld, als hätte eine Nebelwand aus blaugrünem Licht es verschluckt. Wir warteten angespannt. Vielleicht würde es wiederkommen und uns noch genauer in Augenschein nehmen. Fast bewegungslos hingen wir im Wasser, regulierten über die Atmung unseren Auftrieb, und ich fühlte mich einen Augenblick lang wie eine Astronautin, die im grenzenlosen Weltall in die Unendlichkeit blickt. Ich sah ihn erst im letzten Moment, als er fast genau vor meinem Gesicht auftauchte und seine dunklen Augen mich neugierig musterten. Auch er bewegte sich fast gar nicht, stand nahezu regungslos vor mir, und wir sahen uns in die Augen. Es war der weiße Wal, den ich schon von der Klippe aus gesehen hatte. Jetzt schwebte er vor mir im Wasser. Er war so groß wie der andere Wal, der uns beobachtet hatte, vielleicht sogar noch etwas größer. Sein stromlinienförmiger, glänzender Körper war von einem makellosen Weiß. Der Wal musterte mich interessiert und begann um uns herumzuschwimmen, dann tauchte sein dunklerer Gefährte auf und schließlich ein weiteres Tier, wesentlich kleiner als die beiden anderen. Es konnte ein Jungtier sein oder ein Männchen, da diese wesentlich kleiner waren als die beiden größeren Exemplare.

Die Zeit stand still, während wir regungslos im Wasser trieben, die Tiere beobachteten, die Runde um Runde um uns herumschwammen, sich näherten, um im nächsten Moment mit dem Blaugrün der Ostsee zu verschmelzen, und dann wieder unter oder über uns auftauchten und mit eleganten Bewegungen durchs Wasser glitten. Ich hatte in den zehn Jahren, die ich als Tauchguide durch die Welt gezogen war, so ziemlich alles gesehen, was man unter Wasser an spektakulären Dingen sehen konnte. Mantarochen mit einer Spannbreite von fünf Metern, gigantische Walhaie, die sanften Riesen der Ozeane, und sogar einen weißen Hai vor dem Great Barrier Reef, der mich ehrfürchtig erstarren ließ.

Doch diese Begegnung jetzt und hier war magisch, so wie damals, als ich mit Jewe an dem Wrack vor Petermanns Klippe gewesen war. Und so wie damals musterte mich der weiße Wal und schien mich für vertrauenswürdig zu befinden. Wir sahen uns in die Augen und mich erfüllte das Gefühl, Teil von etwas Größerem, Besonderem zu sein. Schließlich tat ich etwas, was ich jedem meiner Tauchschüler verboten hätte, und streckte meine Hand nach dem weißen Wal aus. Das Tier wich nicht vor mir zurück, sah mir weiterhin in die Augen. Meine Hand war nur wenige Zentimeter von seinem Kopf entfernt.

Das dumpfe Geräusch eines Außenbordmotors ließ den magischen Moment zerplatzen wie eine Seifenblase. Lautes Dröhnen kam in irrwitziger Geschwindigkeit näher, um schließlich wie ein Düsenjäger im Tiefflug keine zehn Meter über unseren Köpfen hinwegzufegen. Der Wal bäumte sich auf, ich konnte seine Qual fast spüren und dann glitt er mit zügigen Schlägen seiner Fluke unter mir in die Tiefe. Weg von dem Lärm. Weg von den Menschen. Ich sah dem Wal hinterher, als der weiße Schatten sich mit dem Blaugrün der Ostsee vermischte und wie in einer Nebelwand verschwand. Hauke und ich schauten uns stumm an, und an seinen Augen erkannte ich, dass er von dem, was wir gerade erlebt hatten, ebenso verzaubert gewesen war wie ich. Wir setzten unseren Aufstieg fort. Als wir schließlich auftauchten, war die *Windsbraut* nur wenige Meter von uns entfernt und wir sahen die Tourgäste mit ihren Kameras und Ferngläsern und einem seligen Lächeln über der Reling hängen. Ich vermutete, dass das nicht uns galt.

»Habt ihr sie auch gesehen?«

Jewe lehnte sich über die Reling und deutete auf einen Punkt, etwa zwanzig Meter entfernt von uns. Ich sah die kleinen Rückenflossen und das silbern schimmernde Band ihrer Körper kurz auftauchen und wieder verschwinden. Ich nahm den Lungenautomaten aus dem Mund.

»Ja. Wir haben sie gesehen. Sie waren direkt vor uns.«

Jewe lächelte und dieses Lächeln, verbunden mit dem Gefühl, gerade Teil von etwas Besonderem, Seltenem geworden zu sein, ließ mein Herz vor Freude einen Satz machen.

»Das war Wahnsinn.«

Hauke hatte ebenfalls seinen Lungenautomaten abgenommen und sah sauer zu Jewe auf.

»Wer war denn der Idiot mit dem Boot?«

Jewes Lächeln verschwand. »Wer wohl?!«

»Ich denke, der hat Fahrverbot.«

»An das er sich anscheinend nicht hält.«

Jewe blickte zu mir und ich hatte augenblicklich ein schlechtes Gewissen, Teil dieser Familie zu sein.

»Dein Schwager hält nicht besonders viel von Vorschriften. Der bezahlt lieber hundert Euro Strafe, wenn er dafür eine Runde mit seinem Speedboot drehen darf.«

Beim nächsten Zusammentreffen mit Thies würde ich wohl doch nicht länger die Klappe halten können. Es wurde Zeit, dass ihm jemand mal ordentlich die Meinung sagte, ganz egal, was Anneke darüber dachte.

»Ich rede bei nächster Gelegenheit mit ihm. Und das wird nicht lustig werden.« Ich paddelte zu der schmalen Leiter, die Jewe am Heck ins Wasser gehängt hatte, und zog meine Flossen aus, um sie aufs Deck zu schmeißen. »Auf jeden Fall nicht lustig für ihn.«

Jewe half mir, über die Stahlleiter an Bord zu klettern, und packte dann meine Pressluftflasche, um mich daran an Deck zu hieven.

»Ich fürchte, das wird auch nicht viel bringen.«

Atemlos setzte ich mich auf die Reling, während Jewe sich hinunter zu Hauke beugte.

»Habt ihr das Netz bergen können?«

»Ja, alles gesichert. Hängt an der Leine, du kannst es an Bord ziehen.«

Kurz ertönte das leise Surren des Elektromotors, als die Winde anlief und Meter um Meter des Netzes an Bord hievte. Hauke blieb so lange im Wasser, bis alles an Bord war, und stieg dann auch die Leiter hoch.

»Die Wale müssen neu in der Gegend sein. Die habe ich noch nie hier gesehen.«

Jewe half uns dabei, die schweren Pressluftflaschen und die Jacketts abzulegen, während Hauke seiner Begeisterung Ausdruck verlieh.

»Ich hätte nie gedacht, jemals einen weißen Schweinswal zu sehen.«

Jewe nickte und deutete auf die Gruppe Touristen.

»Wir haben sie kurz hinter dem Kliff entdeckt und sind dann im leichten Bogen wieder hergekommen. Sie waren auf direktem Weg zu euch.«

Ich lächelte Jewe selig an. »Sie waren wunderschön. Und ich könnte schwören, dass es unser Wal war, Jewe. Ich meine, wie viele weiße Schweinswale kann es denn geben?«

Jewes Blick verfinsterte sich und er wich mir aus. »Das ist viel zu lange her. Es war ein anderer Wal.«

Hauke blickte erstaunt auf. »Ihr habt schon mal einen gesehen?«

Ich nickte begeistert. »Ja. Vor mehr als zehn Jahren. Unten am Wrack vor Petermanns Klippe.«

»Das nenne ich Glück.«

Ich war mir nicht sicher, ob Hauke mir auch nur ein Wort glaubte.

Erst jetzt fiel mir auf, dass die Tourgäste an Bord verstummt waren und bedrückt auf die Überreste des Geisternetzes starrten.

»Mein Gott …« Ein älterer Herr mit weißen Haaren und einem sorgsam gestutzten Bart sah mich mit großen Augen an und deutete auf die Reste des Kormorans, dessen zerfleddertes Gefieder sich wie ein Leichentuch auf dem Deck ausbreitete.

»Das ist schrecklich. Wer macht denn so was?«

Jewe sah den Mann ernst an.

»Die meisten dieser Netze werden einfach zurückgelassen, wenn sie sich aus der Verankerung lösen. Den Kutterbesatzungen ist es zu aufwändig, sie zu bergen. Oder sie haben es erst gar nicht bemerkt.«

Die Leute starrten Jewe sprachlos an. Es war schon erstaunlich, wie wenig die Menschen darüber wussten, was es an Meeresverschmutzung direkt vor ihrer Nase gab und welche schrecklichen Konsequenzen diese haben konnte.

»Besonders gefährlich sind die Stellnetze mit ihren feinen Maschen. Wenn sich da ein Tier drin verfängt, ist es so gut wie tot. So gehen jedes Jahr Hunderte von Seevögeln drauf – und die Wale.«

Jewe sah in die Runde der Touristen, die ihm aufmerksam zuhörten.

»Ich habe früher auch mit Stellnetzen gearbeitet. Ist am einfachsten, wenn man als Fischer überleben will. Wir haben hauptsächlich Hering gefangen, bringt das meiste Geld.«

Er nickte den Leuten zu. »Denken Sie daran, wenn Sie das nächste Mal in Ihr Fischbrötchen beißen oder frischen Dorsch im Restaurant bestellen.«

Betroffenes Schweigen machte sich breit. Jewe wandte sich ab und ging in den Steuerstand, um den Motor zu starten.

»Dann fahren wir mal heim.«

Die euphorische Stimmung an Bord war Betroffenheit gewichen. Jewe hatte recht mit dem, was er gesagt hatte. Allerdings war es nicht besonders geschäftsfördernd. So konnte man seine Kunden auch vergraulen.

Kapitel 11

Ich hielt mein Versprechen, als ich abends zurück ins Hotel kam und Thies' Stimme hörte, der mit jemandem im Frühstücksraum sprach. Meine Tasche mit dem nassen Badezeug schmiss ich einfach ein paar erstaunten Gästen, die vor der Rezeption standen, vor die Füße.

»Nächstes Wochenende können Sie gern wieder eine Tour mit der *Red Pearl* buchen.«

Thies sprach mit einer jungen Familie über ihre Spritztour am Nachmittag. Sie saßen zufrieden mit ihren beiden Kindern im Grundschulalter in der bequemen Sofaecke vor dem Kamin und schienen kein schlechtes Gewissen zu haben. Ich beobachtete Thies sauer, als er lässig am Kamin gelehnt in der modischen Freizeitkleidung eines Wassersportlers stand und mit seinem Spielzeug angab.

»In der Spitze hatten wir hundertdreißig Stundenkilometer und das Wetter war ja super.«

Der junge Familienvater nickte angetan.

»Das hat wirklich Spaß gemacht. Die Jungs waren begeistert.«

»Thies!«

Ich überlegte kurz, ihn vor seinen Gästen zur Rede zu stellen, doch ich wollte es nicht übertreiben.

»Kann ich dich kurz sprechen?«

Mein Lächeln war gekünstelt, und Thies ahnte bereits, dass eine Auseinandersetzung bevorstand.

»Ist gerade ganz schlecht.« Er lächelte die Familie an, die interessiert an seinen Lippen hing. »Ich bin beschäftigt, wie du siehst.«

»Nun«, ich atmete tief durch, dann kam ich näher, »vielleicht sollten Sie sich das mit der Speedboot-Tour noch einmal überlegen.« Ich lächelte die Familie ebenfalls freundlich an.

»Wie bitte?« Thies sah mich entsetzt an.

Ich trat an seine Seite und legte freundschaftlich den Arm um seine Hüfte.

»Wissen Sie«, ich strahlte die etwas verwirrt scheinenden Eltern der beiden Jungs an, »so eine Tour ist nicht nur unverschämt teuer, sondern schadet auch der Umwelt und ist eigentlich nur etwas für Männer mit Potenzproblemen, die es sich mal ordentlich besorgen wollen.«

Der Frau blieb vor Verblüffung der Mund offen stehen, während der Mann etwas rot anlief.

»Was sind Potenzprobleme?«

Die Jungen sahen ihren Vater groß an.

Thies stieß sich vom Kamin ab und packte mich grob am Arm.

»Spinnst du?«

Ich riss mich los. »Du bist mit deinem Scheißboot vorhin über uns weggebrettert wie ein Idiot. Hast du nicht die Tauchmarkierung gesehen? Wir waren vor dem Dormagener Kliff im Wasser und haben versucht das Geisternetz zu bergen.«

Thies starrte mich an und in seinen Augen erkannte ich tatsächlich Erstaunen.

Ich schüttelte den Kopf und lachte zynisch auf. »Du hast gar nicht auf die Markierung geachtet, stimmt's? Du hast einfach voll aufgedreht!«

Thies nahm wieder meinen Arm, diesmal etwas weniger grob und blickte entschuldigend zu der Familie.

»Entschuldigen Sie uns bitte einen Moment.«

Dann zog er mich in den Flur und machte die Schiebetür zu, die zum Frühstücksraum führte.

»Verdammt, Liv!« Obwohl er sehr aufgeregt sein musste, klang seine Stimme gedämpft. »Musst du das vor meinen Gästen mit mir klären?«

»Ich wollte das nicht.« Ich lachte bitter auf. »War deine Entscheidung.«

Es war ihm anzumerken, dass er mir am liebsten den Hals umgedreht hätte.

»Wie kommt es eigentlich, dass du heute mit deinem Höllending draußen warst? Ich denke, die Gemeinde hat dein Boot stillgelegt. Wird bestimmt nicht billig, wenn die Küstenwache davon erfährt. Und glaub mir, sie wird davon erfahren.«

»Willst du mich anzeigen?« Er schien nicht sonderlich beeindruckt zu sein, wie Jewe bereits richtig vermutet hatte.

»Das brauch ich gar nicht, Thies.«

Seine Ignoranz ging mir auf die Nerven.

»Es gibt genug Leute, die dich gesehen haben und die davon genauso wenig begeistert sind wie ich.«

Ich schnappte mir meine Tasche, um hoch in die Einliegerwohnung zu gehen.

»Warum suchst du dir nicht einfach ein anderes Hobby? Eins, das ungefährlich für deine Mitmenschen und das Meer ist.«

»Das ist kein Hobby!« Er blickte mir aufgebracht hinterher. »Das ist Business!«

Ich lachte höhnisch auf und hielt an der Treppe inne.

»Blödsinn, Thies. Du hast dir das Ding für viel Geld angeschafft, um angeben zu können. Um ein bisschen Spaß zu haben, stimmt's?«

Ich sah, wie er den Mund zu einem schmalen Strich verzog und seine Wangenmuskeln vor unterdrückter Wut arbeiteten.

»Niemand hier braucht so etwas. Deine Gäste nicht, Anneke nicht. Und Mama erst recht nicht. Genauso wenig wie diese tolle Luxushütte.«

Er sah mich mit zusammengekniffenen Augen an.

»Was willst du damit sagen?«

»Ich will damit sagen, dass Brodershöved nicht Sylt ist. Und das *Sturmnest* ist auch kein Fünf-Sterne-Luxusresort. Wenn du auf so was stehst, warum packst du dann nicht deine Sachen und gehst dahin, wo es gebraucht wird? Und lässt uns damit in Ruhe.«

»Uns?« Er lachte böse auf. »Ernsthaft, Liv? Uns?«

Er kam näher und blieb nur eine Handbreit vor mir stehen. Sein Gesicht war bleich vor Zorn.

»Das hier gehört schon lange nicht mehr dir oder deiner Mutter, oder deiner Familie! Und ich lasse mir von einer verantwortungslosen Versagerin wie dir bestimmt nicht vorschreiben, wie ich *mein* Geschäft zu führen habe.«

Wir maßen uns stumm mit Blicken. Ich nickte und verstand endlich, was das Problem war.

»Gut, dass du das mal so klar ausgesprochen hast.«

»Könnt ihr das nicht ein bisschen leiser klären?«

Anneke erschien im Durchgang zur Küche.

»Man hört euch im ganzen Haus.«

Ich sah zu Anneke, die nicht gerade den Eindruck erweckte, als würde sie den Worten ihres Mannes widersprechen wollen. Ich schaute sie ruhig an.

»Dann hast du ja mitbekommen, worüber wir gesprochen haben.«

Anneke stellte sich an Thies' Seite.

»Soweit es mich betrifft, gibt es da kein Problem.« Meine Schwester sah mich kühl an.

»Dann bist du der gleichen Meinung wie Thies?«

Sie nickte stumm. Ich schüttelte den Kopf und stand einen Moment unschlüssig auf der ersten Stufe der Treppe.

»Dann ist ja alles klar.«

Es wurde Zeit, Stellung zu beziehen und statt hoch in die Wohnung zu gehen, steuerte ich den Ausgang an.

»Die restlichen Sachen hole ich später ab. Und vielleicht solltest du dir jemand anderes suchen, der das Zimmermädchen spielt und deine Toiletten schrubbt.«

Anneke zuckte nicht einmal mit der Wimper.

Dann ließ ich hörbar die schwere Tür ins Schloss fallen.

KAPITEL 12

»Ich versteh das nicht, Mama!«

Ich marschierte aufgebracht mit einer Teetasse in der Hand vor dem Camper auf und ab und warf ab und zu einen wütenden Blick auf meine Mutter, die auf dem alten bunten Campingstuhl davor saß und eine Gelassenheit ausstrahlte, die mich wütend machte.

»Wann bitteschön ist aus Anneke dieses Miststück geworden? Wie kann man sich nur so danebenbenehmen und sich gegen die eigene Familie stellen? Ich fass es nicht!«

»Anneke sieht das anders, Liv. Thies und die Zwillinge sind ihre Familie.«

»Und wir sind das lästige Anhängsel oder was?«

Mama nahm nachdenklich einen Schluck von ihrem Tee.

»Ich würde es zwar nicht so ausdrücken, aber da ist vermutlich etwas Wahres dran.«

Ich ließ mich frustriert auf den Campingstuhl plumpsen.

»Anneke und ich sind nie besonders toll miteinander ausgekommen, aber dass sie sich dir gegenüber auch so verhält, ist völlig daneben.«

Ich blickte zu meiner Mutter.

»Sie macht einfach alles, was Thies will, egal, was dabei herauskommt, das ist doch nicht normal.«

»Um ehrlich zu sein, Liv, ich bin mir gar nicht sicher, dass das alles an Thies liegt. Anneke war immer unzufrieden mit der Art und Weise, wie ich das *Sturmnest* geführt habe. Sie wollte immer schon etwas Größeres, Besseres.«

»Und warum hat sie den Laden dann übernommen, wenn sie so unglücklich damit war?«

»Weil sonst niemand da war. Du warst weg, bist durch die Weltgeschichte gereist und Smilla will unbedingt zur See fahren. Wer hätte es denn sonst machen sollen?«

Mir war der anklagende Unterton in ihrer Stimme nicht entgangen.

»Du wolltest immer, dass Anneke die Pension übernimmt. Was hätten Smilla und ich denn tun sollen? Wir mussten uns eben was Eigenes suchen.«

»So ist das nicht gewesen, Liv. Ich …«

Abrupt erhob ich mich aus meinem Stuhl und unterbrach sie. »Doch, Mama, das ist so gewesen.«

Sie schwieg getroffen und wich meinem Blick aus. Es gab noch so viel, was ich ihr sagen wollte. Doch es hätte die Situation nicht besser gemacht.

»Ich geh mal eine Runde spazieren, muss in Ruhe nachdenken.«

Sie nickte knapp. »Tu das, Liv.«

Ich war schon fast an der kleinen Holztreppe, die von der Klippe runter an den Kieselstrand führte.

»Liv!«

Meine Mutter stand neben dem Camper und sah mir hinterher.

»Ich … « Sie zögerte und überlegte es sich dann wohl anders. »Wenn du zurück bist, mache ich uns etwas zu essen.«

Ich nickte nur und dann ging ich an den Strand.

Die Sonne hinter mir ging langsam unter und die Klippen warfen lange Schatten an den Strand. Weiter draußen glitzerten die Wellen im letzten Licht der Sonne. Ich begann zu frösteln und vergrub die Hände in den Taschen des Parkas, den Inken mir geborgt hatte, und starrte auf den Horizont. Über mir kreisten die Möwen und neben den paar Enten, die im seichten Wasser vor sich hin dümpelten und ab und an die Köpfe unter Wasser steckten, waren nur wenige Menschen am Strand unterwegs und führten ihre Hunde aus. Ich lehnte mich an einen riesigen Findling, der wie ein gestrandeter Wal zwischen den Kieselsteinen des Strandes lag, und versuchte herauszufinden, was ich als Nächstes tun sollte. Ich wollte mich doch gar nicht in den Streit zwischen meiner Mutter und Anneke einmischen. Und ich wollte mich auch nicht an den Auseinandersetzungen zwischen Thies und dem Rest der Brodershöveder beteiligen, die ganz unterschiedliche Vorstellungen davon hatten, was aus unserem kleinen Dorf in Zukunft werden sollte. Ich würde ja nicht einmal lange genug bleiben, um herauszufinden, wer das Rennen machen würde. Ich weiß nicht, warum ich so lange dort stehen blieb und nachdachte und keine Antworten auf meine Fragen fand. Vielleicht hoffte ich auch einfach nur, dass die Wale, die wir heute am Kliff gesehen hatten, wieder auftauchten, um mir Gesellschaft zu leisten und meine Stimmung zu heben. Doch da war nichts.

Immerhin hatte ich ein Dach über dem Kopf, auch wenn es nur ein altersschwacher Camper war, den ich mir mit meiner Mutter teilen musste. Morgen würde ich mich im Ort nach einem Job umsehen, der mir genug Geld einbrachte, um spätestens in acht Wochen wieder das Weite zu suchen. Denn eines hatte der Streit mit Anneke gezeigt: Mein Platz war nicht hier. Nicht in Brodershöved und ganz sicher nicht im *Sturmnest*. Auch wenn meine Mutter es nicht wahrhaben wollte, sie und ich waren schon lange kein Teil mehr unseres Familienbetriebs.

Ich atmete tief durch, sog die Luft, die schwer war von der Feuchtigkeit des Meeres und den Algen und dem Salz, tief in meine Lunge ein und schloss die Augen. Die Geräusche der Wellen, die die kleinen Kiesel am Strand zum Singen brachten und das Geschrei der Möwen hatten etwas Beruhigendes, und für einen kurzen Moment spielten all meine Probleme keine Rolle mehr. Das Leben ging weiter, die Dinge änderten sich, aber das Meer, dieser Strand hier, würden immer da sein, auch wenn ich, meine Mutter, Anneke und Thies längst von dieser Erde verschwunden sein würden. Warum also sollte ich mich weiter über meinen Schwager ärgern oder meine Schwester? Sie gingen ihre eigenen Wege, auch wenn es Mama nicht passte. Genauso wie ich das tun würde.

Das aufgeregte Bellen eines Hundes ließ mich aufmerken und gleich darauf waren die Stimmen der anderen Strandbesucher zu hören, die aufgeregt auf den Horizont deuteten.

»Da hinten, da … Delfine. Das müssen Delfine sein.«

Ein junges Paar in praktischer Outdoor-Kleidung stand nur wenige Meter von mir entfernt an der Wasserkante und schaute aufs Meer, während ihr kleiner Terrier aufgeregt um sie herumsprang.

Ich kniff die Augen zusammen und dann sah ich auch schon, wie der elegante, kleine Körper eines Schweinswals aus dem Wasser auftauchte. Der Wind, der vom Meer kam, trug das so typische gurgelnde Geräusch zu uns herüber an den Strand, als der Wal Luft ausstieß, einatmete und gleich wieder mit einer eleganten Bewegung in den Fluten verschwand. Ich musste unwillkürlich lächeln. Ob sie meine stumme Bitte erhört hatten, denn im nächsten Moment tauchte auch der weiße Wal auf, der mich am Nachmittag so neugierig beobachtet hatte.

»Sieh mal, Hanna, sieh nur. Ein Albino.«

Der junge Mann war fast genauso aufgekratzt wie sein kleiner Hund.

»Ich glaub ja nicht, dass es bei Delfinen Albinos gibt.«

Seine Freundin schien weniger begeistert zu sein.

»Das sind keine Delfine.«

Die beiden sahen überrascht zu mir, als ich mich an sie wandte.

»Es sind Wale. Die kleinsten Wale, die es gibt.«

Die beiden schauten mich an, als wollte ich sie auf den Arm nehmen.

»Googeln Sie nachher einfach mal nach Schweinswalen.«

Die beiden wechselten einen Blick und schienen der Sache immer noch nicht zu trauen. Ich hob die Hand zum Gruß.

»Schönen Abend noch.«

Dann machte ich mich auf den Weg zurück zum Camper.

Wie sich herausstellen sollte, gestaltete sich der Abend mit meiner Mutter in dem Campingwagen als durchaus angenehm. Was auch daran liegen konnte, dass meine Mutter in der kleinen Küche hervorragende Nudeln in Gorgonzola-Soße gekocht und einen frischen Salat dazu bereitet hatte, den wir im Schein der Campinglampen unter der Markise vor dem Camper zu uns nahmen. Ich hatte einen Bärenhunger. Wir sprachen nicht mehr über Anneke und Thies und das *Sturmnest*. Ich ließ mir lieber davon berichten, wie meine kleine Schwester Smilla im fernen Kiel ihr Studentenleben genoss, nebenbei ihr Nautik-Studium mit Bestnoten absolvierte und keinerlei Ambitionen zu haben schien, sich in eine feste Beziehung zu stürzen.

»Wirklich, Liv, jedes Mal, wenn sie kommt oder ich sie besuche, gibt es da einen anderen jungen Mann an ihrer Seite. Ich weiß gar nicht, was ich davon halten soll.«

Wir hatten uns in den Camper zurückgezogen, weil es draußen empfindlich kalt geworden war, und machten gemeinsam den Abwasch. Ich nahm gerade einen Teller entgegen, um ihn abzutrocknen.

»Am besten gar nichts, Mama.« Ich sah sie mahnend an. »Ich gehe mal davon aus, dass das ganz allein Smillas Ding ist.«

Mama schien da anderer Meinung zu sein.

»Sie wird dieses Jahr fünfundzwanzig. Da hat man sich doch ausgetobt und sucht etwas Beständiges.«

»Ach ja? Macht man das?«

»Du bist schließlich auch schon seit drei Jahren mit Chris zusammen. Ihr könntet langsam mal heiraten.«

Ich verdrehte die Augen. »Oh bitte, Mama. Du weißt, wie ich darüber denke.«

»Ja, das weiß ich und ich finde es nicht gut.«

Ich warf ihr nur einen bedeutungsvollen Blick zu, während ich den großen Nudeltopf abtrocknete, den sie mir aus der Spüle reichte.

»Na ja, wie auch immer.« Sie zuckte mit den Schultern. »Hätte Chris dich begleitet, hätte ich mich auf jeden Fall gefreut, ihn zu sehen. Ich finde ihn nämlich sehr nett.«

»Nett?« Ich musste lachen. »Wenn du ihm das jemals sagst, Mama, sei darauf vorbereitet, dass er es nicht gerade als Kompliment empfindet. Wer ist schon gerne *nett*?«

»Seit wann ist nett etwas Schlimmes?«

»Ist es doch gar nicht.«

»Und warum willst du dann nicht was Ernstes aus dir und Chris machen?«

Es war eine durchaus berechtigte Frage.

»Um ehrlich zu sein, ich weiß es nicht. Vielleicht brauchen wir das ja gar nicht. Weil wir auch so glücklich und zufrieden sind.«

Meine Mutter sah mich nachdenklich an. Und bevor sie noch etwas sagen konnte, beschloss ich, genug über mein Liebesleben geredet zu haben und dass es Zeit wurde, das Thema zu wechseln.

»Erzähl mir lieber, was es bei dir Neues gibt. Noch immer keinen attraktiven, solventen Frührentner gefunden, der sich gerne an der Küste zur Ruhe setzen möchte?«

Meine Mutter stieß einen empörten Laut aus.

»Hör mir bloß auf mit denen. Die wollen alle in den Süden. Nach Spanien oder Mallorca. Denen ist es bei uns viel zu kalt.«

»Wenn ich irgendwann einmal sesshaft werde und meine eigene Tauchschule habe, irgendwann in ferner Zukunft, dann kannst du gerne den Winter zu mir kommen und ich such dir was *Nettes*, wo auch immer ich dann bin.«

Den restlichen Abend verbrachten wir damit, auf dem kleinen Flachbildschirm, der schräg unter der Decke über der Sitzecke angebracht war, eine Talksendung zu sehen, in der es um irgendwelche Elektroautos ging, eine Flasche Wein zu leeren und anschließend in unsere Kojen zu steigen. Ich durfte in dem Alkoven über dem Fahrerhaus schlafen, während Mama das kleine Schlafzimmer am Ende des Wohnmobils in Beschlag nahm.

Der Wind, der aufgefrischt hatte, pfiff ums Wohnmobil und ich lag noch lange wach, während ich das leichte Schnarchen meiner Mutter hörte.

Bei einer Sache hatte sie wirklich recht. Chris war nett. Und ich hatte mich seit fast zwei Wochen nicht bei ihm gemeldet. Was vermutlich daran lag, dass ich ihn kaum vermisste. Und das, ging mir etwas beunruhigt durch den Kopf, war vermutlich nicht das beste Zeichen für eine Beziehung mit Zukunft.

Am nächsten Morgen machte ich mich im Ort auf die Suche nach einem Job, der mich die nächsten Wochen über Wasser halten sollte und mir hoffentlich genug Geld einbrachte, um eine neue Tauchausrüstung zu kaufen. Mama hatte mir versichert, dass sie finanziell einspringen würde, doch ich hatte es dankend abgelehnt. So wie es im Augenblick um meine Familie stand, wollte ich lieber keinem meiner Familienmitglieder etwas schuldig sein. Oder mich verpflichtet fühlen, in dem Chaos, das gerade herrschte, Partei zu ergreifen. Ich musste nur irgendwie die nächsten Wochen überstehen und dann würde ich mich wieder auf den Weg in die große weite Welt machen und mich nur noch um meine eigenen Probleme kümmern.

Es war inzwischen Mitte Mai und die Sommersaison begann gerade anzulaufen, was man hauptsächlich an den vielen Autos mit fremden Nummernschildern, den jungen Familien mit Kindern im Kleinkindalter oder älteren Ehepaaren ohne Kinder, aber dafür mit Hunden, die ihren Ruhestand an der Küste genossen, erkennen konnte. Und da, wo Touristen waren, waren meist auch Jobs in der Servicebranche zu finden. Es machte mir zwar keinen Spaß zu kellnern oder Eis und kalte Getränke an den Buden oben an der Klippe zu verkaufen, aber es war immerhin besser als der Job bei meiner Schwester.

Dummerweise war ich etwas spät dran mit meinen Bemühungen, denn die gut bezahlten Jobs waren natürlich alle schon vergeben. Selbst im *Anker*, der nun nicht gerade als Touristenhochburg bekannt war, erklärte mir Willy, dass er leider keine Aushilfe mehr brauche. Aber wenn was frei werde, würde er an mich denken.

Meine nächste Anlaufstelle war die Bäckerei Ohlrogge, die in meiner Jugendzeit eigentlich immer jemanden im Verkauf gesucht hatte. Auch da wurde ich auf später vertröstet. Selbst im kleinen Supermarkt gab es genügend Schüler und Studenten, die für den Mindestlohn Regale einräumten und die Waren sortierten.

Nach einer Woche vergeblicher Suche war ich reichlich frustriert.

»Früher war das anders. Da gab's in Brodershöved keine Vollbeschäftigung. So ein Mist.«

Ich saß mit Inken auf der Seebrücke und nippte missmutig an einem völlig überteuerten Cappuccino, den ich mir an dem Kiosk vorne an der kleinen Promenade geleistet hatte und der nach Plastik schmeckte. Inken saß neben mir und wartete auf ihre Hochseeangler, die in einer Stunde mit ihr rausfahren würden. Ihr Boot dümpelte hinter uns träge im Wasser. Kurz dahinter war Jewes *Windsbraut* festgemacht. Vom Kapitän und seinem verrückten Hund fehlte jedoch jede Spur.

»Ich würde dir ja gerne einen Job anbieten.«

Sie sah mich mitleidig an.

»Aber mal ganz davon abgesehen, dass ich nicht weiß, was du an Bord tun könntest, könnte ich dich auch gar nicht bezahlen. Höchstens in Fischen. Aber ob das hilft?«

Inken war wirklich die liebenswürdigste Person, die ich kannte.

»Ist lieb von dir, Inken. Vielleicht sollte ich es in Freistadt versuchen. Oder weiter unten in Kalifornien.«

Sie nickte. »Ich hör mich da mal um, wenn ich morgen da bin. Oder …«

Sie sah mich kurz prüfend an und schien eine Idee zu haben, die sie dann aber gleich wieder verwarf.

»Nee … ist vielleicht doch keine gute Idee.«

Keine gute Idee war immerhin besser als überhaupt keine Idee.

»Nun sag schon. Ich bin wirklich für alles offen. Solange es nichts mit Thies oder meiner Schwester zu tun hat.«

Inken fuhr sich einmal durch die wirren rotblonden Haare.

»Also … es ist so … ich hab gehört, dass da jemand jemanden sucht. Und der Job könnte dir gefallen.«

»Du machst es spannend.«

»Es … es könnte noch spannender werden.«

Sie sah mich an, als müsste sie mir mitteilen, dass ich an einer unheilbar schweren Krankheit litt und dass es leider keine Rettung für mich gab.

KAPITEL 13

Mein Vater, der ein sehr pragmatischer Mensch war (vermutlich ist er es immer noch), sagte immer: In der Not frisst der Teufel Fliegen. Wenn also etwas nicht so war, wie man es sich erhofft hatte, dann musste man eben mit der zweitbesten Lösung vorliebnehmen. Als Kind fand ich den Spruch ziemlich daneben. Und das hatte sich bis zum heutigen Tag nicht geändert.

»Ich kann dir pro Tour fünfzig Euro zahlen und das Trinkgeld kannst du natürlich behalten. Die meisten sind ziemlich spendabel. Vor allen Dingen, wenn sie tatsächlich Wale zu Gesicht bekommen haben. Da kommen locker hundert Euro pro Tour zusammen.«

Jewe sah von mir zu Inken, die sichtlich beeindruckt war.

»Das ist 'ne Menge. Vielleicht sollte ich auch umsatteln.«

Er schüttelte nur amüsiert den Kopf und wandte sich dann wieder mir zu.

»Du kannst morgen anfangen. Wenn du den Job wirklich haben willst.«

Er schien erhebliche Zweifel an meinem Entschluss zu haben. Ich wich seinem Blick aus und fixierte stattdessen irgendeine Stelle hinter ihm auf dem Wasser. Auch wenn es da eigentlich nichts Interessantes zu sehen gab.

»Eine Frage habe ich noch. Warum ist Doro bei dir ausgestiegen? War sie unzufrieden mit … ?«

»Mit ihrem Chef?«

Er lachte laut auf und schob sich das Basecap in den Nacken.

»Ich glaube eher nicht. Aber sie hat sich unten in Kalifornien in einen Kiter verknallt und jobbt jetzt lieber an irgendeiner Strandbar, um in seiner Nähe sein zu können.«

Er sah mich an, und für einen Augenblick erkannte ich, obwohl er weiterhin lächelte, in seinen hellen wassergrünen Augen einen Ernst, der vorher nicht da gewesen war.

»Die Macht der Liebe. Vielleicht sind es auch die Hormone.«

Ich schaffte es, ein Lächeln zustande zu bringen.

»Ich würde Letzteres tippen.«

»Super. Dann wäre das ja geklärt.«

Inken klatschte zufrieden in die Hände.

»Ist ja für alle Seiten die beste Lösung. Und du kannst weiter mit Hauke raus zum Tauchen.«

Jewe streichelte zufrieden den Kopf seines Hundes, der die ganze Zeit friedlich neben uns gehockt hatte und mich nun erwartungsvoll aus seinen ungewöhnlichen Augen anblickte und ein zustimmendes Wuffen von sich gab. Ich interpretierte es jedenfalls als zustimmend. Jewe schien es ähnlich zu gehen.

»Ich glaube, Bootsmann ist auch einverstanden.«

Was nicht weiter verwunderlich war.

»Vermutlich denkt er, ich bin mit den Keksen spendabler.«

Ich streichelte ihm ebenfalls über das wuschelige Fell seines Kopfes und er schloss selig die Augen.

»Da muss ich dich leider enttäuschen.«

Er legte den Kopf schief, so als wollte er mich empört fragen, ob das auch wirklich mein Ernst sein könne.

»Ich überleg mir was anderes für dich.«

»Okay, dann willkommen im Team.«

Jewe machte eine einladende Geste.

»Komm mit an Bord. Ich zeige dir alles. Bis zu meiner nächsten Tour ist noch ein bisschen Zeit.«

Ich folgte ihm, während Inken auf der Seebrücke blieb.

»Viel Spaß dann. Ihr drei seid ein Spitzenteam.«

Ich war mir nicht ganz sicher, was genau sie damit eigentlich sagen wollte.

Meine Arbeit während der Walbeobachtungstouren war nicht besonders anspruchsvoll, erforderte jedoch ein gewisses Fingerspitzengefühl, wie Jewe mir erklärte. Hauptsächlich sollte ich, je nach Witterung, für warme oder kalte Getränke sorgen. Unten in der Kajüte des kleinen Kutters, die Jewe saniert und einfach und schlicht eingerichtet hatte, gab es einen Kühlschrank, einen kleinen Gaskocher, Wasserkocher und sogar eine Espressomaschine. Alles war freundlich und in hellen Farben gestrichen worden und die Holzpaneele waren aufgearbeitet und ausgebessert worden.

Unter Deck befand sich auch die Toilette, die ich ebenfalls sauber zu machen hatte. Was mir nichts ausmachte, immerhin hatte ich die letzten Wochen bei Anneke Erfahrung sammeln können.

Kleine Snacks, die Jewe in der Bäckerei und am Strandkiosk besorgte, gehörten ebenfalls zum Service an Bord. Was jedoch noch viel wichtiger als das kulinarische Wohl seiner Gäste war, war sie bei Laune zu halten, wenn die Wale, für die sie schließlich viel Geld ausgegeben hatten, um sie zu sehen, sich nicht blicken ließen. Zwar übernahm Jewe keine Garantie für eine Walsichtung und wies in seinen Flyern ausdrücklich darauf hin, doch eine Tour, bei der nichts geschah und die auch ansonsten nicht viel zu bieten hatte, sorgte nicht gerade für große Begeisterung und euphorische Mund-zu-Mund-Propaganda. Er hatte sich ein Ausweichprogramm überlegt und fuhr die

168

malerische Fjordlandschaft entlang der Flensburger Förde ab, wo man hervorragend Seeadler, Fischreiher und Kormorane beobachten konnte. Meine Aufgabe sollte darin bestehen, die Gäste an Bord mit geballtem Wissen über die kleinste Walart des Nordatlantiks zu füttern. Und das möglichst charmant.

»Ich denke mal, das krieg ich hin.«

Ich blickte zu Jewe, der den Kopf in der Kajüte eingezogen hatte, um sich keine Beule zu holen.

»Es gibt nur ein klitzekleines Problem.«

Er hob fragend die Augenbrauen.

»Ich weiß eine Menge über Weichkorallen, Nacktschnecken, und Seepferdchen habe ich auch gut drauf.«

Er hob beeindruckt die Augenbrauen. »Seepferdchen? Sieh mal an.«

»Ich hab keine Ahnung von Schweinswalen, Jewe. Ich meine, ich weiß, dass es sie gibt und wie sie aussehen. Aber ich bin nicht Hauke. Ich fürchte, das wird deinen Gästen nicht reichen.«

Er nickte knapp und öffnete einen Einbauschrank über der kleinen Sitzecke.

»Kein Problem.«

Er holte einen Ordner hervor, legte ihn auf dem Tisch ab und schlug ihn auf.

»Als ich mit den Touren anfing und merkte, dass die Leute alles Mögliche über die Wale wissen wollten, hab ich ihn gebeten, mir mal alles, was er über sie weiß, aufzuschreiben.«

Er deutete auf den Ordner.

»Das ist dabei rausgekommen.«

Ich setzte mich und begann den Ordner durchzublättern. Es waren eine Menge Informationen, was nicht weiter verwunderlich war. Hauke war schließlich Biologe. Jewe räusperte sich.

»Du musst nicht gleich alles auswendig können. Aber wenn du's nächste Woche drauf hättest, wäre es schon schön.«

Ich sah ihn groß an. War das jetzt wirklich ernst gemeint?

»Und falls du Fragen hast … Hauke weiß auf alles eine Antwort. Der Mann ist ein wandelndes Lexikon.«

Ich musste lächeln.

»Ich dachte immer, du bist das wandelnde Lexikon, wenn es um Flora und Fauna an unseren Küsten geht. Damals gab es jedenfalls niemanden, der sich so gut in unseren Gewässern auskannte wie du. «

Jewe wusste nicht so recht, wie er mit dem Kompliment umgehen sollte, und wich meinem Blick aus.

»Da war ich auch noch als Fischer unterwegs.«

Ich sah ihn nachdenklich an.

»Warum hast du's eigentlich aufgegeben? Die Fischerei, meine ich. Inken hat erzählt, es lief eigentlich ganz gut, nachdem du das Kommando auf der *Windsbraut* übernommen hast und dein Vater sich zurückgezogen hat.«

Er sah mich einen Moment schweigend an, und mir wurde schlagartig klar, dass ich ein sensibles Thema angesprochen hatte.

»Ist auch egal. Du wirst deine Gründe haben.«

Ich klappte den Ordner zu und klemmte ihn mir unter den Arm.

»Den nehme ich dann mal mit. Als Abendlektüre im Camper.«

Er runzelte verwundert die Stirn. Ich lächelte ihn schief an.

»Ich leiste meiner Mutter oben auf der Klippe Gesellschaft. Bei Anneke bin ich mehr oder weniger rausgeflogen.«

Was nicht ganz der Wahrheit entsprach.

»Wobei, wenn ich es genau nehme, hab ich mich selbst rausgeschmissen.«

»Die Sache mit Thies!«

Es war mehr eine Feststellung als eine Frage.

»Ich hoffe, du hast ihm ordentlich die Hölle heißgemacht.«

Falls meine Mutter überrascht war, dass ich den Job als neue Service-Kraft auf Jewes Walbeobachtungstouren angenommen hatte, zeigte sie es nicht. Jedenfalls nicht so offensichtlich. Sie hob kurz überrascht die Augenbrauen und gab ein »Interessant« von sich, dann wollte sie wissen, ob ich lieber einen Salat oder Pellkartoffeln zum Abendessen und dem Fisch wollte. Während ich ihr bei den Vorbereitungen half und den Salat putzte und sie den kleinen Gasgrill vor dem Campingmobil anschmiss, studierte ich den Ordner. Und erfuhr, wie schlecht es um die Walpopulation in der Ostsee bestellt war. Allein im letzten Jahr hatte man über zweihundert tote Tiere im Wasser und an den Stränden geborgen, die durch die Fischerei oder Meeresverschmutzung oder den immer größeren Schiffsverkehr ums Leben gekommen waren. Einige wiesen Verletzungen auf, die wohl von großen Tümmlern stammen mussten. Delfine und Schweinswale verstanden sich nicht besonders gut, wie mir schien. Und die Delfine machten öfters Jagd auf die kleineren Schweinswale und versetzten ihnen mit gezielten Stößen ihrer Schnauze tödliche Verletzungen. Der Großteil der getöteten Wale ging jedoch auf das Konto der Berufsfischerei. Zu Dutzenden kamen die Tiere in den Stellnetzen und den großen Schleppnetzen ums Leben und wurden als nutzloser Beifang in Kauf genommen. Schon bald, so befürchteten Wissenschaftler, würde der einzige in der Ostsee beheimatete Wal ausgestorben sein. Es wurde Zeit, dass man ihren Schutz endlich ernst nahm und zumindest die Stellnetzfischerei endgültig verbot.

»Das werden die Fischereiverbände niemals zulassen.« Meine Mutter sah mich vielsagend an, als wir beim Essen saßen und ich ihr mein neues Wissen über Wale mitteilte.

»Sie werden hier so lange fischen, bis es nichts mehr in der Ostsee zu fischen gibt. Und dann werden sie sich fragen, wie das nur passieren konnte.«

Sie stieß einen langen Seufzer aus. »Die Menschen werden wohl niemals zur Vernunft kommen, fürchte ich.«

»Das ist eine ziemlich deprimierende Sicht auf die Dinge.«

Ich nahm einen Schluck von meinem Wein und prostete ihr zu. »Wenn alle so denken, dann wird sich nie etwas ändern, weil alle glauben, es bringt sowieso nichts.«

»Ich habe nicht gesagt, dass es nichts bringt. Natürlich müssen wir etwas tun. Ich glaube nur nicht daran, dass die Menschen sich so schnell ändern.«

Sie sah mich kurz prüfend an.

»Das, was Jewe mit diesen Waltouren macht, ist eine gute Sache. Der Junge kann stolz darauf sein. Das war eine sehr clevere Entscheidung.«

Ich musste kurz lächeln. »Früher fandest du Jewe alles andere als clever. Besonders gern hast du ihn nicht gehabt.«

»Er war auch nicht besonders umgänglich. Immer so verschlossen und zornig.«

Ich sah sie ernst an. »Ihr habt ihn eben nicht richtig gekannt. Oder wolltet euch nicht die Mühe machen, ihn kennenzulernen.«

Sie sah mich einen Moment intensiv an. »Du hast dich davon nicht abschrecken lassen. Und so glücklich wie in diesem Sommer mit Jewe hatte ich dich vorher nie erlebt.«

Ich wich ihrem Blick aus und stocherte in dem Salat herum.

»Ich war das erste Mal verliebt, Mama. Da ist das normal, würde ich sagen.«

Ich schob den Teller von mir und nahm noch einen Schluck von dem Wein. »Wir waren Teenies. Da übertreibt man mit allem ein bisschen.«

»Hast du noch manchmal an diesen Sommer gedacht?«

Eigentlich wollte sie wissen, ob ich an Jewe gedacht hatte.

»Nein. Um ehrlich zu sein, ich habe seit zehn Jahren nicht mehr an Jewe Jaspers gedacht. Jetzt arbeite ich für ihn. Und das ist auch schon alles.«

Sie gab sich mit der Erklärung zufrieden und fragte nicht weiter nach.

KAPITEL 14

Kurz nach elf am nächsten Morgen versammelte sich die Gruppe aufgekratzter Wal-Touristen auf der Seebrücke und wartete geduldig darauf, von uns an Bord gelassen zu werden. Es war die übliche Mischung, die man in Brodershöved gemeinhin antraf: die älteren Rentnerehepaare, die ganz automatisch die Sätze ihres Gegenübers vollendeten; die überforderten Eltern von Kleinkindern, die nicht stillhalten wollten; die gut situierten Pärchen aus Hamburg oder Berlin, die ihren Kurztrip an die Küste mit etwas Besonderem krönen wollten.

Mit zwölf zahlenden Gästen an Bord war die *Windsbraut* ausgebucht, und ich begrüßte jeden Einzelnen freundlich mit Handschlag und übergab ihnen die Rettungswesten, die sie anlegen sollten, auch wenn ich das etwas übertrieben fand. Schließlich machten wir keine Hochseetour und blieben immer in Küstennähe.

Nachdem auch Jewe seine Kunden mit aller ihm zur Verfügung stehenden Freundlichkeit begrüßt hatte (und man konnte ihm anmerken, wie schwer ihm das fiel), machte er die Leinen los und verschwand im Steuerhaus. Den Rest überließ er mir. Zwölf neugierige Augenpaare sahen mich an und erwarteten wohl jetzt schon einen ausführlichen Report über das, was vor ihnen lag. Das könnte eine herbe Enttäuschung für sie werden. Einen Moment kramte ich fieberhaft in meinem Gedächtnis nach irgendwelchen Fakten, die ich gestern Abend noch in dem dicken Ordner überflogen hatte, und versuchte mich zu erinnern. Was mehr als kläglich war. Ich beschloss, es stattdessen mit der Wahrheit zu versuchen.

»Guten Tag! Ich freue mich, Sie alle an Bord unserer *Windsbraut* begrüßen zu können.«

Die Gäste verstummten und blickten sich zu mir um. Ich stand am Heck des Bootes und hob meine Stimme, um gegen das Tuckern des Motors anzusprechen.

»Ich könnte Ihnen jetzt eine Menge über die Schweinswale erzählen, die wir heute hoffentlich sehen werden.«

Erwartungsfrohe Gesichter strahlten mich an.

»Aber die Wahrheit ist … ich mache den Job heute zum ersten Mal. Von daher kann ich Ihnen nur das erzählen, was ich selbst über Wale weiß. Es wird also eher etwas persönlicher werden und wer Lust auf Fakten hat, der ist bei Google besser aufgehoben, fürchte ich.«

Ich lächelte charmant in die Runde und hoffte, es würde mir jetzt keine allzu große Enttäuschung entgegenschlagen.

»Davon abgesehen werden Sie von mir den besten Brodershöved-Küstentee bekommen, den Sie im Umkreis von zehn Seemeilen finden können.« Ich sah, wie der eine oder andere anfing, freundlich zu lächeln. »Mein Espresso ist auch nicht schlecht, sagt man. Und wenn Sie sich beeilen, kriegen Sie auch noch ein paar Kekse ab, bevor unser Leichtmatrose hier«, ich deutete auf Bootsmann, der hechelnd neben mir auf dem Deck stand und lässig die Schwankungen des Bootes ausbalancierte, »Ihnen alles weggefuttert hat.«

Als hätte er verstanden, was ich sagte, setzte Bootsmann sich hin, wuffte zweimal kurz und hob dann beide Pfoten in die Luft, als würde er salutieren und die Gäste begrüßen. Ich sah ihn erstaunt an. Ob Jewe ihm den Trick beigebracht hatte? Auf jeden Fall schien es unseren Gästen zu gefallen, die freundlich bei mir ihre Getränkewünsche aufgaben und ansonsten guter Dinge waren. Das Eis war gebrochen, und ich hoffte, es würde so bleiben.

Die Tour würde etwas mehr als zwei Stunden dauern. Nachdem ich den Tee, den Kaffee, die Plätzchen und weitere Getränke verteilt hatte, ging ich zu Jewe in den Steuerstand, während Bootsmann mit seinem unwiderstehlichen Charme die Gäste bei Laune hielt.

»Und?« Jewe sah mich neugierig an. »Wie ist die Stimmung da draußen?«

Ich sah mich um zu den Leuten, die entspannt auf den Bänken saßen, ihren Tee schlürften, mit Bootsmann herumalberten und den Tag zu genießen schienen.

»Ich glaube ganz gut. Ich sorge fürs Essen und Bootsmann für die gute Laune.«

Jewe lächelte. »Ja, das hat er gut drauf.«

Ich blickte hoch zur Küste und erkannte das alte Leuchtfeuer von Hesterstrand.

»Wohin fahren wir eigentlich?«

»Ich will rüber zur Vogel-Insel. Ich habe so das Gefühl, da könnten sie heute sein.«

Er wandte den Blick ab vom Wasser und lächelte mich an. »Außerdem brütet da gerade ein Paar Seeadler. Also falls wir keine Wale zu Gesicht bekommen, dann gibt's die als Entschädigung.«

Ich nickte. »Guter Plan, Käpt'n.«

»Ich sag kurz vorher Bescheid, wenn wir da sind. Und du kannst ihnen ja ein bisschen was zur Insel erzählen.«

Er grinste etwas frech. »Falls du dich noch daran erinnern kannst, jetzt wo du doch so viel aufregendere Dinge in der großen weiten Welt gesehen hast.«

Er sagte es nicht böse, mehr um mich zu necken und ich ging auf seinen lockeren Ton ein.

»Vage. Auf jeden Fall erinnere ich mich daran, dass du da kläglich gestrandet bist, als du meine Jolle auf Grund gesetzt hast. Typischer Anfängerfehler.«

Er verzog das Gesicht bei der Erinnerung.

»Da war ich elf. Das hatte ich ganz vergessen.«

Ich klopfte ihm aufmunternd auf die Schulter. »Keine Sorge, deine Gäste erfahren nichts davon. Die springen sonst noch völlig panisch über Bord.«

Dann widmete ich mich wieder den Touristen und leistete ihnen und Bootsmann Gesellschaft.

An diesem sonnigen Nachmittag, als wir durch die Insellandschaft der Flensburger Förde fuhren, eine sanfte Brise das Meer zum Glitzern brachte und wir die sommerlichen Temperaturen genossen, blieben die Wale fern. Jewe blickte immer wieder konzentriert auf das Blau der Ostsee, nahm ab und an das Fernglas zur Hand, aber diesmal wollten sie sich einfach nicht zeigen. Dafür konnte die Handvoll Touristen die Seeadler bestaunen, von denen Jewe erzählt hatte. Wir sahen sie elegant hoch oben über uns in der Luft segeln, um dann im Sturzflug in das seichte Küstengewässer zu stürzen und ihre Beute zu greifen. Wir sahen auch ein paar trödelnde Eiderenten, die sich noch nicht auf den Weg in ihr Sommerquartier gemacht hatten, und ein einsames graubraunes Gänsesägerweibchen. Wir erfreuten uns einfach an der Landschaft, die voller Geschichten steckte und die ich gerne an unsere Gäste weitergab, die mir gebannt lauschten.

Ich konnte mich noch gut an die abenteuerlichen Berichte meiner Großeltern erinnern, die mir und meinen Schwestern als wir klein waren von Piraten und Strandräubern und Wikingern erzählten. Und von den Sagen um geheimnisvolle Meerjungfrauen und Wassermänner, die zwischen den Felsen der Inseln an Land stiegen, um sich unter die Menschen zu mischen und sie zu verführen. Als Kind war es mir ein Rätsel gewesen, warum sich diese überirdisch schönen Wesen ausgerechnet mit uns Menschen abgeben wollten. Schließlich konnten wir ihnen in vielerlei Hinsicht nicht das Wasser reichen und selbst die Schönsten unter uns verblassten angesichts ihrer Vollkommenheit. Meine Oma hatte damals die Frage interessant gefunden. Eine Antwort hatte sie mir nicht geben können, was daran liegen könnte, dass Märchen gemeinhin nicht besonders logisch sind. Jetzt war ich ihr allerdings dankbar für all die Geschichten, die sie uns erzählt hatte. An der einen oder anderen Stelle schmückte ich die alten Sagen etwas aus, weil mir partout nicht mehr einfallen wollte, wie sie eigentlich weitergingen. Ich hoffte, die Leute wollten einfach nur unterhalten werden und legten keinen gesteigerten Wert auf die richtige Wiedergabe des landestypischen Sagen- und Brauchtums.

»Ich setz mal Heimatkurs.«

Jewe nahm die Tasse mit Kaffee, die ich ihm reichte, und nippte kurz dran. »Heute kriegen wir wohl keine Wale mehr zu sehen.«

Ich nickte und blickte hinüber zu der Schar Touristen, die entspannt in der Sonne saßen, sich unterhielten und gegenseitig auf den Displays ihrer Kameras oder Handys die Fotos zeigten, die sie im Laufe der letzten zwei Stunden geschossen hatten. Mittendrin lag Bootsmann entspannt auf dem Deck und ließ sich die Sonne auf seinen dicken Pelz scheinen.

»Ich glaube, sie sind trotzdem zufrieden.«

Jewe schenkte mir einen Seitenblick.

»Was hast du ihnen eigentlich die ganze Zeit erzählt? Du warst ja richtig in Plauderstimmung.«

Einen Augenblick überlegte ich, ob er mich aufziehen wollte oder unzufrieden mit mir war. Aber er sah mich nur amüsiert an.

»Ach dies und das. Die alte Geschichte von Irgurd, dem Wassermann. Und die von der Wikinger-Siedlung, die im Sturm untergegangen ist.«

»Die mochte ich immer am liebsten.«

Er schenkte mir einen langen Blick, dann sah er wieder nach vorn und nippte an seinem Kaffee. Einen Augenblick standen wir schweigend nebeneinander und genossen die sanfte Brise, die Sonne und das Meer, auf dem wir unterwegs waren.

Mir fiel etwas ein und ich sah wieder zu ihm auf.

»Haben wir eigentlich noch Zeit? Oder musst du direkt zum Anleger?«

»Wieso?«

Ich lächelte ihn an. »Wenn wir Zeit haben, dann nimm bitte den Kurs die Küste entlang.«

Er legte den Kopf schief und in seine grünen Augen trat ein amüsierter Ausdruck.

»Und schon wieder stellt sich die Frage: Wieso sollte ich das tun?«

»Weil ich so eine Idee habe.«

»Aha?!« Er wartete anscheinend auf eine weitere Erklärung. Ich klopfte ihm einmal kurz auf die Schulter.

»Vertrau mir einfach, Jewe.«

Bevor er noch weiterfragen konnte, war ich aus dem Steuerstand verschwunden und mischte mich wieder unter die Gäste. Kurz darauf sah ich, wie Jewe den Kurs änderte und die Küstenroute einschlug. Der kleine Umweg würde uns etwa eine halbe Stunde kosten, aber wenn ich mit meinem Gefühl richtig lag, würde es das auf jeden Fall wert sein.

Kurz darauf kam die Küste in Sicht und von hier aus hatte man einen wunderbaren Blick auf den alten Brodershöveder Leuchtturm.

Plötzlich sprang eins der Kinder, ein Mädchen, das vielleicht fünf oder sechs Jahre alt war und mir nur mäßig begeistert zugehört hatte, auf.

»Mama! Mama! Schau mal!«

Aufgeregt zeigte sie auf einen Punkt, der zwischen unserem Boot und der Steilküste lag. Wir waren vor Petermanns Klippe, und irgendwo da oben musste meine Mutter mit dem alten Campingmobil stehen.

»Eine Meerjungfrau!«

»Ach, Maja.« Ihre Mutter sah sie etwas zweifelnd an, was das Kind jedoch nicht davon abhielt, weiterhin seine Begeisterung kundzutun.

»Eine Meerjungfrau! Eine Meerjungfrau!«

Das Kind hopste aufgeregt an der Reling hoch, und nun sahen auch alle anderen zur Küste hin. Und genau im richtigen Moment tauchte kurz darauf der silbern glänzende Leib eines Schweinswals aus den Wellen auf, stieß kurz die Luft aus, um im nächsten Moment wieder unterzutauchen.

Ich hatte mit meinem Gefühl richtiggelegen. Sie waren da. Ich blickte zu Jewe im Steuerstand.

»Jewe!«

»Hab sie schon gesehen.« Er winkte mir zu, während er den Motor drosselte, das Boot in einem großen Bogen wendete und langsam die Stelle ansteuerte, an der die Wale aufgetaucht waren.

Die Touristen versammelten sich an der Reling und blickten gebannt auf die Wellen, während ich zu Jewe ans Steuer ging und mir sein Fernglas schnappte.

»Woher hast du das gewusst?« Jewes Lächeln war mehr als breit. »Woher wusstest du, dass sie hier sind?«

»Gewusst nicht. Aber gehofft.«

In seine Augen trat tatsächlich so etwas wie Bewunderung.

»Und außerdem waren sie vorgestern Abend schon da. Ich glaube, sie fühlen sich hier ganz wohl.«

»Kann ich mir vorstellen.« Jewe nickte. »Seit hier nicht mehr mit Stellnetzen gefischt wird, kommen die Heringe wieder. Die Strömung, weißt du?«

Ich wusste es zwar nicht genau, da kannten sich die Fischer besser aus, doch ich stimmte ihm ohne zu zögern zu.

»Ja, sie finden endlich wieder genug Nahrung.«

Er sah mich mit einem warmen Ausdruck in den Augen an.

»Oder sie mögen dich ganz besonders.«

Täuschte ich mich oder flirtete Jewe gerade ganz offen mit mir? Bevor ich der Sache genauer auf den Grund gehen konnte, wurde unsere Aufmerksamkeit wieder von den Rufen der Touristen unterbrochen.

»Wow! Seht mal! Das gibt's doch nicht! Da ist auch ein Weißer dabei.«

Ich hob Jewes Fernglas. Es war tatsächlich mein weißer Wal, der da aus den Wellen auftauchte und Luft holte.

»Ich bin gespannt, was Hauke dazu sagt.« Ich sah hinüber zu Jewe. »So langsam sollten wir ihr einen Namen geben. Was hältst du von Elsa, der Schneekönigin?«

Er war nicht ganz so begeistert. »Wäre zwar nicht meine erste Wahl gewesen … aber okay … Elsa ist ganz okay.«

Er hatte den Motor gestoppt und die *Windsbraut* glitt fast geräuschlos durch die Wellen. Um uns herum konnten wir in dem klaren Wasser die Silhouetten der kleinen Wale erkennen, die neugierig um uns herumschwammen, auftauchten, um dann unter dem Boot wieder abzutauchen. Sie schienen keine Scheu vor uns zu haben und betrachteten das Boot vielleicht als großen Verwandten, den man sich mal näher anschauen sollte.

Nach der anfänglichen Aufgeregtheit hatte sich Stille auf dem Boot ausgebreitet und die Touristen beobachteten ehrfürchtig die Meereswesen, die um uns herumschwammen. So als würde jedes laute Geräusch sie erschrecken und vertreiben, sprachen sie nur noch im Flüsterton miteinander. Selbst das kleine Mädchen war ganz still geworden. Sie ließen ihre Kameras laufen und gaben sich ganz dem wunderbaren Gefühl hin, Zeugen von etwas Besonderem zu werden. Die Wale schienen ebenfalls nicht genug von uns zu bekommen. So vergingen die Minuten und wir vergaßen völlig die Zeit.

Bevor es am Horizont auftauchte, konnte man es bereits hören.

»Oh, nein, bitte nicht schon wieder.«

Jewe zog verärgert die Augenbrauen zusammen und sein Gesicht verfinsterte sich.

Ich blickte ebenfalls auf und er deutete auf eine Stelle am Horizont.

»Dein Schwager, dieser Idiot, ist wieder unterwegs.«

Ich sah den dunklen Punkt, der nah an der Küste direkt auf uns zukam und eine riesige Bugwelle vor sich herschob. Es war Thies mit seinem Speedboot. Als er uns erkannte, drehte er erst recht auf und produzierte einen Höllenlärm.

Die Wale mussten das Geräusch schon lange vor uns gehört haben und waren von einer Sekunde zur anderen ins offene Meer verschwunden.

Jewe sprang aus seinem Steuerstand und lehnte sich weit über die Reling, als das schwarze Geschoss mit irrsinniger

Geschwindigkeit keine zehn Meter von uns entfernt an uns vorbeischoss.

»Du Idiot! Verschwinde! Mach, dass du wegkommst!«

Jewe brüllte gegen den Lärm an und es war eigentlich klar, dass seine Worte ungehört verhallten. So schnell, wie der Spuk gekommen war, war er auch wieder verschwunden. Jewe blickte ihm wütend hinterher und zeigte ihm den Mittelfinger, während er noch ein paar Flüche ausstieß, die man zum Glück kaum verstehen konnte und die größtenteils vom Motorenlärm verschluckt wurden.

Als das Speedboot endlich wieder am Horizont verschwunden war, blickte er sich um. Seine Gäste sahen ihn mit großen Augen stumm an, und er rieb sich etwas verlegen den Nacken.

»Sorry, Leute, aber bei so was ... machen wir, dass wir nach Hause kommen.«

Er ging wieder an den Steuerstand und ließ den Motor aufheulen.

Die gelöste Stimmung, die noch vor wenigen Minuten an Bord geherrscht hatte, war verschwunden und hatte einer gewissen Bedrücktheit Platz gemacht. Es war ein unschönes Ende unserer Tour gewesen und alle wussten das.

Während Jewe stumm und mit starrem Blick aufs Wasser in Richtung Seebrücke fuhr, sammelte ich die Tassen und leeren Flaschen ein. Als ich zu der Mutter mit der kleinen Tochter kam, die als Erste die Wale entdeckt hatte, legte sie mir mit einer freundlichen Geste die Hand auf den Arm und sah mich tröstend an.

»Das war ein wirklich schöner Ausflug mit Ihnen. Meine Tochter ist ganz begeistert. Und das will was heißen.«

Ich lächelte sie stolz an. »Das freut mich, dass es Ihnen gefallen hat.«

Sie sah kurz zu ihrem Mann, der etwas schuldbewusst wirkte.

»Wir wollten morgen ja eigentlich auch eine Tour mit dem Larsen-Boot machen. Aber ich glaube, das ist keine gute Idee. Für die Wale muss dieser Lärm ja schrecklich sein.«

Womit sie vollkommen recht hatte.

»Das ist er auch. Und Sie tun den Tieren einen Gefallen, wenn Sie darauf verzichten.«

Eine halbe Stunde später legten wir an der Anlegestelle der Seebrücke an. Ich sammelte die Rettungswesten ein und verabschiedete die Touristen, die mehr als zufrieden waren mit ihrem Ausflug. Jewe sprach kein Wort und vertäute währenddessen stumm die *Windsbraut* am Anleger. Schräg gegenüber lag die *Red Pearl* an ihrem Platz, und Thies stand mit ein paar Männern, die unschwer als Touristen zu erkennen waren, bei seinem Boot und prahlte stolz mit der Antriebsleistung. Uns ignorierte er dabei komplett, so als wären wir Luft. Nachdem der letzte Passagier von Bord gegangen war, sprang auch Jewe auf die Seebrücke. Sein Gesichtsausdruck war schwer zu deuten, als er hinüber zu Thies blickte, doch ich konnte spüren, dass etwas in der Luft lag, das mir nicht gefallen würde. Und Thies vermutlich noch viel weniger.

»Kümmerst du dich mal kurz um Bootsmann?«

Jewe sah mich gar nicht erst an und seine Wangenmuskeln zuckten vor unterdrücktem Zorn. »Ich muss mal kurz was mit deinem Schwager klären.«

Er drückte mir die Leine in die Hand, mit der er Bootsmann festgemacht hatte, um ihn daran zu hindern, ihm zu folgen.

»Jewe! Warte!«

Warum Männer, wenn sie mit Argumenten nicht mehr weiterkommen, in den Modus des dumpfen Höhlenbewohners schalten und ihre Auseinandersetzungen handfest austragen müssen, war mir schon immer ein Rätsel. Ich konnte daran jedenfalls nichts attraktiv und sexy finden, zumal Schlägereien im echten Leben auch viel schäbiger aussehen als die perfekt choreografierten Prügeleien, die man im Kino oder im Fernsehen präsentiert bekommt. Wenn sich zwei Männer im echten Leben schlagen, dann sieht das nämlich meist erbärmlich aus und erinnert an Kindergartenjungs, die sich im Sandkasten raufen.

Jewe machte keine bessere Figur, als er einfach auf Thies zuging, ihn an der Schulter packte und ihm einen Kinnhaken verpasste, der meinen Schwager auf die Planken schickte.

Die beiden muskelbepackten Herren, die sich gerade noch mit Thies unterhalten hatten und auf deren breiten Oberarmen komplizierte Tattoos zu erkennen waren, sahen überrascht von Jewe zu Thies und wieder zurück.

»Ick glob, ick spinne, jeht's noch, Alter?«

Die Männer sprachen im breiten Berliner Dialekt und schienen auch sonst nicht zimperlich zu sein.

»Haltet euch da raus!«

Jewe funkelte die beiden an und wandte sich wieder an Thies, der mühsam versuchte, sich aufzurappeln und sich sein schmerzendes Kinn hielt.

»Ich hab dich gewarnt, Thies! Bleib mir mit deiner Dreckschleuder vom Hals oder ich mach dich fertig!«

»Wat jeht'n hier ab?«

Einer der Männer half Thies beim Aufstehen. Thies deutete auf Jewe.

»Der Idiot hier meint, die Ostsee gehört ihm. Von wegen Umweltschutz und so. Er will das Speedbootfahren verbieten lassen.«

Die beiden Kerle, die offensichtlich einen nicht unerheblichen Teil ihrer Freizeit in einem Fitnessstudio verbrachten und ihre Muskeln in engen T-Shirts zur Schau stellten, bauten sich vor Jewe auf, der auf einmal ziemlich schmächtig wirkte.

»Ach, kiek ma an, so'n Ökofuzzi biste, wa?«

»Na, dit hab'n wa jerne.«

Was folgte, war unvermeidbar. Allerdings ging alles so schnell, dass ich keine Möglichkeit hatte, es zu verhindern. Vermutlich war es auch wenig hilfreich gewesen, dass Jewe die beiden Kerle zur Seite schubste, um Thies weiter zu vermöbeln. Fakt war, dass er gegen die beiden keine Chance hatte. Und die Prügelei, die sich alle drei in den folgenden Minuten lieferten, war jedenfalls alles andere als schön anzusehen. Das Testosteron sprudelte förmlich aus den Muskelbergen heraus, und meine Schreie, den Scheiß doch bitte zu lassen, verhallten ungehört.

Zum Glück waren einige weniger gewaltbereite Herren auf der Seebrücke unterwegs und gemeinsam mit Lars vom Fahrradverleih und Dirk, der den Kiosk und die kleine Strandbar betrieb, gelang es mir, die Streithähne auseinanderzubringen, bevor das Blut in Strömen floss.

»Wie blöd muss man eigentlich sein?«

Ich drückte das Handtuch mit den Eiswürfeln, die eigentlich für die Cocktails der Strandbar gedacht waren und mir freundlicherweise gespendet worden waren, Jewe in die Hand.

»Hier, kühl damit dein Auge, bevor es völlig zuschwillt.«

Jewe nahm mit schmerzverzerrtem Gesicht das Eis und drückte es sich stöhnend ins Gesicht. Er hatte einen fiesen Schlag seitlich gegen den Kopf abbekommen und unter seinem rechten Auge bildete sich bereits ein Hämatom.

»Vielleicht solltest du beim Arzt vorbeischauen. Nur um sicherzugehen, dass du keine Gehirnerschütterung hast.«

Meine Stimme wurde etwas sanfter.

Jewe stöhnte nur verhalten auf, sagte jedoch nichts.

Dirk und Lars, die geholfen hatten, die Prügelei zu beenden, lehnten an der Kühltruhe und sahen ihren Freund aus Schulzeiten kopfschüttelnd an.

»Warum legst du dich mit unseren Touris an? Das ist schlecht fürs Geschäft.«

Jewe blickte kurz aus einem Auge auf.

»Genau genommen haben die sich mit mir angelegt.«

Er stöhnte erneut vor Schmerzen auf, und ich hatte Mitleid mit ihm. »Irgendwie hat er recht. Eigentlich wollte er Thies verprügeln.«

Dagegen wollten die beiden keinen Widerspruch einlegen und nickten nur verständnisvoll.

»Ihr mögt Thies wohl auch nicht so besonders?«

Lars deutete mit dem Kinn in Richtung Seebrücke.

»Der versaut mir mit seiner *Red Pearl* auch das Geschäft. Meine Kunden wollen in Ruhe im Strandkorb sitzen und nicht ständig dieses Geknatter hören.«

Jewe sah zu mir und ich erkannte so etwas wie Schuldbewusstsein in seinem heilen Auge.

»Ich prügle mich nicht oft.«

Die beiden Freunde nickten wieder.

»Stimmt.«

»Macht er sonst nicht.«

Besonders redselig waren die beiden nicht gerade.

»Na, wenn das so ist, dann ist ja alles supi.«

Während Jewe im Steuerstand auf der Bank lag und sein blaues Auge pflegte, machte ich die *Windsbraut* fahrbereit. Jewe protestierte zwar, aber ich bestand darauf, ihn nicht allein zurück nach Freistadt fahren zu lassen, wo das Boot seinen Liegeplatz hatte. Die Tour für den Nachmittag hatten wir abgesagt und auf übermorgen verschoben. Ich hatte Angst, dass er vielleicht doch eine Gehirnerschütterung hatte und wenn er schon nicht zum Arzt wollte, so würde ich ihn bestimmt nicht allein raus auf die Ostsee schicken, um dann anschließend mit dem Auto wieder zurück nach Brodershöved zu kommen. Er musste wohl geahnt haben, dass ich mich auf keine Kompromisse einlassen würde und hatte recht einsilbig sein Okay gegeben.

Auch wenn ich keinen Bootsführerschein besaß, wusste ich trotzdem, wie man mit dem alten Kutter umgehen musste. Ich übernahm das Steuer, so wie ich es früher auch schon bei meinem Opa gemacht hatte, als er mit uns Kindern auf seinem alten Motorboot raus zum Wrackangeln fuhr.

Der Dieselmotor brummte leise vor sich hin, die Wellen brachen sich am Bug und über uns kreisten schreiend die Möwen. Bootsmann lag zu Jewes Füßen und man musste über seine massige Gestalt hinübersteigen, wenn man aus dem engen Steuerstand hinaus aufs Deck wollte. Die Sonne stand schon tief, aber wir würden es noch vor Anbruch der Dunkelheit in den Hafen schaffen. Ab und an drehte ich mich zu Jewe um, der mit dem Eispack auf seinem Gesicht nur ein paar Meter entfernt auf der Bank lag und mich beobachtete. Und ansonsten schwieg. Schließlich wurde es mir zu bunt.

»Du bist unheimlich, weißt du das?«

Ich drehte mich um und sah ihn an.

»Weil ich mich mit deinem Schwager geprügelt habe?«

Er sah tatsächlich beunruhigt aus.

»Nein.« Ich blickte wieder hinaus auf die Wellen. »Weil du mich die ganze Zeit anstarrst. Und schweigst.«

Ich sah ihn wieder an. »Das ist unheimlich.«

Er schenkte mir ein leichtes Lächeln. »Tut mir leid. War nicht meine Absicht.«

Ich nickte. »Warum fragst du mich nicht einfach nach dem, was du wissen willst?«

»Wie kommst du drauf, dass ich dich was fragen will?«

»Weil du mich schon immer so angestarrt hast, wenn du was wissen wolltest, aber zu stolz warst, einfach zu fragen.«

»Das hab ich nie gemacht.«

»Oh, doch. Das hast du.«

Er stöhnte verhalten auf und diesmal lag es nicht daran, dass ihm irgendetwas wehtat. Zumindest nicht körperlich.

»Bin ich so leicht zu durchschauen?«

Ich nickte. »Allerdings.«

Wir schwiegen erneut, und ich konnte fast hören, wie es hinter diesen meergrünen Augen angestrengt arbeitete, als er überlegte, wie er das, was er auf dem Herzen hatte, am besten loswerden konnte.

»Warum bist du wieder zurückgekommen, Liv?«

Ich hatte geahnt, dass er diese Frage stellen würde und war vorbereitet.

»Keine Angst, es hat nichts mit dir zu tun.«

»Hatte ich auch nicht erwartet.«

Ich warf ihm einen kurzen Blick zu.

»Im Ernst, Liv. Ist mir schon klar, dass ich so ziemlich der letzte Mensch bin, den du in Brodershöved treffen wolltest.«

»Stimmt.« Was tatsächlich der Wahrheit entsprach. »Hat blöderweise nur nicht besonders gut geklappt.«

Vielleicht spürte er die Bitterkeit in meinen Worten.

»Bist du noch wütend auf mich?«

Ich sah ihn fassungslos an. »Oh Mann ... so eingebildet können auch nur Männer sein.«

Dann stoppte ich den Motor. Es wurde Zeit, das loszuwerden, was mir seit unserer ersten Begegnung an der Seebrücke auf der Seele lag.

»Jetzt pass mal gut auf, Jewe Jaspers: Ich war in dich verknallt, und du hast mich hängenlassen und mir das Herz gebrochen. Das stimmt. Das ist Tatsache.«

Ich sah, wie er mir aufmerksam zuhörte und auf seiner Stirn eine senkrechte Falte zwischen den Augenbrauen entstand, die schon immer da gewesen war, wenn er sich ernsthaft Sorgen machte.

»Aber ... und das ist ein großes *Aber*, es ist mehr als zehn Jahre her. Wir waren noch halbe Kinder damals. Glaubst du wirklich, ich trauere dem noch nach? Jetzt noch?«

Er wich meinem Blick aus, so als wäre er bei einer äußerst peinlichen Sache ertappt worden.

»Nein ... nein ... dann ... ist das wohl ... nicht mehr wichtig.«

»Gut.«

Er wirkte verletzt, als hätte ich gerade etwas gesagt, was sein Weltbild erschütterte. Gut, dachte ich stumm, dann weißt du ja, wie das ist, wenn einem der Boden unter den Füßen weggezogen wird. Ich startete wieder den Motor.

»Machen wir, dass wir in den Hafen kommen.«

Den Rest der Fahrt schwiegen wir und auch auf der Rückfahrt nach Brodershöved in seinem altersschwachen Jeep Wrangler sprachen wir nur das Nötigste, während Bootsmann hinter uns auf der Rückbank saß und ab und an den Kopf zwischen die Vordersitze streckte, um uns ins Gesicht zu hecheln. Ich hatte zwar fahren wollen, doch Jewe hatte sich kommentarlos hinters Steuer gesetzt und schien wohl kein großes Interesse an einer weiteren Diskussion zu haben.

Als er in den kleinen Feldweg einbog, der zum Parkplatz auf Petermanns Klippe führte, schenkte er mir einen kurzen Seitenblick.

»Bleibt es bei morgen? Die Tour mit Hauke?«

Wir hatten schon am Anfang der Woche eine neue Bergungstour geplant, um weitere Geisternetze aus der Ostsee zu fischen. Ich sah ihn ruhig an.

»Natürlich, warum nicht?«

Er blickte wieder nach vorn.

»Übermorgen stehen zwei Waltouren an. Vormittags und nachmittags.«

»Prima. Ich bin dabei.«

Dann tauchte der Camper im Licht der Scheinwerfer auf und ich sah, wie sich die Tür öffnete und meine Mutter heraustrat und sich die Hand vor die Augen hielt, weil die Scheinwerfer sie blendeten. Jewe stoppte den Wagen, und ich drehte mich um, um mich von Bootsmann zu verabschieden.

»Dann bis morgen, Großer.«

Jewes zugeschwollenes Auge sah trotz der Eiswürfel nicht gut aus.

»Du solltest es weiterhin kühlen. Dann kannst du morgen vielleicht auch etwas sehen.«

Er nickte. »Mach ich.«

Dann war ich draußen und sah ihm hinterher, als er den Jeep wendete und die Lichter seiner Rückleuchten als dunkle rote Punkte auf dem Feldweg verschwanden. Meine Mutter stellte sich an meine Seite und blickte ihm ebenfalls hinterher.

»War das Jewe?«

Ich nickte und meine Mutter wartete wohl auf eine weitere Erklärung.

»Ich will nicht darüber reden, Mama.«

Sie sah mir hinterher, als ich kommentarlos im Camper verschwand.

»Wenn du Hunger hast, es sind noch Nudeln da.«

Am nächsten Morgen schnappte ich mir in aller Frühe ihr altersschwaches Fahrrad und radelte ins Dorf, um frische Brötchen zu holen. Ich hatte die halbe Nacht wachgelegen, nachdem ich aus einem Traum aufgeschreckt war, in dem ich mit Jewe durch die bunte Korallenwelt der Südsee getaucht war. Das Merkwürdige an dem Traum war nicht, dass wir dazu keine Tauchausrüstung brauchten und uns wie die Fische frei bewegen und atmen konnten. Was mich wirklich an diesem Traum beunruhigte, war das Gefühl, das ich dabei empfunden hatte, Jewe an meiner Seite zu wissen. Es war diese Mischung aus Zufriedenheit und Glück, die ich lange nicht mehr gespürt hatte. Als mir das im Traum bewusst wurde, war ich aufgewacht. Die Sehnsucht nach diesem Gefühl hatte mich eine Ewigkeit um den halben Erdball getrieben, in der Hoffnung, sie irgendwo endlich wiederzufinden. Dass ich sie ausgerechnet hier in Brodershöved finden würde, gab mir zu denken. Die nächsten zwei Stunden starrte ich hellwach an die Decke des Wohnmobils, während um mich herum die Welt langsam zu neuem Leben erwachte, die Vögel zu zwitschern begannen und die Sonne über der Ostsee aufging und das Innere meiner kleinen Schlafkoje in goldfarbenes Licht tauchte.

Ich war nicht die einzige Frühaufsteherin, wie ich feststellte, als ich an der kleinen Landbäckerei ankam und bereits eine lange Schlange vor der Theke darauf wartete, bedient zu werden. Selbst unter den Touristen hatte es sich herumgesprochen, dass man hier die besten Brötchen nördlich von Lübeck bekam. Als ich mich in die Schlange einreihte, kam Anneke mit einem großen Korb voller Brötchen aus der Backstube.

»Am Wochenende brauche ich dann noch zwanzig mehr. Wir sind komplett ausgebucht und ich …«

Sie unterbrach ihr Gespräch mit Antje, der Frau des Bäckers, als sie mich in der Schlange erkannte. Sie sah alles andere als erfreut aus.

»Moin, Anneke.« Ich versuchte es mit einem freundlichen Lächeln, was ihre sowieso schon schlechte Laune nur noch mehr in den Keller trieb. Ich stöhnte innerlich auf und ärgerte mich darüber, nicht daran gedacht zu haben, ihr hier begegnen zu können. Natürlich holte sie persönlich morgens in aller Herrgottsfrühe die Bestellungen für das Hotel ab.

Meine große Schwester schien ebenfalls nicht mit mir gerechnet zu haben, und einen Augenblick dachte ich, sie würde mir direkt an die Gurgel gehen oder wenigstens etwas sagen, was arrogant oder altklug oder einfach nur gemein geklungen hätte. Doch sie musterte mich stumm aus wütenden Augen und ging dann grußlos an mir vorbei.

Ihr Verhalten ärgerte mich maßlos. Wie konnte man nur so verbohrt sein? Einen Moment blieb ich noch in der Schlange stehen, dann eilte ich ihr hinterher. Es wurde Zeit, auch hier ein paar Dinge zu klären.

Sie hatte gerade den Korb mit den Brötchen in den Kofferraum des silberfarbenen Mercedes-Geländewagens gehievt und schloss die Heckklappe, als ich zu ihr trat.

»Kannst du mir mal erklären, was genau dein Problem ist?«

Anneke schien nicht überrascht darüber zu sein, dass ich ihr gefolgt war.

»Liv!« Es klang wie ein Aufstöhnen.

»Ja, ich. Deine Schwester. Mit der du dringend mal reden solltest.«

»Du willst reden?« Sie sah mich an und verschränkte dann kampflustig die Arme vor der Brust. »Na gut. Dann lass uns reden.«

In diesem Moment wurde mir klar, dass ich gar nicht so genau wusste, worüber ich eigentlich mit ihr reden wollte.

Sie musste meine Unsicherheit gespürt haben, denn sie lachte kurz bissig auf.

»Du willst doch gar nicht mit mir reden, Liv. Das Einzige, was du von mir hören willst ist, dass alles schon irgendwie gut ist.«

»Das stimmt nicht.« Ich sah sie verletzt an.

»Oh doch.«

Sie kam auf mich zu und blieb nur eine Armlänge von mir entfernt stehen. Ihr wütender Blick war kaum zu ertragen, und so musterte ich meine Fußspitzen, die in ausgetretenen Sneakers steckten.

»Weil es dich im Grunde genommen überhaupt nicht interessiert, was wir beide für ein Problem haben.«

Ich sah auf und wollte protestieren. Doch Anneke brachte mich mit einer Geste zum Schweigen.

»Es interessiert dich nicht, was ich für Probleme habe. Oder was unsere Mutter für Probleme hat. Was bei uns die letzten zehn Jahre passiert ist!«

»Woher soll ich das auch wissen? Ich war nicht da.«

Meine Erklärung war schwach. Genau wie meine Stimme und für einen Moment kam ich mir wieder vor wie das kleine fünfjährige Mädchen, das von seiner großen Schwester ausgeschimpft wurde, weil es sich ungefragt deren Fahrrad ausgeliehen hatte.

Anneke sah mich ruhig an.

»Genau, Liv. Du warst nicht da.« Ihre Stimme war nüchtern. »Du warst nicht da, als Mutter das *Sturmnest* runtergewirtschaftet hatte. Als uns das Wasser bis zum Hals stand und ich nicht wusste, wie ich das Geld für die Stromrechnung bezahlen sollte. Du warst nicht da, als uns die Bank mit Zwangsversteigerung gedroht hat. Oder als ich keine Ahnung hatte, wie ich neue Wintermäntel für die Zwillinge bezahlen sollte.«

Ich sah sie überrascht an.

»Nein, du hattest keine Ahnung.« Die Bitterkeit in ihrer Stimme war schwer zu ertragen. »Ohne Thies und seine Eltern wären wir auf der Straße gelandet, Liv. Wir hätten alles verloren. Aber das hat dich nicht interessiert, du bist lieber in der Weltgeschichte rumgereist, hast deinen Spaß gehabt und dich einen Scheiß um mich oder Mama oder all das hier gekümmert.«

Sie machte eine weit ausholende Geste und trat dann einen letzten Schritt auf mich zu, um mir den Zeigefinger auf die Brust zu drücken.

»Also, wenn du mich fragst, Liv, dann mach das, was du am besten kannst: Halt dich aus allem raus. Und wag es nicht, mir oder Thies vorzuschreiben, was wir zu tun oder zu lassen haben!«

Die hellen Augen waren dunkel vor Zorn, und ich musste schwer schlucken.

»Und erklär deinem Jewe mal, dass man Meinungsverschiedenheiten nicht damit löst, andere zu verprügeln.«

»Mein Jewe?! Das ist lächerlich!«

Anneke schien das anders zu sehen und wandte sich dann ohne ein weiteres Wort ab. Ich rührte mich nicht von der Stelle, als sie in den Wagen stieg, den Motor startete und sehr sportlich vom Parkplatz fuhr, ohne sich noch einmal umzudrehen.

»Alles okay bei dir?«

Inken, die vor der Bäckerei stand, musterte mich besorgt. Ich hatte keine Ahnung, wie lange sie da schon gestanden hatte und ob sie Zeugin meines Streits mit Anneke geworden war. Ich nickte knapp.

»Alles okay.«

Offensichtlich hatte sie genug gehört, um die Lage richtig einschätzen zu können.

»Familie kann echt scheiße sein.«

Dann kam sie auf mich zu und nahm mich in den Arm.

»Na komm, ich spendier 'ne Runde Franzbrötchen und Kaffee.«

Widerstandslos ließ ich mich mitziehen.

Eine halbe Stunde später saßen wir auf der Seebrücke in der Sonne und genossen die morgendliche ruhige Stimmung am Strand. Die meisten Touristen waren vermutlich noch mit ihrem Frühstück beschäftigt und nur wenige Frühaufsteher gingen mit ihren Hunden spazieren oder joggten oder walkten am Uferweg entlang.

»Was mich am meisten ärgert ist, dass sie recht hat. Ich habe mich immer aus allem herausgehalten.«

»Kann schon sein.« Inken kaute genussvoll eines der Franzbrötchen, die wirklich lecker schmeckten, und sprach wenig damenhaft mit vollem Mund weiter. »Trotzdem muss sie sich dir gegenüber nicht wie ein arrogantes Miststück verhalten.«

Ich sah Inken von der Seite an und verzog das Gesicht zu einem müden Grinsen. »Miststück?!«

Inken nickte entschlossen. »Ja, Miststück. Und arrogant.« Sie hielt dozierend das angeknabberte Franzbrötchen in die Luft. »Und arrogant ist sie übrigens nicht nur zu dir. Deine Schwester glaubt, sie hat den Bogen raus und weiß alles besser. Das lässt sie auch die anderen hier im Ort spüren.«

»Na ja.« Ich überlegte einen Moment. »Immerhin hat sie es geschafft, dass unser Hotel nicht pleitegegangen ist. Während ich noch nicht einmal geahnt habe, dass es so schlecht läuft. Darauf kann man sich schon mal was einbilden.«

»Mit diesen Problemen haben wir hier doch alle zu kämpfen.« Inken nippte düster an ihrem Kaffee.

Ich musterte sie nachdenklich.

Sie zuckte gleichmütig mit den Schultern und schaute gedankenverloren hinaus aufs Wasser.

»Ist halt nicht einfach, über die Runden zu kommen in der heutigen Zeit. Sieh mich an. Oder Jewe. Wir konnten auch nicht so weitermachen wie unsere Eltern oder Großeltern. Wir mussten uns auch etwas Neues einfallen lassen.« Sie sah mich entschlossen an. »Benehmen wir uns deshalb wie der letzte Arsch?«

Da war durchaus etwas dran. »Nein, nein, ganz und gar nicht.«

»Siehst du, und deshalb ist deine Schwester ein arrogantes Miststück.«

Zufrieden nippte Inken wieder an ihrem Kaffee. »Ich würde mir von der nicht das Leben schwermachen lassen.«

»Auf jeden Fall hat sie es geschafft, dass ich ein total schlechtes Gewissen habe und mir vorkomme, als hätte ich meine Familie verraten.«

»Weil du diesen Luxusschuppen, den sie aus dem guten alten *Sturmnest* gemacht haben, doof findest? Und Speedbootfahren bekloppt ist?«

Inken sah mich mit einem ironischen Grinsen an. »Willkommen im Club. Falls das nämlich der Grund ist, dann geht es dir so wie jedem Zweiten in Brodershöved.«

Ich blickte ebenfalls hinaus auf die See, die spiegelglatt in der Morgensonne vor uns lag.

»Ich denke, es wird wirklich Zeit, dass ich wieder verschwinde.«

Ich hörte Inken kurz aufschnauben und sah sie von der Seite an. In ihrem Gesicht war eine Spur Unbehagen zu erkennen. Und Enttäuschung. Doch sie schwieg.

»Was?« Ich sah sie fragend an. »Bist du anderer Meinung?«

»Nein.« Sie erwiderte meinen Blick ernst. »Wenn es das ist, was du willst.«

»Gut.« Ich atmete tief durch und wich ihrem Blick aus. »Denn genau das will ich.«

Dann stand ich auf, klopfte mir die klebrigen Krümel von der Hose und sah sie an.

»Danke für das Frühstück. Und danke, dass du mir zugehört hast. Es tut gut, hier eine Freundin wie dich zu haben.«

Sie nickte nur knapp. »Immer wieder gern.«

Kapitel 15

Das Geisternetz, das in knapp zwölf Metern Tiefe auf dem Meeresboden vor uns lag, hatte sich mitten in einer Seegraswiese um einen großen Findling geschlungen und musste sicher an die zwanzig Meter lang sein. Es lag wohl schon eine ganze Weile dort, war bedeckt von Algen und Seepocken und es waren keine Kadaver von verendeten Tieren mehr zu erkennen. Zum Glück. Der nächste Sturm könnte jedoch ausreichen, das Netz wieder zu befreien und zur todbringenden Falle werden zu lassen. Hauke und ich arbeiteten Seite an Seite und schnitten das Nylon vorsichtig vom Felsen, um möglichst wenig von dem sensiblen Ökosystem zu zerstören. Ich hörte seine regelmäßigen Atemzüge neben mir und blickte ab und an ins Blaugrün der Tiefe um uns herum, in der Hoffnung, vielleicht wieder einen Blick auf die Schweinswale zu erhaschen, die sich in der Bucht vor Brodershöved angesiedelt hatten. Doch diesmal blieben wir allein. Nur ein paar Plattfische und ein mürrisch dreinschauender Seehase, der sich in flache Gewässer verirrt zu haben schien, ließen sich blicken und schreckten aus ihrem Versteck unter dem sandigen Meeresboden auf, als wir uns ihnen näherten, und suchten dann empört über die Störung das Weite. Ich genoss die Stille um mich herum, das konzentrierte Arbeiten mit Hauke und die Schwerelosigkeit des Wassers. Hier unter Wasser war alles ganz einfach, friedlich. All die Probleme, die ich über Wasser hatte und die mein Leben in den letzten Wochen in ein einziges Chaos verwandelt hatten, schienen weit weg.

Beim Frühstück hatte ich von meiner Begegnung mit Anneke berichtet und meine Mutter gefragt, ob es stimmte, was sie mir erzählte. Ob es wirklich so schlecht um unseren Hotelbetrieb gestanden hatte.

Sie hatte nur genickt und den Blickkontakt mit mir vermieden. Eine weitere Erklärung lieferte sie nicht. Irgendwann hielt ich die Stille nicht mehr aus.

»Es stimmt nicht, dass es mich nicht interessiert hat, Mama.«

Sie blickte von ihrem Brötchen auf und sah mich fragend an.

»Ich hätte gerne gewusst, was bei euch los war. Und ich wäre bestimmt zurückgekommen, um euch zu unterstützen. Ihr hättet nur etwas sagen müssen.«

Meine Mutter sah mich mit einem etwas gequälten Gesichtsausdruck an.

»Ach, Liv ...«

Ihre Reaktion verletzte mich. Sie machte deutlich, dass sie wohl keinen großen Wert auf meine Hilfe legte. Vermutlich traute sie mir eine hilfreiche Unterstützung nicht zu.

»Ist schon gut, Mama. Ich weiß, was du sagen willst. Wie hätte ich euch schon helfen sollen?«

Ich stand auf und stellte das Geschirr in die kleine Spüle des Wohnmobils.

»Ich hätte es nur gerne gewusst.«

Sie schwieg eine Weile, während ich den Abwasch machte und dann meine Sachen zusammenpackte, um mich mit Hauke zu treffen.

Ich wollte gerade gehen, als Mama mich noch einmal aufhielt. »Liv?«

Ich sah fragend zu ihr auf.

»Wenn es dich wirklich interessiert, heute Abend findet eine Gemeindeveranstaltung im *Anker* statt. Es geht um die neue Marina. Und es würde mir helfen, wenn du mich begleitest.«

Ich zögerte. Wollte ich das wirklich?

Sie musste meine Zweifel gespürt haben. »War nur so eine Idee. Ist nicht weiter wichtig.«

»Geht in Ordnung, Mama.« Ich sah sie entschlossen an. »Ich komme gerne mit.«

Dann war ich draußen.

Hauke tippte mich an die Schulter und riss mich damit aus meinen Gedanken. Ich sah auf und erkannte seine sanften braunen Augen hinter der Tauchermaske, die mich aufmerksam musterten. Ich machte das Okay-Zeichen und er deutete an, dass wir auftauchen sollten. Das Netz war gesichert und wir konnten es an Bord der *Windsbraut* ziehen.

Ich blieb ein paar Meter unter ihm, um sicherzustellen, dass sich nichts wieder verhakte, und sah ihn an der Oberfläche Kommandos an Jewe geben, der die Elektrowinde bediente. Meter um Meter löste sich das Netz vom Grund und stieg auf, um im Bauch der *Windsbraut* zu verschwinden.

»Das ging schneller als gedacht.« Hauke verstaute zusammen mit Jewe das alte Fischernetz in einem großen Container, der fast das gesamte Deck der *Windsbraut* ausfüllte. »Wir könnten noch rüber zum Jeversen-Wrack, wenn du willst.«

Er sah zu mir. »Und wenn du noch einmal runter willst?«

»Kein Problem. Je mehr wir rausholen, desto besser.«

Es gab schließlich keine bessere Ablenkung, um nicht weiter an meine Familie zu denken. Und Jewe aus dem Weg zu gehen.

Als wir am späten Nachmittag Richtung Freistadt fuhren und die Sonne langsam hinter den Steilklippen verschwand, reichte Jewe uns heißen Hagebuttentee in den angeschlagenen Bechern aus seiner Kajüte. Obwohl es angenehm warm war, waren wir ordentlich durchgefroren und ich fragte mich, ob ich mich jemals an die kalten Temperaturen der Ostsee würde gewöhnen können. Wenn ich ehrlich war, fehlte mir das angenehm warme Wasser der Tropen immer mehr.

Genussvoll nippte ich an dem Tee, während Jewe wieder ans Steuer ging, um uns sicher nach Hause zu bringen.

»Das müssen an die drei Tonnen sein, die wir heute rausgeholt haben.«

Hauke war sichtlich zufrieden und hielt mir seine Tasse zum Anstoßen hin. »Auf dich. Wirklich ein Glück, dass du da bist.«

»Danke.« Ich war tatsächlich etwas verlegen.

Jewe drehte sich um und nickte mir ebenfalls lächelnd zu.

»Kann ich nur bestätigen.«

Dank der Eispackung war sein Auge nicht ganz so zugeschwollen, wie ich befürchtet hatte, aber ein dunkles Hämatom färbte die Haut unter seinen Augenlidern dunkelviolett. Die Sonnenbrille, die er trug, kaschierte die Blessur nur halbwegs.

Hauke konnte sich ein breites Grinsen nicht verkneifen. »Ich hoffe, es bleibt heute Abend friedlich bei der Versammlung. Ich bin nicht so gut im Nahkampf wie du Jewe.«

Jewe nahm die Stichelei gelassen. »Sehr witzig, mein Freund, wirklich sehr witzig.«

»Ist das die Versammlung im *Anker*? Meine Mutter hat davon erzählt.«

Hauke nickte.

»Ich habe nachher das Vergnügen, der Dorfgemeinschaft von Brodershöved Rede und Antwort zu stehen, warum die Umweltschutzverträglichkeitsprüfung für die neue Marina negativ ausgefallen ist und die Pläne von der Bauaufsichtsbehörde auf Eis gelegt wurden.« Er verdrehte die Augen. »Das wird ein Spaß.«

»Meine Mutter wird es freuen.«

Ich lächelte ihn aufmunternd an.

»Deine Schwester weniger. Sie hasst mich jetzt schon.« Hauke nippte düster an seinem Tee. »Dabei ist sie eine tolle Frau. Nur leider mit dem falschen Mann verheiratet.«

Hauke kannte meine Schwester nicht besonders gut, wie mir schien.

»Glaub mir, das liegt nicht allein an Thies. Anneke war schon als Kind eine echte Herausforderung.«

Jewe sah das ähnlich.

»Das kann ich nur bestätigen. Wir haben sie immer die Eiskönigin genannt.«

Hauke kniff missmutig die Augenbrauen zusammen. »Vielleicht wart ihr zwei ja die Nervensägen und nicht sie. Und Eiskönigin ist gemein.«

Hauke schien tatsächlich verärgert zu sein, und mir dämmerte, woran das liegen könnte.

»Ich bleib dabei – deine Schwester ist eben eine starke Frau, die weiß, was sie will. Ich finde das ziemlich klasse.«

»Sag mal, Hauke, kann es sein, dass du ein kleines bisschen verknallt in sie bist?«

Hauke verschluckte sich fast an seinem Tee.

»Was?! Nein …«, er hustete etwas übertrieben, wie ich fand, um unschuldig zu wirken, »Anni ist … zehn Jahre älter als ich.«

Ich erkannte die leichte Röte, die auf seinen Wangen unter der Sonnenbräune erschien. Als er meinen Blick bemerkte, stand er eilig auf.

»Ich brauch noch einen Tee.«

Dann verschwand er in der Kajüte, um weiteren Fragen zu entgehen.

Ich tauschte einen kurzen, amüsierten Blick mit Jewe, der sich ein breites Grinsen nicht verkneifen konnte.

Als wir zwei Stunden später im Hafen von Freistadt die *Windsbraut* und ihre todbringende Fracht entladen hatten, konnte Hauke nicht schnell genug verschwinden, um sich nicht weiteren peinlichen Fragen aussetzen zu müssen. Jewe blickte ihm kopfschüttelnd hinterher.

»So durch den Wind habe ich ihn selten erlebt.«

Er sah mich fragend an. »Glaubst du, da ist was dran mit dem Verknalltsein?«

»Na, hoffentlich nicht. Sie wird ihn in der Luft zerreißen und an die Möwen verfüttern, wenn sie's mitbekommt.«

Jewe atmete tief durch. »Der Ärmste.«

Ich stimmte ihm zu. »Ich finde ja, er und Inken würden prima zusammenpassen. Vielleicht kann man den beiden ja ein wenig auf die Sprünge helfen.«

Jewe sah mich skeptisch an. »Lieber nicht. Die beiden sind richtig gut befreundet. Wäre schade, wenn man das zerstören würde.«

»Stimmt auch wieder.«

Einen Augenblick schwieg er, um dann möglichst beiläufig eine weitere Frage zu stellen, während er die Sonnenbrille abnahm, um die Gläser gedankenverloren zu putzen.

»Was hältst du eigentlich von Hauke?«

Ich ahnte, worauf er hinauswollte und beschloss, es ihm nicht zu leicht zu machen.

»Attraktiv ist er schon.«

»Ah ja?«

Ich nickte. »Und er ist ziemlich klug. Vermutlich wird er irgendwann mal ein berühmter Forscher sein. Oder Professor für Meeresbiologie an der Uni in Kiel.«

»Du stehst auf Schlaumeier?« Jewes Laune hatte sich rapide verschlechtert, obwohl er sich deutliche Mühe gab, es zu verbergen. Ich sah ihn unschuldig an.

»Intelligent ist das neue Sexy, falls du es noch nicht mitbekommen hast. Frauen stehen nicht mehr auf *Ugah-Ugah* und Prügeleien mit dem Rivalen.«

Verlegen wandte er sich ab und setzte demonstrativ die Sonnenbrille auf. »Die haben angefangen.«

»Ja, nachdem du meinen Schwager, den ich zugegebenermaßen auch nicht so besonders dolle finde, auf die Bretter geschickt hast.« Ich sah ihn ernst an. »Das war nicht besonders sexy.«

Er hob abwehrend die Hände.

»Kommt nicht wieder vor. Auch wenn mich dieser Dösbaddel den letzten Nerv kostet.«

»Ihr zwei solltet euch wirklich aus dem Weg gehen. Lass dich nicht von ihm provozieren.«

Er schob sich die Sonnenbrille wieder ins Haar und schenkte mir einen ernsten Blick.

»Thies wird mir aber nicht aus dem Weg gehen, Liv.« Er atmete tief durch und blickte hinaus in den Hafen. »Diese Waltouren sind ihm ein Dorn im Auge. Er wird alles versuchen, um mir das Geschäft zu vermasseln.«

Sein Blick hatte etwas Verzweifeltes, und ich war kurz versucht, ihm tröstend die Hand auf den Arm zu legen, damit er sich nicht so allein fühlte.

»Ich habe keine Ahnung, warum er mich nicht ausstehen kann. Das war schon immer so. Er hat mir immer Steine in den Weg gelegt.«

Er sah mich an und ein bitterer Zug erschien um seine vollen Lippen. »Vielleicht liegt es ja an dir?«

»An mir?«

»Ja, an dir. Und dem, was ich dir damals angetan habe.«

Ich kniff verärgert die Augen zusammen.

»Mach das nicht dramatischer, als es tatsächlich war. Ich habe dir doch gesagt, die Sache hat sich erledigt. Aus und vorbei und vergessen.«

Jewe nickte. »Ich weiß.«

Langsam bekam ich schlechte Laune.

»Außerdem geht's niemanden etwas an, was damals zwischen uns passiert ist. Weder Thies noch meine Schwester oder sonst wen aus meiner Familie.«

Ich schnappte mir meine Tasche, in der die Tauchausrüstung verstaut war, und kletterte über die Reling auf den Anleger. Jewe sah mich vom Deck aus nachdenklich an, und ich versuchte mich wieder in den Griff zu bekommen.

»Vielleicht kann Thies dich auch einfach nur nicht ausstehen, weil du all das bist, was er nicht sein kann.«

Er legte überrascht den Kopf schief, so wie es Bootsmann immer tat, wenn ihn etwas erstaunte. Ich musste lachen und meine schlechte Laune verschwand.

»Du schaust gerade wie dein verrückter Hund.«

Bootsmann war mir auf den Anleger gefolgt und hatte sich neben mich gehockt, um eine Streicheleinheit zu bekommen.

Jewe folgte mir nach einem Moment.

»Und was bin ich, was Thies nicht ist? Ständig pleite? Mäßig erfolgreich? Ungebunden?«

Es schien ihn zu amüsieren, was ich über ihn dachte.

»Richtig. Und davon abgesehen jemand, der das macht, was er für richtig hält. Auch wenn es unbequem wird und einem nichts einbringt.«

Jewe lachte laut auf. »Wenn du wüsstest!«

»Dann lass mir lieber meine Illusion. Nachher bin ich nur enttäuscht.«

Wir standen ganz nah beieinander und blickten uns in die Augen. Und für einen Moment überkam mich wieder dieses Glücksgefühl, das ich in meinem Traum gespürt hatte. Wie leicht es sein würde, mich jetzt zu ihm vorzubeugen und diese Lippen, die bestimmt nach Salz und Meer und Tee schmeckten, zu küssen. Seinen Duft einzuatmen, der immer etwas nach Diesel und Schweiß und seinem Aftershave roch. Ich erkannte das gleiche Verlangen in seinem Blick.

»Ich glaube, wir sollten los.« Seine Stimme war rau und leise vor unterdrückten Gefühlen. »Sonst kommen wir zu spät zur Versammlung.«

Ich nickte, unfähig etwas zu sagen. Dann gingen wir Seite an Seite zu seinem Wagen. Ich protestierte nicht, als er nach meiner Tasche griff und sie für mich schulterte.

Die Stimmung im *Anker* konnte man durchaus als aufgeheizt bezeichnen. Und das lag nicht an den ungewöhnlich hohen Temperaturen dieses Frühsommerabends. Der große Tanzsaal, der früher dazu gedient hatte, die großen gesellschaftlichen Ereignisse wie Hochzeiten, Taufen, Beerdigungen, Erntedank und das Fischerfest in Brodershöved zu feiern, war gerammelt voll. Es kam mir so vor, als hätte sich die halbe Einwohnerschaft unseres kleinen Küstendorfes versammelt, während die andere Hälfte vermutlich daheim Haus und Hof hütete. Einige Gesichter kamen mir bekannt vor und ich grüßte mit einem freundlichen Lächeln, andere erkannte ich erst auf den zweiten Blick und wiederum andere hatte ich noch nie zuvor gesehen.

Jewe hatte mich in seinem klapprigen Jeep zum Wohnmobil gebracht und sich sogar auf eine kleine Plauderei mit meiner Mutter eingelassen, bevor er wieder verschwand. Wir würden uns auf der Versammlung treffen. Als er weg war und mir meine Mutter einen bedeutungsvollen Blick zuwarf, erstickte ich erneut jegliche Diskussion im Keim.

»Ich will nicht darüber sprechen, Mama.«

Sie hatte mich amüsiert angeschaut und die Arme vor der Brust verschränkt. »Ich hab doch gar nichts gesagt.«

»Aber du wolltest etwas sagen.«

Während ich meine Tasche auspackte und den nassen, schweren Neoprenanzug zum Trocknen aufhängte, vermied ich es sie anzusehen. Diesmal ließ sie nicht locker.

»Und was wollte ich sagen?«

»Keine Ahnung.« Ich drehte mich zu ihr um. »Aber falls es etwas mit Jewe und mir zu tun hat, dann will ich es nicht hören.«

Meine Mutter konnte sich ein Lächeln nicht verkneifen und wandte sich ab, um ins Wohnmobil zu gehen.

»Falls du Hunger hast, ich hab uns einen frischen Salat mit Schafskäse und Oliven gemacht und Knoblauchbrot.«

Ich stöhnte wohlig auf und merkte erst jetzt, wie groß mein Hunger war.

»Das ist genau das, was ich jetzt brauche.«

Sie drehte sich noch einmal um und sah mich lächelnd an. »Ach, Liv, ich glaube, du brauchst etwas ganz anderes.«

Bevor ich noch etwas sagen konnte, war sie im Wohnmobil verschwunden und hatte tatsächlich das Taktgefühl, während des Essens nicht weiter über mich und mein Verhältnis zu Jewe zu sprechen.

Nun saßen wir eng aufgereiht auf den alten, etwas harten Holzstühlen vor einem kleinen Podest im Tanzsaal. Auch hier hingen an den Wänden noch die gleichen alten Fotos und die

Plaketten und Pokale, auf denen die jährlichen Gewinner des Schützenfestes oder des Wettangelns eingraviert waren.

Jemand hatte zum Glück die Fenster sperrangelweit aufgerissen, doch die Luft in dem Saal blieb stickig.

Hauke stand mit einem aufgeräumt aussehenden Herrn mittleren Alters neben dem Podest. Der Herr trug trotz sommerlicher Temperaturen ein sorgfältig gebügeltes Hemd mit kurzen Ärmeln und Krawatte, die er sich noch nicht einmal gelockert hatte. Die beiden sprachen leise miteinander.

»Das ist Klaas Guuse vom Bauamt in Freistadt«, flüsterte mir meine Mutter ins Ohr.

»Der ist für das Bauvorhaben zuständig.«

Ich nickte. Und war beeindruckt davon, wie sehr Klischees doch stimmen können. Alles an Klaas Guuse schrie förmlich nach einem Beamten der mittleren Verwaltungsebene. Ob Männer wie er wohl schon mit der Aura von Ordnung und Gewissenhaftigkeit auf die Welt kamen?

Meine Mutter stieß mir den Ellbogen in die Seite und deutete mit dem Kopf in Richtung Eingang. Ich blickte auf und sah ihn. Jewe stand abwartend in der Tür und ließ den Blick gelassen über die Menge schweifen. Er hatte geduscht und sich umgezogen. Sein helles lockiges Haar war zurückgekämmt und noch feucht und fiel ihm in sanften Locken in den Nacken. Bevor ich es verhindern konnte, winkte meine Mutter ihm zu und deutete auf einen freien Stuhl neben sich. Kurz darauf saß Jewe zwischen uns, nachdem er sich mit kurzem Kopfnicken und Entschuldigungen durch die Reihen zu uns gedrängt hatte.

»Komm, setz dich hierhin, Junge.«

Meine Mutter machte ihren Platz frei und platzierte Jewe kurzerhand zwischen uns. Ich warf ihr einen mahnenden Blick zu, den sie wohlweislich ignorierte. Mit einem unwiderstehlichen Lächeln wandte sie sich an Jewe.

»Du kommst genau richtig. Sie haben noch nicht ange-
fangen.« Sie zwinkerte ihm verschwörerisch zu und senkte die
Stimme. »Liv hat mir schon erzählt, was das Bauamt gleich zum
Jachthafen sagen wird.«

Ich sah sie mahnend an. »Das war vertraulich …«

Sie fuhr unbeeindruckt fort. »Und ich freue mich schon auf
das Gesicht meines Schwiegersohns, wenn er es erfährt.«

Jewe schaute sich um. »Sind sie noch nicht da?«

Ich schüttelte den Kopf. »Thies ahnt wohl, dass das heute
für ihn nicht gut ausgeht.«

Wie aufs Stichwort schwoll das Gemurmel der Menge um
uns herum an, als nun Thies in Begleitung meiner Schwester
und zweier Männer in seinem Alter, die einen ebenso aufge-
räumten Eindruck machten wie er, den Raum betrat. Jewe
beugte sich vor und raunte mir ins Ohr: »Da ist er ja. Und die
Provinz-Baulöwen hat er gleich mitgebracht.«

Erneut stieg mir der Duft seines Aftershaves in die Nase.
Doch diesmal roch er nicht nach Diesel und Schweiß, sondern
nach Zitronen und Sauberkeit und Frische. Es gefiel mir ausgesprochen gut.

»Ja, ähm …« Ich versuchte mich wieder auf das Wesentliche
zu konzentrieren.

»Muss ich die kennen?«

Jewe schüttelte leicht den Kopf. »Der links von ihm, mit dem
Bauchansatz, ist sein Schwager. Architekt und Bauunternehmer.
Er hat die Pläne für die Marina gemacht.«

Ich nickte beeindruckt.

»Und der andere ist der Geldgeber. Bornkamp. Kommt aus
Kiel, soweit ich weiß. Er hat da ein Vermögen mit der Sanierung
des alten Speicherquartiers gemacht. Das sind jetzt Luxuslofts
für all die reichen Hamburger, die nicht wissen, wohin mit
ihrem Geld.«

»Und jetzt wollen sie in Brodershöved groß rauskommen?«

Jewe nickte düster. »Es gibt wohl auch schon Pläne für eine große Ferienhaussiedlung an Petermanns Klippe. An die sechzig Häuser sollen da entstehen.«

»Ich weiß. Kein Wunder, dass sie so scharf auf ihre Marina sind.«

Ich wandte den Blick ab, weil ich spürte, wie Anneke mich stumm über die Köpfe der Menge hinweg beobachtete. Ich nickte ihr knapp zur Begrüßung zu. Sie hob fast unmerklich den Kopf und musterte mich und Jewe und unsere Mutter mit einem Blick, den ich schwer deuten konnte. Sie sah mich nicht so wütend und zornig an wie an dem Morgen, als wir uns gestritten hatten. Allerdings war ihr Gesichtsausdruck auch nicht gerade freundlich. Einen Moment überlegte ich, einfach zu ihr hinzugehen und sie zu begrüßen.

»Es geht los.« Meine Mutter unterbrach meine Gedanken und ich blickte nach vorn, wo gerade Hauke das Podest betrat und die Anwesenden um Ruhe bat. Hinter ihm stand eine Karte, auf der die Küstenlinie und der Ort eingezeichnet waren. Und die geplante Marina.

Hauke räusperte sich und ließ den Blick über die Anwesenden gleiten.

»Es freut mich, dass heute Abend so viele von euch die Zeit gefunden haben zu kommen. Ich weiß, wie beschäftigt ihr alle seid, und dass ihr alle genug um die Ohren habt.«

Zustimmendes Gemurmel setzte ein. Und einige Zwischenrufe ertönten. Ein älterer Herr, der mir vage bekannt vorkam, meldete sich zu Wort.

»Ihr habt die Sache doch längst entschieden. Ohne uns. Was wollt ihr uns denn jetzt noch vertellen?«

»Sie haben recht, Herr Ringbach. Das Bauflächenamt hat entschieden und wir, das heißt ich und Herr Guuse aus der Kreisverwaltung in Freistadt, sind heute hier, um Ihnen die

211

Entscheidung mitzuteilen. Und um Ihnen zu erläutern, warum wir so entschieden haben.«

»Nun mach's mal nicht so spannend, Junge. Wird nun gebaut oder wird nicht gebaut?«

Ein weiterer Herr meldete sich zu Wort.

Hauke sah auffordernd zu Herrn Guuse, der nun ebenfalls aufs Podest stieg, umständlich einen Zettel aus seiner Tasche zog und nach einem kurzen Blick in die Menge mit monotoner Stimme davon ablas.

»Mit Beschluss vom 13. Juni 2020 der turnusmäßigen Prüfungskommission der Bauaufsichtsbehörde von Freistadt in Absprache mit dem Umweltamt betreffend das Bauvorhaben mit dem Aktenzeichen dreizehnvierundfünfzig Schrägstrich zwonullsiebenundachtzig wird dem Antragsteller ein negativer Vorentscheid für das Bauvorhaben erteilt …«

Das Weitere ging in der lautstarken Reaktion der Anwesenden unter. Die eine Hälfte spendete Applaus und stieß Pfiffe der Zustimmung und Begeisterung aus. Meine Mutter machte da keine Ausnahme, was ich etwas befremdlich fand. Die andere Hälfte buhte und wirkte sichtbar enttäuscht. Ich blickte zu Anneke und meinem Schwager. Sie standen mit versteinerter Miene noch immer in der Nähe des Ausgangs, und Thies' Blick schien den armen Herrn Guuse töten zu wollen. Er tauschte einen kurzen Kommentar mit seinem Schwager, dann rauschten die drei Männer hinaus. Thies sah noch auffordernd zu Anneke, doch diese schüttelte den Kopf und wollte das Ende der für sie nicht ganz so angenehmen Versammlung bis zum Schluss verfolgen. Unsere Blicke trafen sich erneut und zu meiner Verwunderung erblickte ich darin nicht die Wut, die ich erwartet hätte. Sie blieb erstaunlich gelassen. Oder zumindest tat sie so.

Vorn im Saal ging die Diskussion weiter, und der aufgeräumte Herr Guuse geriet etwas ins Schwitzen, als er die

Gründe für die Ablehnung der Marina erklären sollte und dabei einfach nicht aus seiner Haut als Verwaltungsbeamter konnte. Seine schier endlose Auflistung diverser Paragraphen und Küstenschutzverordnungen hatte den Infogehalt einer Bedienungsanleitung auf Chinesisch.

Herr Ringbach meldete sich erneut zu Wort und stand auf.

»Ich kapier nur Bahnhof von dem, was du uns da erzählst.« Er blickte auffordernd in die Runde. »Oder was sagt ihr? Kann den mal einer übersetzen?«

Hauke hob beschwichtigend die Hände und bat um Ruhe.

»Im Grunde genommen geht es um den Schutz der Schweinswale, die seit einiger Zeit die Küstengewässer vor Brodershöved als ihr neues Revier angenommen haben.«

»Die kommen und gehen, wie es ihnen passt.« Das war Inkens Vater, der sich da zu Wort meldete. »So lange ich denken kann, waren die nicht heimisch bei uns.«

Hauke nickte. »Das stimmt. Bis jetzt. Aber soweit wir das beobachten konnten, sind die angestammten Reviere der westlichen Schweinswalpopulation zu zerstört, so dass sie gezwungen sind, sich neue Lebensräume zu suchen. Wie ihr alle wisst, nimmt der Schiffsverkehr immer weiter zu. Und der Bau riesiger Offshore-Windparks vor der Küste. Die Tiere finden kaum noch einen Platz, wo sie Ruhe finden und sich paaren können. Das ist in den letzten Jahren ein Riesenproblem geworden.«

»Ja, und weil wir am Arsch der Welt sind und bei uns nix los ist, kommen die jetzt zu uns. Das Problem ist nur, wie wollen wir denn weitermachen, wenn hier gar nichts vorangeht?«

»Tewe hat recht«, meldete sich ein weiterer Mann zu Wort, der etwa in meinem Alter war und der mich stark an Jens Koopmann aus der achten Klasse erinnerte.

»Alle anderen an der Küste können sich vor Touristen kaum retten und wir sitzen hier auf dem Trockenen, weil vernünftige Angebote fehlen. Wir dürfen nicht bauen, die Promenade nicht neu gestalten und jetzt kriegen wir nicht mal die Marina für die ganzen Hobby-Segler. Wovon soll ich denn meine Familie ernähren, wenn das so weitergeht? Fischen dürfen wir ja auch nicht mehr.«

Ringbach nickte und bevor Hauke noch etwas erwidern konnte, fuhr er erbost fort. »Wir haben die letzten Jahre eine Menge von diesem ganzen Umweltzeugs mitgemacht, Hauke. Wir haben auf die Stellnetzfischerei verzichtet, fahren nicht mehr mit den Schleppnetzen raus. Aber mit den Touristen dürfen wir unser Geld auch nicht verdienen. Hauptsache den Walen geht's gut. So kann es nicht weitergehen.«

Zustimmendes Gemurmel und bejahende Rufe wurden laut.

»Wer sagt denn, dass du mit der Marina Geld verdienst, Willy?« Inken war aufgestanden und meldete sich zu Wort. »Wir sehen von der Kohle doch keinen Cent. Da machen sich andere die Taschen mit voll. Die ganzen Bauunternehmer, die diese neuen modernen Ferienhäuser finanzieren und dann zu Irrsinnspreisen vermieten. Glaubst du, die Leute, die dann zu uns kommen, gehen gemütlich an die Seebrücke und kaufen dir deine Fischbrötchen ab? Die bestellen sich lieber Sushi vom Sternekoch, den sie dann gleich mit anschleppen.«

Applaus brandete auf und Inken fuhr entschlossen fort. Ich war stolz auf sie.

»Lasst uns aus dem was machen, was da ist, Leute. Lasst es uns so machen wie Jewe.«

Sie deutete auf unsere kleine Gruppe, und ich erkannte, wie Jewe rot anlief, so peinlich war ihm Inkens Vorstellung.

»Seine Waltouren laufen super. Er ist ständig ausgebucht. Und wenn die Schweinswale jetzt direkt vor unserer Haustür sind, dann können wir froh darüber sein. Wir sind vielleicht nicht so modern und schick wie die anderen Ostseebäder, aber dafür haben wir die Wale.«

»Richtig!«

»Genau, Deern!«

Anscheinend schien Inken einen Nerv zu treffen. Sie schaute Jewe auffordernd an.

»Los, Jewe, sag auch mal was dazu.«

Widerwillig erhob er sich und sah in die Runde.

»Inken hat recht, Leute. Wir können von dem, was wir haben, gut leben. Vielleicht müssen wir ein paar Dinge ändern. Uns ändern. Und das ist schwer. Aber das bedeutet nicht, dass es nicht geht.« Er sah in die Runde. »Ihr wisst alle, wie es um die Fischerei meines Vaters bestellt war. Wenn ich so weitergemacht hätte wie er, würde ich heute nicht mehr hier stehen.«

»Du mit deinen Waltouren.« Jens meldete sich wieder zu Wort. »Davon kannst du auch keine Familie ernähren.«

Jewe nickte. »Ja, im Augenblick ist das Geld noch knapp. Aber es wird von Saison zu Saison besser.«

»Es ist trotzdem ungerecht, was hier mit uns passiert. Wir müssen um unsere Existenz fürchten und die Marine ballert alte Munitionsfunde hoch, wie es ihnen gefällt, ohne Schutzmaßnahmen oder so. Und vergiftet damit die Fischbestände. Die haben letzten Herbst fast zwanzig Schweinswale getötet, da hat sich niemand aufgeregt. War ja im Namen der Regierung.«

»Auch dagegen haben wir Klage eingereicht, Willy. Und die Verantwortlichen werden hoffentlich zur Rechenschaft gezogen werden, damit sich das in Zukunft nicht wiederholt.« Hauke hatte sich wieder ruhig zu Wort gemeldet, und ich war beeindruckt davon, wie souverän er mit der ganzen Sache umging. Er hatte tatsächlich etwas sehr Attraktives.

»Vermutlich ist das auch der Grund, warum sich die Schweinswale jetzt bei uns niederlassen. Und Jewe und Inken haben recht. Warum nutzen wir nicht diese außergewöhnliche Chance, aus Brodershöved etwas ganz Besonderes zu machen?

Einen Ort, an dem man die letzten Wale der Ostsee vom Ufer oder vom Boot aus beobachten kann? Sorgen wir dafür, dass sie sich hier heimisch fühlen und bleiben. Ich bin mir sicher, die Touristen werden kommen. Und zwar die Art von Touristen, die wir hier auch haben wollen.«

Ich bemerkte, wie er zu Anneke schaute und ihren Blick suchte.

»Jedenfalls keine, die auf Speedbootfahren stehen.«

Wieder schwoll zustimmendes Geraune an, Einzelne klatschten.

»Das ist Zukunftsmusik, Hauke.« Jens war alles andere als überzeugt. »Ich muss heute die Raten fürs Haus bezahlen und nicht erst in ein paar Jahren, wenn deine Touristen da sind.«

»Mit der Marina müsstest du auch Jahre warten, bis sie fertig ist.«

Das war ein Argument, und Jens setzte sich widerwillig.

»Und ich bin mir sicher, Leute, die Umweltbehörde in Kiel wird uns nicht hängen lassen. Ich arbeite bereits an Anträgen, um Fördergelder und Unterstützung vom Bundesumweltministerium zu kriegen, die das neue Walschutzgebiet fördern werden. Lasst uns in die richtige Richtung gehen.«

Hauke sah seine Kritiker entschlossen an.

»Es geht hier doch nicht nur um die Zukunft der Wale. Es geht um unsere Zukunft und wie wir sie so gestalten, dass wir alle etwas davon haben. Und nicht nur ein paar wenige, die finanziell davon profitieren.«

Ich konnte Hauke nur zustimmen. Auch wenn es bedeutete, dass meine Schwester und Thies offensichtlich zu den Verlierern gehören würden. Sie waren nicht an der Zukunft von Brodershöved interessiert. Es ging ihnen allein um ihre Zukunft. Mir war es ein Rätsel, wie Anneke da mitmachen konnte.

Nachdem die Veranstaltung offiziell beendet worden war, wurde die Diskussion mehr auf den persönlichen Bereich verlagert und die, die noch blieben, sprachen am Tresen des Schankraums oder an den Tischen weiter miteinander. Aus den Augenwinkeln sah ich, wie Anneke kurz mit Ringbach sprach und dann zu uns kam. Meine Mutter richtete sich auf und war anscheinend für den Kampf, der nun folgen würde, gerüstet.

»Anneke.«

Meine Schwester nickte knapp. »Ich nehme mal an, Mama, die Veranstaltung war ganz so, wie du es dir erhofft hast.«

»Das stimmt. Ich bin froh, dass die Marina nicht gebaut wird, auch wenn das vielleicht nicht in eure Pläne passt.«

Anneke sah zu mir und hob fragend eine Augenbraue. »Bist du der gleichen Meinung?«

Ich blickte sie ruhig an, nahm mir ein Beispiel an Hauke und zählte innerlich bis zehn, um nicht bissig zu werden.

»Ich glaube, die Wale können tatsächlich die Zukunft von Brodershöved sein. Eine bessere Zukunft als diese Marina.«

Sie nickte bedächtig.

»Und was machen wir, wenn sie nächstes Jahr nicht wiederkommen, oder übernächstes Jahr oder in fünf Jahren? Was machen wir dann aus unserem Ort?«

Sie schüttelte den Kopf und ihre Miene war abweisend. »Ihr seid naiv, wenn ihr glaubt, euch auf diese Wale verlassen zu können.«

Damit drehte sie sich um und stieß mit Hauke zusammen, der gerade zu uns kommen wollte.

»Oh, Verzeihung …« Er sah auf Anneke herunter, die trotz ihrer Größe immerhin noch einen Kopf kleiner war als er.

»Nichts passiert.« Anneke schüttelte wirsch den Kopf. »Aber passen Sie das nächste Mal ein bisschen besser auf.«

Hauke nickte, und als meine Schwester gehen wollte, räusperte er sich noch einmal. »Frau Larsen?«

Anneke drehte sich um, und wir hielten gebannt den Atem an.

»Es tut mir leid, dass das, was wir hier vorhaben, nicht ganz Ihren Vorstellungen entspricht. Aber ich bin sicher, dass Ihr Hotel und das, was wir hier mit den Walen vorhaben, prima zusammenpassen würden, wenn Sie es zulassen könnten.«

Anneke sah ihn stumm an. Und ich bemerkte, wie Haukes Adamsapfel auf und ab hüpfte, als er schlucken musste.

»Also, wenn Sie mir die Chance geben, dann könnten wir sicherlich eine Basis für eine gute Zusammenarbeit finden.«

Anneke sah von Hauke zu mir und dann wieder zu dem hochgewachsenen, schlaksigen Meeresbiologen.

»Ich glaube, da wenden Sie sich lieber an meine kleine Schwester. Sie ist die Expertin für Abenteuer.«

Damit ging sie und Hauke sah ihr deprimiert hinterher. Meine Mutter klopfte ihm tröstend auf die Schulter.

»Mach dir nicht so einen Kopf, mein Junge. Anneke wird darüber schon noch nachdenken, da bin ich mir sicher.«

Ich hatte da so meine Zweifel.

Meine Mutter suchte ihre Sachen zusammen und schien erleichtert.

»Und ich, meine Liebe«, sie sah mich strahlend an, »werde jetzt meine Sachen packen und in meine schöne, kleine Wohnung unterm Dach zurückkehren, um ein ausgiebiges Wannenbad zu nehmen.« Sie stöhnte wohlig auf. »Mein Gott, wie habe ich das vermisst.«

»Du willst zurück zu Anneke und Thies?«

Ich sah sie ungläubig an.

»Natürlich. Das ist immerhin meine Wohnung. Und bei dieser Gelegenheit kann ich auch Thies etwas auf die Finger schauen. So wie ich den kenne, wird er sich nämlich nicht so leicht geschlagen geben.«

Da war durchaus was dran. Sie sah mich auffordernd an.

»Was ist mit dir? Kommst du auch mit?«

Ich schüttelte den Kopf.

»Ich bleibe im Camper. Anni und ich unter einem Dach, das könnte nicht besonders gut laufen.«

»Gut. Aber du bist jederzeit bei mir willkommen. Egal, was die beiden sagen.«

Ich gab ihr einen Kuss auf die Wange. »Das weiß ich, Mama. Brauchst du Hilfe mit deinen Sachen?«

Sie schüttelte den Kopf und deutete auf Willy, der mit Inken am Tresen stand.

»Willy fährt mich rüber. Du kannst noch bleiben, wenn du willst. Ich lass den Camper offen stehen.«

Was tatsächlich ein guter Plan war. Nach diesem Tag konnte ich noch ein Bier vertragen. Oder auch zwei.

Hauke, Inken, Jewe und Bootsmann hatten einen Tisch ganz am Ende des Schankraums ausgesucht, der direkt unter einem Fenster lag, durch das eine frische Abendbrise von der Ostsee in den stickigen Raum wehte.

Inken und Jewe waren stolz auf Hauke und wie er die Versammlung gemeistert hatte. Ich war ebenfalls von seiner ruhigen und bestimmten Art beeindruckt und froh, ihn als Tauchpartner an meiner Seite zu haben, wenn wir die nächsten Tage wieder runtergingen, um weitere Geisternetze zu bergen. Wir hofften alle, dass Hauke recht behielt und sich die Schweinswale, die sich seit meiner Ankunft regelmäßig vor der Steilküste blicken ließen, Brodershöved als ihre neue Heimat ausgewählt hatten. Für unser kleines Küstendorf würde es der Jackpot der Tourismusbranche sein.

»Es wäre echt der Hammer. Und wir haben sogar einen weißen Wal. Wir wären die neue Touristenattraktion in der Gegend.«

219

Inkens kindliche Begeisterung konnte einen einfach mitreißen.

»Ich hab mal eine Doku auf YouTube gesehen, von so einem kleinen Küstenort in Norwegen. Früher haben die vom Walfang gelebt und jetzt verdienen die ein Vermögen mit Touristen aus aller Welt, die nur wegen der Wale kommen.«

Sie sah Hauke interessiert an.

»Könnten wir das nicht auch so aufziehen? Ich meine … früher Walfänger, heute Walschützer? Auf so was stehen die Leute doch.«

»Ich bezweifle, dass Brodershöved jemals groß im Walfang war.« Ich sah meine Freundin skeptisch an. »Was ich, ehrlich gesagt, auch nicht bedauerlich finde.«

»So ganz unrecht hat sie nicht. Mein Großvater hat mir erzählt, dass er als kleiner Junge mit seinem Vater noch Wale gejagt hat, kurz nach dem Krieg, als alles knapp war. Das Fett konnte man gut verkaufen.« Jewe nippte nachdenklich an seinem Bier. »Heute landen sie als Beifang in den Netzen der großen Fischfangflotten.«

Er klang ziemlich bitter.

»Das muss doch gemeldet werden, oder?«

Er lachte bitter auf.

»Glaubst du, das kontrolliert jemand? Für die Fischer sind sie Abfall, der einfach im Meer entsorgt wird. Kein Wunder, dass sie bei uns Schutz suchen.«

»Wenn man sie denn lässt.« Hauke starrte in sein Glas und fragte sich wohl, ob er alles, was möglich war, getan hatte. »Ich hoffe, ich konnte die Leute heute überzeugen, dass die Tiere eine Chance sind und keine Gefahr für ihren Lebensunterhalt.«

Die Stimmung drohte zu kippen.

»Jetzt mal nicht Trübsal blasen, okay? Ich glaube, ihr drei habt heute Abend die Leute zum Nachdenken gebracht.« Ich dachte einen Moment über meine Worte nach. »Na ja, nicht alle, wenn ich da an Thies denke.« Ich schenkte Hauke einen aufmunternden Blick. »Ich glaube, sogar Anni denkt über das nach, was du gesagt hast. Vielleicht überzeugt sie Thies ja, mit seinen großartigen Expansionsplänen aufzuhören.«

Die drei sahen mich an, als hätte ich gerade davon gesprochen, den Klimawandel mit bloßer Gedankenkraft abzuwenden.

»Anni kann sehr überzeugend sein, wenn sie sich was in den Kopf gesetzt hat. Glaubt es mir.«

»Und was ist mit dir?« Inken sah mich fragend über den Rand ihres Bierglases an. »Wirst du auch hierbleiben und uns unterstützen?«

Darüber hatte ich noch gar nicht nachgedacht.

»Ich?«

Inken zog die Augenbrauen hoch. »Ja. Du. Mal ganz davon abgesehen, dass ich total abergläubisch bin und davon ausgehe, dass die Wale so lange hierbleiben, wie du auch hier bist.«

Sie hatte es als Scherz gemeint, doch ich merkte, wie mir die Vorstellung etwas den Schweiß auf die Stirn treten ließ. Ich nahm noch einen Schluck von meinem Bier.

»Noch bin ich ja da.«

Alle drei sahen mich nicht besonders begeistert an, sagten aber keinen Ton. Das mussten sie auch nicht. Ihre stummen Blicke waren Anklage genug.

»Ich habe nie behauptet, dass ich gekommen bin, um zu bleiben.«

Kurz vor zehn, als die Dämmerung einsetzte, brachte mich Jewe mit seinem alten Jeep zur Klippe und wir machten noch einen kurzen Spaziergang runter zum Strand, damit Bootsmann sich austoben konnte, was er auch umgehend tat. Er tollte wild herum, jagte die Möwen und bellte irgendwelche unsichtbaren Dinge in den Wellen an.

Wir sahen hinaus aufs Wasser, wohl in der Hoffnung, noch einen Blick auf unsere Wale zu erhaschen. Doch an diesem Abend ließen sie sich nicht blicken.

»Ich würde mir wünschen, dass sie hierbleiben.«

Ich sah auf zu Jewe, der neben mir stand und mich nachdenklich anblickte.

»Die Wale, meine ich. Nicht, weil sie für den Tourismus gut wären.«

»Warum dann?« Sein Lächeln war sanft.

»Weil sie mich an früher erinnern. An unseren Sommer.«

Ich sah ihn offen an. »Denkst du noch manchmal daran?«

Er wandte den Blick ab und sah wieder aufs Meer.

»Ja. Das tue ich.«

Ich musterte ihn von der Seite und bemerkte seinen gequälten Gesichtsausdruck.

»Ich verstehe mittlerweile, warum du nicht mitkommen konntest, Jewe.«

Er blickte mich überrascht an, sagte aber nichts.

»Es muss hart für dich gewesen sein, diese Entscheidung zu treffen. Ganz allein. Ich hatte immer Anni, die sich um alles gekümmert hat, wenn es Probleme in der Familie gab. Ich musste mir nie Gedanken um irgendwelche Verantwortlichkeiten machen. Du schon.«

Seine Schultern hoben sich in einem tiefen Atemzug und er blickte weiter aufs Meer.

»Mein Vater war nicht fürs Fischen gemacht, Liv. Er hat es gehasst. Er hat das Boot nur weitergeführt, weil das vor ihm alle in der Familie gemacht haben. Und dabei ist er so unglücklich geworden, dass er sich das Hirn weggesoffen hat. Als ich das verstanden habe, konnte ich ihm nicht mehr böse sein. Ich hab nur noch Mitleid mit ihm empfunden.«

»Bist du deshalb mit ihm rausgefahren?«

Jewe nickte. »Ich habe gehofft, es würde ihm leichter fallen, wenn ich dabei bin.«

»Warum habt ihr es dann trotzdem aufgegeben?«

Jewe sah mich misstrauisch an, unsicher, was ich über ihn und seinen Vater wusste.

»Inken hat mir erzählt, dass es ganz gut geklappt hat mit dir am Steuer. Dass ihr endlich aus den Schulden rausgekommen seid. Und dann hast du einfach damit aufgehört.«

Er sah mich weiter mit dieser undurchdringlichen Miene an, und ich konnte nicht deuten, was hinter diesen hellen Augen vor sich ging.

»Tut mir leid, dass ich gefragt habe. Es geht mich auch nichts an.«

»Doch, Liv. Das tut es.«

Ich sah überrascht auf, und er lächelte das traurigste Lächeln, das ich jemals gesehen hatte.

»Es geht dich tatsächlich etwas an.«

»Du willst mir jetzt kein schlechtes Gewissen machen, oder?«

Er schüttelte den Kopf und blickte wieder stumm aufs Meer.

»Jewe?«

Als er mich ansah, war der Kampf, der in seinem Inneren tobte, deutlich zu erkennen.

»Du hast mich gefragt, woher ich weiß, dass der weiße Wal nicht unser weißer Wal ist, erinnerst du dich?«

Natürlich konnte ich mich daran erinnern.

»Ich weiß es deshalb, Liv, weil er tot ist.«

Ich erschauderte. »Bist du dir sicher?«

»Ja. Und es war meine Schuld.«

Für einen Augenblick lief mir ein Schauer über den Rücken und ich zog fröstelnd die Fleecejacke enger um meinen Körper.

Jewe bückte sich und hob einen Stein auf, um ihn mit aller Kraft über die Wellen tanzen zu lassen.

»Ich wusste, dass wir das Stellnetz nicht so nah an der Küste ausbringen sollten, aber mein Vater hat mich bequatscht. Er war ganz wild darauf, nach den ersten guten Fängen immer mehr rauszuholen.«

Er schloss die Augen und schüttelte den Kopf, als würden ihn böse Erinnerungen quälen.

»Ich habe versucht, es ihm auszureden. Aber ich war so froh, dass es ihm endlich wieder besserging. Also habe ich mitgemacht. Als wir am nächsten Tag das Netz einholten, waren wir selbst überrascht, wie viele Fische wir gefangen hatten. Ein ganzer Schwarm war uns ins Netz gegangen, das waren Tonnen an Heringen, die wir da rausholten. Und dann hab ich ihn gesehen. Unseren Wal. Er hatte sich in den Maschen verfangen und war erstickt.«

Ich spürte, wie mir Tränen in die Augen traten und musste hörbar schlucken.

»Das hab ich nicht gewollt, Liv. Das musst du mir glauben.«

Jewe sah mich voller Schuldgefühle an.

»Ich habe das nicht gewollt.«

Ich nickte nur stumm, unfähig etwas zu sagen.

»Wir haben den toten Wal nicht gemeldet. Wir hätten wegen der verbotenen Stellnetzfischerei im Sperrgebiet Strafe zahlen müssen und sie hätten uns die Fangquoten halbiert. Er hat ihn einfach zurück ins Meer geworfen. Und ich habe nichts dagegen getan.«

Ich legte ihm sanft die Hand auf den Arm.

»Es tut mir leid, Jewe. Für dich. Und für das Tier.«

Er konnte mir vor Scham nicht in die Augen sehen.

»An dem Abend habe ich mich betrunken. So betrunken wie noch nie in meinem ganzen Leben. Du warst fort. Und unser Wal nun auch. Ich wäre fast von der Seebrücke gestürzt.

Inken hat mich zum Glück gefunden und verhindert, dass ich mich im Suff umbringe.«

»Davon hat sie nichts erzählt.«

»Ich weiß. Sie ist eine gute Freundin.«

Er atmete wieder tief durch und sah mich endlich an. »Danach konnte ich nicht mehr rausfahren und die Netze auswerfen, Liv. Es ging einfach nicht mehr. Mein Vater hat es nicht verstanden und fing wieder an zu trinken. Er ist kurz darauf gestorben. Und ich habe mir etwas anderes überlegen müssen.«

Ich nickte und mir wurde bewusst, welche Kämpfe er in den vergangenen Jahren ausgestanden haben musste, während ich mich unbesorgt durchs Leben hatte treiben lassen.

»Ich habe das noch nie jemandem erzählt.«

»Ich bin froh, dass du es mir erzählt hast.«

Meine Stimme war nicht mehr als ein Flüstern und wir musterten uns stumm. Ich verlor mich im Blick seiner hellen, meergrünen Augen, die den Anschein erweckten, als hätten sie das Strahlen der Sommersonne in sich gespeichert.

Und dann beugte er sich zu mir herunter und seine weichen Lippen berührten meine, während über uns die Möwen kreisten und Bootsmann bellend in die Wellen sprang.

Irgendwo habe ich mal gelesen, dass Zeit nur eine Illusion unseres Verstandes ist, um die Welt um uns herum erklärbar zu machen. Tatsächlich gibt es kein Gestern und kein Morgen. Alles ist immer da. In diesem Augenblick. Jedenfalls wenn man Quantenphysikern Glauben schenken will.

Ich verstehe nichts von Physik, von Quantenphysik erst recht nicht. Und ich verschwende meist auch keine komplizierten Gedankengänge an meine Vergangenheit oder die Zukunft. Was mein bisweilen chaotisches Leben erklären dürfte. In dem Augenblick jedoch, als Jewe mich küsste, geschah etwas

Bemerkenswertes, und wenn ich später darüber nachdachte, dann war es, als hätte sich in diesem Moment mein ganzes Leben, alles, was vorher geschehen war und alles was noch geschehen würde, in diesem einen Augenblick gebündelt.

Ich war wieder der Teenager, der einen Sommer lang die Liebe entdeckte und von Abenteuern träumte. Ich war die alte Frau, die gelassen und zufrieden auf ihr Leben blickte und dem Ende ruhig entgegensah.

Und ich war die abgeklärte junge Frau, die sich längst von den großen Illusionen ihrer Kindheit verabschiedet hatte und nun ein Wunder erlebte.

Alles ergab plötzlich einen Sinn, ohne dass ich es erklären konnte. Es war kein Wissen, kein Verstehen. Es war reines Gefühl. Ein übermächtiges Gefühl, zur richtigen Zeit, am richtigen Ort zu sein. Mit dem richtigen Menschen. Ich war angekommen. Endlich.

Ich weiß nicht, wie lange dieser Kuss dauerte. Es hätte eine Sekunde oder eine Stunde oder eine Ewigkeit sein können. Als ich mich behutsam von Jewe löste, die Augen öffnete und meinen Blick hob, hätte es mich nicht gewundert, wenn in der Zwischenzeit um uns herum plötzlich der Winter ausgebrochen wäre und Schnee den Kieselstrand bedeckt hätte. Das war zwar nicht der Fall, aber ich wusste, dass für einen kurzen Moment die Zeit für uns stillgestanden hatte.

Jewe sah mich an und ich erkannte in seinen Augen die gleiche Mischung aus Verwunderung und Erkenntnis, die auch in meinem Kopf herumgeisterte.

»Liv …« Seine Stimme war leise und belegt.

Ich schüttelte den Kopf und löste mich aus seiner Umarmung. »Wir sollten gehen. Es ist spät und du musst morgen früh raus.«

Ich war fast bei der alten Holztreppe, die vom Kieselstrand hoch zur Klippe führte, als ich seine Hand auf meinem Arm spürte und er mich sanft zurückhielt.

»Bitte, warte …«

Ich drehte mich nicht um, denn ich war mir nicht sicher, ob ich das sagen konnte, was ich sagen wollte, wenn ich ihm dabei in die Augen sehen müsste.

»Nein, Jewe. Ich kann das nicht. Und ich will es auch nicht.«

Ich spürte, wie er meinen Arm losließ, und widerstand mühsam dem Impuls, mich zu ihm umzudrehen. Wenn ich jetzt in diese Augen blicken würde, in dieses Gesicht, das sanft und trotzdem so markant war, dann würde ich alles, was danach passieren würde, bereuen. So wie ich es schon einmal bereut hatte.

Einen Augenblick standen wir da. Reglos. Unfähig, noch etwas zu sagen. Dann stürmte Bootsmann laut bellend und aufgeregt auf uns zu, raste an mir vorbei die Treppe hoch, drehte nach fünf Stufen wieder um und legte mir äußerst zufrieden und stolz etwas Unaussprechliches vor die Füße, das verdächtig nach altem, totem Fisch roch.

Ich verzog angewidert das Gesicht. »Ohhh … musste das sein?«

Im Nachhinein war ich Bootsmann dankbar. Denn damit war der Zauber, der sich wie ein unsichtbares Netz über uns gelegt hatte, verflogen. Ich war wieder sicher in meiner überschaubaren Realität gelandet.

Stunden später lag ich wach in dem Alkoven des Wohnmobils, starrte die Decke an, die nur wenige Zentimeter über mir war, und konnte nicht schlafen. Das Meer trug seine Geräusche mit einem sanften Rauschen über die Klippe zu mir und ab und an war das Rascheln irgendeines Tieres zu hören, das neugierig das Wohnmobil erkundete. Ich hatte versucht zu schlafen, doch jedes Mal, wenn ich die Augen schloss, war es, als würde sich der Moment unseres Kusses wiederholen. Ich drehte mich unruhig von einer Seite auf die andere, was es auch nicht besser machte. Ich wollte nicht darüber nachdenken, was das alles bedeutete. Was Jewe mir noch bedeutete und was das für Konsequenzen für mich und meine Zukunft haben würde.

Schließlich kapitulierte ich und krabbelte aus meiner Höhle. Vielleicht hatte meine Mutter ja irgendwo noch einen Weinvorrat, den ich plündern konnte und der mich endlich schläfrig machen würde.

Ich stieß einen triumphierenden Laut aus, als ich ganz hinten in einem Vorratsschrank über der kleinen Spüle tatsächlich eine Flasche fand. Sie hatte sogar einen Schraubverschluss, was mir die Suche nach einem Korkenzieher ersparte. Es war ein trockener Weißwein, den meine Mutter bestimmt zum Kochen hatte benutzen wollen und der leider etwas warm war. Mir war es egal.

Ich hatte mir gerade ein großzügiges Glas eingeschenkt und einen ordentlichen Schluck genommen, als mein Handy, das ich zum Laden auf dem kleinen Ecktisch der Sitzgruppe abgelegt hatte, vibrierte. Es war mitten in der Nacht und ein Anruf um diese Zeit konnte eigentlich nur eines bedeuten – auch Jewe schien unter Schlaflosigkeit zu leiden. Ich schloss die Augen und zögerte. Wollte ich wirklich mit ihm sprechen? Bevor ich eine Antwort auf diese Frage hätte finden können, nahm ich den Anruf entgegen.

»I Ii …«

Für einen Moment herrschte am anderen Ende der Leitung Stille. Dann meldete sich eine bekannte Stimme.

»Liv? Bist du das?«

Ich blinzelte überrascht.

»Chris?«

»Ja, ich bin's. Wen hast du denn erwartet?«

Ich musste mich setzen.

»Ich … es ist mitten in der Nacht.«

»Ja, ich weiß, tut mir leid, dass ich dich geweckt habe.«

Ich rieb mir überfordert die Stirn und versuchte mich zu sammeln. »Nein … nein … ist schon okay. Ich habe noch nicht geschlafen.«

Chris klang aufgeregt, was äußerst selten vorkam. Normalerweise war er die Ruhe in Person.

»Ist alles okay bei dir, Chris? Gibt's Probleme?«

»Nein, überhaupt nicht. Eher im Gegenteil. Ich wollte eigentlich noch warten, Liv, aber ich muss dir unbedingt was erzählen. Du wirst es nicht glauben.«

Seine Stimme hatte den Unterton eines Sechsjährigen, der sich über eine gelungene Geburtstagsüberraschung freut.

»Du kannst dir nicht vorstellen, was in den letzten Wochen los war, Liv. Das ist Wahnsinn.«

Und dann berichtete er fast eine Viertelstunde lang ununterbrochen davon, was am anderen Ende der Welt über mich hereingebrochen war, ohne dass ich eine Ahnung davon gehabt hätte. Wie sich herausstellte, hatten die drei Damen aus dem Ruhrgebiet, die ich in Thailand betreut hatte, nach ihrer Rückkehr nach Deutschland ein Handyvideo über meine Aktion zur Rettung der Schildkröte gedreht und sich darüber aufgeregt, wie man mit mir umgegangen war. Sie hatten es auf ihrer Facebookseite gepostet. Und wie es im digitalen Zeitalter üblich war, war dieser Clip viral gegangen, hatte sich tausendfach über den Globus verteilt, und Menschen, die ich nicht kannte und vermutlich nie in meinem Leben kennenlernen würde, hatten mich als Heldin gefeiert. Der Shitstorm, der über den neureichen Unterwasser-Rambo hereingebrochen war, war weniger schön. Fünf Tage, nachdem das Video online gegangen war, löschte er seine Social-Media-Accounts, um wieder unbehelligt durchs Leben gehen zu können, und tauchte ab. Und sogar die Hotelleitung des *Coral Garden Resorts* hatte in einem Statement auf ihrer Homepage mein Handeln gelobt und versichert, dass man stolz auf Mitarbeiter wie mich sei, die die empfindliche Unterwasserwelt ihres kleinen Paradieses beschützten. Was mir zugegebenermaßen neu war.

Das Beste hob Chris sich bis zum Schluss auf.

»Liv? Bist du noch dran?« Chris' Stimme kam mir auf einmal ganz fremd vor.

»Ja … ich … ich bin noch dran … das ist ziemlich … überraschend.«

Ich versuchte mühsam, meine verwirrten Gedanken in geordnete Bahnen zu lenken.

»Ich habe nichts davon mitbekommen.«

Ich hörte ihn gedämpft lachen. »Aber Internet gibt's schon in Brodershöved?«

»Sehr witzig, Chris.« Ich rieb mir etwas überfordert die Stirn. »Ich hatte kaum Zeit. Mit der Familie gab's etwas Stress.«

»Nun, dann wird dich das, was jetzt kommt, vor Freude jubeln lassen.« Chris machte es wirklich spannend. »Du hast nämlich einen neuen Job. Und zwar ab sofort.«

Ab sofort klang etwas sehr kurzfristig.

»Chris, ich kann jetzt nicht alles stehen und liegen lassen und wieder zurück nach Thailand kommen. Sag Stevie, ich brauch noch ein paar Wochen bei meiner Familie.«

»Vergiss Stevie, Liv.«

»Was soll das heißen: Vergiss Stevie?«

»Das heißt, dass du keinen Boss mehr hast, der dir sagt, was du tun musst.«

»Chris, ganz im Ernst, ich verstehe kein Wort.«

Langsam wurde ich ungeduldig.

»Liv, du kriegst deine eigene Tauchbasis. Oben in Khao Lak. In der neuen Öko-Lodge.«

In meinen Ohren begann es zu rauschen.

»Du machst Witze.«

»Nein. Ganz und gar nicht. Die Kette, zu der das neue Hotel gehört, steigt als Investor ein. Die finanzieren dir eine eigene Tauchbasis, wenn du mit ihnen kooperierst. Ich hab schon mit den Leuten von der Öko-Lodge gesprochen, die sind total scharf auf eine Zusammenarbeit mit dir. Und mir. Ist das nicht irre?«

Das war es allerdings, weshalb ich auch keinen Ton hervorbringen konnte.

»Liv?«

»Ja ... ich bin noch dran ... Das ist ... Chris, du nimmst mich jetzt nicht auf den Arm, oder? Ist das wirklich wahr?«

»Absolut wahr.« Er räusperte sich kurz. »Kannst du nächste Woche zurückkommen? Sie wollen natürlich so schnell wie möglich alles abklären. Zur Wintersaison soll die Basis stehen.«

»Ja ... nein ... das ist alles ...«

Chris unterbrach meine wirren Gedankengänge mit eindringlicher Stimme.

»Liv, es ist deine Chance. Das, wovon wir immer geträumt haben.«

»Ich weiß ... ich ... ich kann es nur nicht glauben.«

Ich hörte ihn wieder unterdrückt auflachen.

»Ich hätte doch einfach nach Deutschland fliegen sollen, um es dir persönlich zu sagen. Tut mir leid, dass ich dich mitten in der Nacht am Telefon überfalle, aber ich konnte einfach nicht länger warten. Das ist einfach unglaublich.«

Das war es allerdings.

»Pass auf, lass das Ganze jetzt erst mal sacken und klär alles mit deiner Familie. Und wenn du weißt, wann du kommen kannst, dann buche ich dir einen Flug. Unser Investor über-nimmt nämlich ab sofort alle Kosten.«

»Toll.« Ich konnte kaum etwas sagen.

»Ich rufe dich morgen wieder an und leite dir alle Mails mal weiter. Sonst glaubst du mir am Ende wirklich nicht.«

»Okay, das wäre super.«

»Gut, dann bis morgen ... und Liv?«

»Ja?«

»Ich kann es kaum abwarten, dich zu sehen. Ich habe dich vermisst. Du hast mir gefehlt.«

Ich musste schlucken. »Du mir auch.«

»Bis morgen.«

Dann legte er auf, und ich starrte aus dem kleinen, beschla-genen Fenster hinaus auf die Klippe, die sich in der aufgehen-den Sonne langsam rot färbte.

KAPITEL 16

Ich wartete viel zu früh an der Seebrücke auf Jewe und seine *Windsbraut* und starrte mit einem Becher Kaffee in der Hand aufs Meer und den endlos scheinenden Himmel. Vermutlich hatte ich die Hoffnung, dass mir ihr Anblick dabei helfen würde, meine Gedanken, die sich zu einem immer komplizierteren Knoten in meinem Hirn verwoben hatten, zu sortieren.

Vor nicht allzu langer Zeit war ich jemand gewesen, der sich keine großen Gedanken um die Zukunft gemacht hatte, der die Dinge so nahm, wie sie kamen. Und ich war sehr zufrieden damit gewesen. Doch irgendeine Gottheit machte sich scheinbar einen Spaß daraus, mein Leben in wenigen Wochen in ein Chaos zu verwandeln, aus dem ich keinen Ausweg mehr fand.

Wenn ich ehrlich war, dann konnte ich keiner Gottheit die Schuld geben. Es war der Kuss, der alles veränderte. Er hatte mir gezeigt, dass das, was ich in der Beziehung zu Chris vermisste, nicht an ihm lag oder an dem Umstand, dass ich einfach nicht der Typ für eine feste Beziehung war. Es lag daran, dass all die Männer, die ich in all den Jahren geküsst hatte und mit denen ich ins Bett gestiegen war, nicht er waren. Nicht Jewe.

Die Erkenntnis traf mich, als hätte jemand den Lichtschalter umgelegt und einen dunklen geheimnisvollen Raum mit Licht geflutet. Und dieser Raum verwandelte sich in einen Ort, der mir nur allzu vertraut war. Ich liebte Jewe Jaspers. Auf eine Art, wie ich nie einen anderen Menschen geliebt hatte. Und vermutlich nie lieben würde.

Ich hatte es auch ohne ihn geschafft, meine Träume zu verwirklichen. Ich hatte ein Leben geführt, von dem ich immer glaubte, es sei für mich bestimmt. Frei und ungebunden zu sein und das zu tun, was ich am meisten liebte – das Tauchen.

Doch erst hier, in meinem kleinen verschlafenen Heimatdorf, mit meiner komplizierten Familie, die mich an meine Grenzen brachte, mit Inken, die immer zu spüren schien, was mir durch den Kopf ging und mir wichtig war, mit all seinen skurrilen Bewohnern, die sich nicht zwischen Vergangenheit und Zukunft entscheiden konnten, war mir klar geworden, wie sehr mir das alles gefehlt hatte. Ob ich wollte oder nicht, ich war ein Teil dieser Welt. Auch wenn ich in den letzten zehn Jahren alles versucht hatte, es zu ignorieren. Es wurde Zeit, sich dem zu stellen.

Die *Windsbraut* war für die Tour am Morgen ausgebucht, und als ich ihre Silhouette am Horizont ausmachte, die von Freistadt kommend nah an der Küstenlinie um die Klippe herumfuhr und sich der Seebrücke näherte, fanden sich bereits die ersten Tourgäste ein. Es war der bekannte, bunt gemischte Haufen und ich erkannte ein älteres Ehepaar wieder, das schon einmal bei uns an Bord gewesen war.

»Wir fahren morgen wieder heim nach Berlin«, verkündete die Frau etwas bedauernd, »so ein Urlaub ist ja immer viel zu schnell vorbei.«

Ihr Mann legte tröstend den Arm um sie. »Meine Frau wollte unbedingt noch eine Tour machen, bevor es wieder nach Spandau geht. Wer weiß, ob wir im nächsten Jahr noch Wale zu sehen bekommen. Bei der ganzen Umweltverschmutzung und dem Klimawandel.«

Seine Frau sah ihn streng an. »Du bist immer so pessimistisch, Robert. Natürlich sind sie nächstes Jahr noch da.« Sie lächelte mich entschuldigend an. »Sie müssen meinen Mann entschuldigen. Ich wollte unbedingt noch einmal mit Ihnen rausfahren, weil es uns so eine Freude gemacht hat. Und wir sind jetzt Fördermitglied beim NABU. Damit Sie auch weiterhin diese schrecklichen Netze aus dem Wasser ziehen können.«

Ich war tatsächlich überrascht, dass unsere Aktion so viele Unterstützer fand. »Das ist großartig von Ihnen. Unsere Wale werden es zu schätzen wissen. Und ich auch.«

Dann war auch schon das helle Bellen von Bootsmann zu hören, der vorne am Bug der *Windsbraut* stand, um wie ein verwegener Wikinger auf Eroberungsfahrt all die Menschen zu begrüßen, die ihm in den kommenden Stunden bestimmt die eine oder andere Leckerei zustecken würden.

»Geht es dir gut?«

Jewe sah mich von der Seite an, und ich erkannte eine Besorgnis in seinen Augen, die nicht daher rührte, dass sich die Schweinswale heute nicht blicken ließen.

»Ja, alles bestens.« Ich stand vor der kleinen Pantryküche und setzte gerade frischen Kaffee auf.

»Magst du auch einen?«

Er nickte knapp und blickte wieder hinaus aufs Meer und korrigierte leicht den Kurs am Steuerrad.

»Du hast kaum ein Wort mit mir geredet heute Morgen.«

Womit er nicht ganz unrecht hatte.

»Du hast ein vollbesetztes Boot.« Selbst ich merkte, dass mein Lächeln etwas zu aufgesetzt wirkte. »Deine Gäste wollen betreut werden. Und ich habe gerade eine ganze Stunde nicht nur Getränke und Kekse verteilt, sondern auch mein geballtes Wissen über Wale an sie weitergegeben. Der Ordner, den du mir gegeben hast, ist wirklich sehr informativ.«

Er schenkte mir ebenfalls ein Lächeln, das etwas bemüht wirkte. Zumindest braute sich kein emotionales Gewitter über unseren Häuptern zusammen. Einen Moment sahen wir uns an, unfähig die richtigen Worte zu finden.

»Dann ist zwischen uns alles in Ordnung?«

Ich hielt seinem fragenden Blick stand. »Ja, das ist es.«

»Das ist gut. Sogar sehr gut.« Er nickte bedächtig. »Weil ich dich nämlich etwas fragen wollte.«

»Aha?« Ich sah ihn mit gerunzelter Stirn an.

»Falls du heute Abend noch nichts vorhast, dann … dann würde ich dich gern einladen. Zum Essen.«

»Du willst kochen?« Ich konnte mich daran erinnern, dass er früher einmal einen ganz ordentlichen Fischeintopf hinbekommen hatte.

Sein Lächeln wurde breiter. »Nein. Aber ich habe einen Freund in Freistadt, der das beste italienische Restaurant im Umkreis von fünfzig Kilometern hat. Direkt am Hafen.« Er wirkte fast ein wenig schüchtern, als er weitersprach. »Wir könnten die beste Pasta nördlich der Alpen genießen, tollen Wein trinken, den Sonnenuntergang anschauen und …«

»Reden?«

»Und reden.«

Ich hätte schwören können, dass er noch etwas anderes im Kopf hatte.

»Wir haben immerhin zehn Jahre aufzuholen.«

Ich zögerte einen Moment und blickte hinaus zu unseren Gästen, die mit Kameras und Feldstechern an der Reling standen oder entspannt an Deck in der Sonne saßen.

»Sag ja, Liv. Bitte. Ich würde dir gerne ein paar Dinge erzählen. Dinge, die mir wichtig sind«

»Okay.« Ich nickte und griff zur Kaffeekanne, um eine weitere Runde bei unseren Gästen zu machen. »Zehn Jahre sind eine lange Zeit.«

Der Rest des Vormittags verging wie im Flug, und schließlich hatten wir auch Glück mit den Walen. Sie tauchten auf der Rückfahrt in der Bucht vor Petermanns Klippe auf, als hätten wir sie bestellt. Jewe drehte den Motor ab, und die Wale umkreisten die *Windsbraut* wie eine alte Freundin, die man zu einem kleinen Plausch begrüßt. Diesmal gab es niemanden, der sie oder uns störte. Nach einer halben Stunde verschwanden sie wieder und wir sahen ihre schlanken Körper raus auf die offene See ziehen, bis sie am Horizont verschwunden waren.

Pünktlich um dreizehn Uhr legten wir wieder mit einer Schar sehr zufriedener Gäste an der Seebrücke an und hatten knapp zwei Stunden Zeit, um die nächste Tour vorzubereiten. Inken war ebenfalls von ihrer morgendlichen Wrackangeltour zurück und machte mit ihren Gästen und deren Fang ein paar Selfies. Als sie uns anlegen sah, winkte sie erfreut.

»Hab schon gehört. Ihr hattet wieder Glück.«

Ich grüßte sie ebenfalls und half unseren Gästen von Bord.

»Ja, so langsam wird's unheimlich. Als hätten wir sie bestellt.«

Inken kam zu mir herüber, während Jewe das Boot vertäute und Bootsmann auf die Seebrücke sprang und seiner Lieblingsbeschäftigung nachging – Möwen jagen. Auf einen Sprung ins Wasser verzichtete er zum Glück.

»Müsst ihr gleich wieder raus?«

Inken hielt sich eine Hand über die Augen und blinzelte in die Sonne. Ich schüttelte den Kopf.

»Die nächste Tour geht erst um drei los.«

»Prima.« Sie strahlte übers ganze Gesicht. »Ich bin für heute durch und suche jemanden, der mit mir Fischbrötchen essen geht.«

Ich blickte zu Jewe, der noch mit dem Boot beschäftigt war, und zögerte. Es konnte nicht schaden, meine etwas verwirrten Gedanken mit einer wirklich guten Freundin zu teilen. Bevor ich heute Abend etwas tat, was ich vielleicht morgen schon bereute.

»Gute Idee. Ich muss dir nämlich was erzählen.«

In diesem Moment stürmte ein kleines Mädchen, das höchstens fünf oder sechs Jahre sein konnte, auf die Seebrücke und schmiss sich wie ein kleines Äffchen auf Bootsmann.

»Booootsmaaaann …«

Sie umarmte und herzte den Hund so stürmisch, dass ich es mit der Angst zu tun bekam. Bootsmann war zwar hart im Nehmen, aber diese Liebesbeweise konnten selbst dem gutmütigsten Hund zu viel werden.

Die Großmutter des Mädchens sah es wohl ähnlich. »Jette! Nicht so stürmisch!«

Sie musste ungefähr im Alter meiner Mutter sein und rannte dem Kind hinterher. Das Mädchen herzte weiter den großen Hund, der es bemerkenswert gelassen nahm. Ich hätte schwören können, dass er sich ebenfalls sehr über die Streicheleinheiten freute.

»Ich hab dich so, so dolle vermisst.«

Das Mädchen vergrub ihr Gesicht in Bootsmanns Fell.

Inken sah dem Schauspiel gelassen zu, so als würde sie es nicht zum ersten Mal sehen. Was mich etwas irritierte.

»Kennst du das Kind?«

Ich sah sie fragend an.

»Klar. Das ist Jette.«

»Ja, hab ich gehört. Bootsmann scheint sie zu mögen.«

Hinter Inkens Stirn begann es zu arbeiten.

»Warte mal, hat Jewe noch gar nichts gesagt?«

Ich schüttelte den Kopf und hatte keine Ahnung, was Inken damit meinte. In diesem Moment ließ das Kind von Bootsmann ab und stürmte auf die *Windsbraut* zu.

Jewe stand an der Reling, lächelte und breitete die Arme aus, als das Kind auf ihn zulief und in seine Arme sprang.

»Papaaa!«

Kapitel 17

»Herrgott noch mal! Inken! Warum hast du nichts gesagt?!«

Ich funkelte meine beste Freundin wütend an, die mit einem etwas ratlosen Gesichtsausdruck in der Kajüte ihres Bootes vor mir stand und überfordert die Luft ausstieß.

»Keine Ahnung. Ich dachte, du wüsstest es. Vermutlich.«

Sie zuckte mit den Schultern und sah hinaus auf die Seebrücke, wo Jewe mit seiner Tochter stand, mit seiner Mutter sprach und Bootsmann zufrieden vor ihren Füßen lag.

»Ich meine, jeder weiß, dass Jette Jewes Tochter ist.«

»Na super! Und deshalb muss ich es auch wissen? Ich war zehn Jahre nicht da!«

Ich rieb mir überfordert die Stirn und ging aufgewühlt ein paar Schritte in der engen Kajüte auf und ab.

»Vermutlich ist er auch noch glücklich verheiratet und hat eine ganze Schar Kinder, die daheim auf ihn warten.«

»Nein.« Inken schüttelte den Kopf und erklärt todernst: »Da gibt's nur Jette.«

»Das war ein Scherz, Inken.« Ich funkelte sie sauer an. »Aber wo wir schon mal beim Thema sind – wo steckt eigentlich die Mutter des Kindes? Ich nehme mal schwer an, dass es eine Mutter gibt.«

Inken schien meine Aufregung nicht ganz nachvollziehen zu können.

»Klara lebt nicht mehr in Brodershöved. Sie arbeitet in Kiel. Sie hat da eine Stelle als Meeresbiologin an der Uni.«

Ich hob erstaunt die Augenbrauen.

Inken fuhr gelassen fort. »Vermutlich ist sie mal wieder jobmäßig unterwegs. Jewe und sie teilen sich das Sorgerecht für Jette.«

Die gute Nachricht war, Jewe war nicht verheiratet. Zumindest nicht mehr, wie es schien. Was allerdings nichts an der Tatsache änderte, dass er Vater war.

Inken sah mich erneut kopfschüttelnd an. »Ganz im Ernst, Liv. Ich verstehe nicht, warum du dich so aufregst. Ich kenne eine Menge Dreißigjährige, die Kinder haben. Wir zwei sind da eher die Ausnahme.«

Sie musterte mich lauernd.

»Und über was wolltest du eigentlich mit mir sprechen? Läuft da wieder was zwischen dir und Jewe?«

Eins musste man Inken lassen, sie redete nicht lange um den heißen Brei herum.

»Nein!«, kam es eine Spur zu schnell von mir, um unverdächtig zu wirken.

»Natürlich läuft da was!« Inken stieß einen triumphierenden Laut aus. »Das war ja klar.«

»Nichts ist da klar«, gab ich empört zurück. »Wir haben uns geküsst. Mehr nicht!«

Inkens Augenbrauen wanderten in Richtung ihres Haaransatzes und sie verschluckte sich an der Cola, die sie gerade trank. »Ihr habt euch geküsst?!«

Ich bereute umgehend, ihr davon erzählt zu haben.

»Es hatte nichts zu bedeuten.« Das war nach meiner Reaktion auf Jette alles andere als überzeugend, aber egal.

»Nee. Ist schon klar.« Inkens zu einem ironischen Grinsen verzogenes Gesicht sprach Bände. »Deshalb ist es dir auch völlig schnuppe, dass er ein Kind hat und so.«

»Ich rege mich darüber auf, dass mir niemand etwas gesagt hat«, erwiderte ich empört. »Bevor wir uns geküsst haben!«

»Und was macht das jetzt für einen Unterschied?«

»Einen gewaltigen!«

Sie sah mich auffordernd an und verlangte eine weitere Erklärung. Ich rieb mir überfordert die Stirn und fragte mich für einen kurzen Moment dasselbe, was auch Inken wissen wollte – warum machte es mir so viel aus, dass Jewe eine Tochter hatte. Die Antwort war nicht leicht zu finden.

»Weil … weil …«

»Weil?«

»Es macht eben einen Unterschied!«

Die Begründung war alles andere als überzeugend, was Inken mir auch sofort mitteilte.

»Warum sprichst du's nicht einfach aus? Du liebst ihn immer noch.«

»Nein.«

Ihr Blick war eindeutig.

»Na schön, vielleicht ein bisschen«, gab ich schließlich zu. »Ich weiß auch nicht, was da zwischen uns los war. Vielleicht war es einfach nur die Erinnerung an alte Zeiten. Keine Ahnung.«

Inken nickte bedächtig. »Könnte schon sein.«

»Egal, was es war, es ist nicht weiter wichtig.«

»Natürlich nicht.« Inkens Stimme triefte vor Ironie.

Ich sah sie trotzig an.

»Ich bin sowieso bald weg. Chris wartet schon in Thailand auf mich. Wo wir noch in diesem Jahr unsere eigene Tauchschule aufmachen werden.«

Inken merkte auf. »Chris? Wer ist das denn?«

»Chris ist …«, noch bevor ich es aussprach, bereute ich schon meine Antwort, »… mein Freund!«

Inken verschluckte sich erneut an ihrer Cola und sah mich fassungslos an.

»Du hast einen Freund?«

»Ja, hab ich. Na und?«

»Und wie lange schon?«

»Das ist doch nicht wichtig.«

Sie sah mich wieder mit diesem Blick an, der keine weiteren Ausflüchte duldete.

»Drei.«

»Was drei? Drei Wochen? Drei Monate?«

»Drei Jahre.«

»Oh.« Sie schwieg einen langen Moment, dann schaute sie mich ernst an.

»Ich habe keine Ahnung, Liv, was du für ein Spiel treibst mit Jewe.«

Ich wollte protestieren, aber Inken brachte mich mit einer Geste zum Schweigen und fuhr unbeeindruckt fort: »Aber dafür, dass du seit drei Jahren mit einem Typen zusammen bist, hast du bemerkenswert wenig über ihn erzählt in den letzten paar Wochen.«

Sie schüttelte den Kopf und nahm nachdenklich einen weiteren Schluck von ihrer Cola.

»Und wenn du mich fragst, Liv, dann ist das kein gutes Zeichen für eine Beziehung. Gar kein gutes Zeichen.«

Ich stöhnte auf und schloss überwältigt von allem die Augen. Meine beste Freundin hatte soeben den Nagel auf den Kopf getroffen.

Ich wollte mir keine Gedanken mehr um meinen Freund machen, der mehr als achttausend Kilometer entfernt an einem tropischen Strand mit irgendwelchen Menschen, die ich nicht kannte, meine Zukunft als Tauchbasenbetreiberin plante. Ich wollte mir auch keine Gedanken um meinen Exfreund machen, der nur wenige Meter von mir entfernt auf einer uralten Seebrücke hockte und sich von seiner Tochter erzählen ließ, welche Abenteuer sie heute alle erlebt hatte. Ich wollte mir keine Gedanken mehr darüber machen, ob es klug war, hierzubleiben und meine Mutter und Hauke und all die anderen dabei zu unterstützen, die Wale, die die Zukunft von Brodershöved sein konnten, zu unterstützen. Und ich wollte mir auch keine Gedanken mehr über die Frage machen, wo auf dieser verrückten, sich stets verändernden Welt eigentlich mein Platz war und ob ich ihn jemals finden würde.

Jewe schaute mich misstrauisch an, als ich ihm erklärte, die Nachmittagstour nicht mitmachen zu können, weil meine Mutter dringend meine Hilfe bei was auch immer brauchte. Inken würde für mich einspringen (was sie auch tat, allerdings ziemlich widerwillig und mit dem Hinweis, dass ich ihr dafür einen Riesengefallen schuldete, wobei die Betonung auf *riesig* lag). Noch bevor er dagegen protestieren konnte, war ich verschwunden und mein Abgang von der Seebrücke hatte etwas von einer überstürzten Flucht.

Ich flüchtete tatsächlich in das Wohnmobil oben auf den Klippen, schmiss mich aufs Bett, um mir die Decke über den Kopf zu ziehen und meinem Leben, das auf einmal verdammt kompliziert geworden war, zu entfliehen. Nach nicht einmal fünf Minuten sprang ich wieder auf und begann den Camper aufzuräumen, auch wenn es eigentlich nicht besonders viel aufzuräumen gab. Ich begann die alten, abgenutzten Schränke zu schrubben, putzte die Fensterscheiben, die verklebt waren vom Salz der Ostsee, und polierte die kleine Pantryküche mit den beiden Gasfeldern so gründlich, dass man annehmen konnte, sie wären funkelnagelneu. Anschließend nahm ich mir auch die winzig kleine Nasszelle vor, in der man kaum Platz fand, sich umzudrehen. Zum Schluss zog ich die Betten ab und suchte frische Bettwäsche, die leider nicht zu finden war. Für einen Moment überlegte ich, hoch zum *Sturmnest* zu gehen, um die Waschmaschine unseres Hotelbetriebes zu nutzen. Doch der Gedanke, dort meiner Schwester, Thies oder einem anderen Mitglied meiner Familie über den Weg zu laufen, hatte etwas Deprimierendes. Also packte ich die Schmutzwäsche in eine kleine Sporttasche, die ich in einer der Ablagen gefunden hatte, und beschloss, die fünf Kilometer zum Campingplatz zu radeln, der etwas versteckt zwischen Feldrainen und Äckern am Ende von Brodershöved lag. Die hatten sicherlich auch einen Waschraum, den man nutzen konnte.

Ich stürmte aus dem Camper und lief direkt in die Arme meiner Mutter.

»Mein Gott, Liv! Musst du mich so erschrecken?!«

Sie hatte eine Hand auf die Brust gelegt, vermutlich um ihr wild pochendes Herz zu beruhigen.

»Sorry, Mama. Ich hab dich gar nicht kommen hören.«

Sie sah mich fragend an. »Bist du nicht heute mit Jewe auf Waltour?«

»Offensichtlich nicht.« Ich wich ihrem prüfenden Blick aus. »Ich hab's ausfallen lassen.«

»Aha.« Wieder dieser misstrauische Blick.

»Inken ist für mich eingesprungen.«

Sie deutete auf die Tasche in meiner Hand. »Und wo willst du jetzt hin? Reist du ab?«

»Nein, natürlich nicht.« Obwohl sie mich da auf eine durchaus reizvolle Idee brachte. »Eigentlich will ich nur die Bettwäsche waschen.«

»Ach so.«

Meine Mutter schien tatsächlich erleichtert.

Ich schloss die Tür des Campers hinter mir ab und hievte die Tasche auf den Gepäckträger des alten Hollandrads, das Mama mir geliehen hatte.

»Ich wollte rüber zum Campingplatz. Die haben bestimmt eine Waschmaschine, oder?«

»Natürlich haben die Waschmaschinen.« Meine Mutter schnappte sich resolut die Tasche und hielt sie fest wie einen kostbaren Schatz. »Aber meine Bettwäsche landet sicherlich nicht da drin.«

Ich stöhnte genervt auf. »Mama ...«

»Ich werde nicht darüber diskutieren, Liv. Hast du eine Ahnung, wie unhygienisch diese öffentlichen Waschräume sind? Das wird daheim erledigt. Und während die Maschine durchläuft, erzählst du mir, was eigentlich mit dir los ist.«

Ich wollte schwach protestieren, doch meine Mutter unterbrach mich wieder energisch.

»Versuch's gar nicht erst mit einer Ausrede. Wie du weißt, ist Brodershöved ein Dorf. Da kriegt jeder alles mit.«

»Und was genau soll das heißen?«

Meine Mutter sah mich an, als würde ich etwas sehr Offensichtliches nicht verstehen.

»Es heißt, dass halb Brodershöved vermutlich schon Wetten darauf abschließt, ob aus meiner Tochter und dem jungen Jaspers doch noch mal was wird.«

»Was?«

»Man hat dich und Jewe gestern Abend am Strand gesehen, Liv.« Und mit einem Lächeln, das etwas anzüglich war, wie ich fand, fügte sie hinzu: »Und was ihr beiden da so getrieben habt.«

Ich spürte, wie mir die Röte ins Gesicht stieg, und wünschte mir nichts sehnlicher, als endlich wieder an meinem kleinen tropischen Strand in Thailand zu sein. Das einzig Komplizierte dort waren großkotzige Touristen, denen man einfach nur die

Luft abdrehen musste, wenn sie zu sehr nervten. Die Situation in Brodershöved war wesentlich schwieriger in den Griff zu bekommen.

Das Rumpeln der Waschmaschine drang leise aus dem Badezimmer zu uns auf die kleine Dachterrasse und vermischte sich mit dem Lachen einiger Kinder, die unter uns im großen Garten des Hotels herumtobten. Alle Zimmer waren belegt, und zum Glück schienen Anneke und Thies viel zu viel zu tun zu haben, um mich unter ihrem Dach zu bemerken.

Meine Mutter hatte Kaffee gekocht und frischen Apfelkuchen auf den kleinen Tisch unter dem Sonnenschirm gestellt. Der selbstgebackene Kuchen meiner Mutter war wirklich ein kleines Wunder, und mir fiel auf, wie sehr ich ihn vermisst hatte.

»Das ist wirklich der beste Kuchen, den ich seit Jahren gegessen habe.«

Ich lächelte sie dankbar an.

»Das freut mich, Liv.«

Sie setzte sich ebenfalls unter den Sonnenschirm und sah hinunter in den Garten. Einen Moment schwiegen wir.

Schließlich hielt ich dieses Nichtreden zwischen uns nicht mehr aus.

»Warum hast du mir eigentlich nichts erzählt?«

Meine Mutter blickte fragend auf.

»Von Jette, Mama. Davon, dass Jewe eine Tochter hat.«

Sie schenkte mir einen ihrer prüfenden Blicke, die mich als Kind immer eingeschüchtert hatten.

»Ich habe dir nichts erzählt, weil ich dachte, es wäre nicht wichtig für dich.«

Ich nickte die Information knapp ab und blickte wieder hinaus in den Garten.

»Womit ich anscheinend falsch gelegen habe.«

»Kann schon sein, Mama.«

Sie schüttelte den Kopf, als hätte sie gerade etwas Unerhörtes in Erfahrung gebracht.

»Du bist in ihn verliebt. Nach all den Jahren.«

Es war mehr eine Feststellung als eine Frage.

»Keine Ahnung, was das ist.«

Ich legte den Kopf in den Nacken, starrte in den tiefblauen Sommerhimmel, an dem kleine Wölkchen wie Wattebäuschchen klebten, und stieß einen Seufzer aus.

»Wann ist das bloß so kompliziert geworden?«

»Nun, ich nehme mal an, du hast Jewe freiwillig geküsst. Und vermutlich nicht aus dem Grund, weil dir plötzlich langweilig war.«

Ich wusste, welche Frage als Nächstes kommen würde und beantwortete sie, bevor sie es aussprechen konnte.

»Nein, Mama, Chris weiß nichts von Jewe.« Ich sah sie an. »Das war es doch, was du wissen wolltest.«

Sie erwiderte ruhig meinen Blick.

»Ich mag Chris. Er ist ein netter Kerl. Und er mag dich sehr, soweit ich das beurteilen kann.«

»Ja, er mag mich. Und ich ihn.« Meine Stimme hatte einen ätzenden Unterton. »Aber reicht das? Ich meine, reicht das aus, um die nächsten Jahre oder Jahrzehnte das Leben miteinander zu verbringen? Zu heiraten? Kinder zu kriegen? Das ganze Programm.«

Meine Mutter musste lachen. »Dass du immer gleich so übertreiben musst. Das hast du sicherlich nicht von mir. Dein Vater war auch so ein Cry-Baby.«

Ich sah sie irritiert an. »Cry-Baby?! Also ehrlich, Mama, seit wann benutzt du solche Wörter?«

»Seit ich zwei Enkelkinder habe, die langsam in die Pubertät kommen.«

Und da war er wieder, dieser leicht vorwurfsvolle Ausdruck in ihrem Gesicht.

»Sie fragen übrigens ständig nach dir. Ich glaube, sie würden gerne mehr Zeit mit dir verbringen.«

Mein schlechtes Gewissen setzte augenblicklich ein.

»Ja, ich weiß. Ich habe nur keine Ahnung, was man mit Zwölfjährigen so anstellt. Und ich will nicht ständig Anni und Thies über den Weg laufen.«

»Mit Clara und Jule konntest du noch nie viel anfangen. Deshalb regt dich das mit Jette auch so auf.«

Ich sah sie empört an. »Ich habe überhaupt keine Probleme mit Kindern. Ich mag Kinder.«

»Aber du willst sie nicht ständig um dich haben.«

»Nein. Ich meine, doch. Es ist nur …«

Ich wusste nicht, was es war. Aber es wurde Zeit, eine Entscheidung zu treffen.

»Ich habe mir bislang einfach noch keine Gedanken um Kinder gemacht. Und ich werde es in Zukunft auch nicht tun.«

Ich atmete tief durch.

»Ich werde nämlich meine eigene Tauchbasis aufmachen. In Thailand. Zusammen mit Chris.«

Ich sah, wie ihre Augen groß vor Erstaunen wurden. Und noch bevor sie etwas erwidern konnte, erzählte ich von meinem Telefonat mit Chris.

»So eine Chance bekomme ich nie wieder. Ich reise nächste Woche wieder ab.«

Meine Mutter versuchte erst gar nicht, ihre Enttäuschung zu verbergen.

»Das … das kommt etwas überraschend. Ich dachte, du wolltest den ganzen Sommer über bleiben.«

»Ja, ich weiß. Aber da lagen die Dinge auch noch anders. Ich muss hier endlich weg.«

Meine Mutter stand verletzt auf und begann etwas fahrig den Tisch abzuräumen.

»Natürlich, Liv. Das musst du dann wohl. Und das mit der eigenen Tauchschule freut mich natürlich für dich.«

»Irgendwie habe ich das Gefühl, dass dem nicht so ist, Mama.«

Sie riss sich mühsam zusammen.

»Unsinn, natürlich freue ich mich.«

Sie setzte sich wieder und versuchte ein versöhnliches Lächeln aufzusetzen. Es gelang ihr nur halbwegs.

»Du wirst mir hier fehlen.«

»Dann komm mich besuchen. Im Winter, wenn die Saison vorbei ist.«

Sie lächelte tapfer weiter.

»Das wäre schön. Vielleicht kann ich ja auch Clara und Jule mitbringen? Sie wären bestimmt stolz auf ihre Tante mit eigener Tauchbasis.«

Ich nickte. »Kein Problem.«

»Genügend Zeit hab ich auch. Anni und Thies sind bestimmt froh, wenn ich und die Kinder mal für ein paar Wochen aus dem Weg sind.«

Ich konnte ihr nur zustimmen. »Und sie sind froh, wenn ich endlich weg bin.«

Meine Mutter sah mich mahnend an.

»Ist doch so, Mama. Was Anni betrifft, so habe ich hier nichts mehr verloren.«

»Das darfst du nicht denken.«

»Warum nicht? Es macht mir nichts aus. Wirklich nicht. Das *Sturmnest* ist Annis Ding. Und ich habe jetzt mein eigenes.«

Ich war mir nicht sicher, ob sie mir meinen Optimismus und meine Entschlossenheit tatsächlich abnahm, aber immerhin sagte sie nichts weiter dazu.

Als ich kurze Zeit später die Bettwäsche zum Trocknen in den Garten bringen wollte, lief ich Anneke über den Weg, die wie immer so aussah, als käme sie geradewegs von einem Termin im Beauty-Salon. Ich fragte mich ernsthaft, wie sie das bei all der Arbeit im Hotelbetrieb, der Kinderbetreuung und dem Haushalt hinbekam. Für einen Moment sah ich so etwas wie Misstrauen in ihren Augen aufblitzen. Es war ein Blick, den ich normalerweise nur von Katzen kannte, die auf eine Rivalin trafen und sich bereitmachten, ihr Revier mit Krallen und Zähnen zu verteidigen.

»Keine Panik, Anni. Ich bin gleich wieder weg.« Ich deutete auf die Bettwäsche in meinen Armen. »Ich habe nur kurz die Laken bei Mama oben gewaschen.«

Meine Erklärung schien sie nicht besonders zu interessieren und sie stellte den Einkaufskorb mit frischen Blumen ab, die sie vermutlich gleich perfekt zu kleinen Sträußen arrangiert auf die Tische im Frühstücksraum verteilen würde.

Ich blickte neugierig zur Rezeption. »Thies gar nicht da?«

Sie schüttelte kurz den Kopf.

»Er hat Termine in Kiel.«

Sie sah mich nicht weiter an und tat so, als ob ich gar nicht da wäre. Ich war überrascht, dass mich ihre Ignoranz immer noch verletzen konnte.

»Ich nehme mal an wichtige Termine. Plant er den großen Ausverkauf von Brodershöved?«

»Du kannst dir deine ätzenden Bemerkungen sparen, Liv.«

»Ach, ich bin ätzend?«

»Ja.«

Die Ruhe und die Überlegenheit, die sie ausstrahlte, ärgerten mich mehr, als wenn sie mir Beleidigungen an den Kopf geworfen hätte.

»Und es wäre schön, wenn wir uns wie zwei normale erwachsene Menschen unterhalten könnten.«

Ich stieß ein Lachen aus, das gar kein echtes Lachen war.

»Weißt du, was ätzend ist, Anni? Dass du unsere Mutter auf die Ersatzbank schickst, um hier mit Thies dein Ding durchzuziehen. Ohne Rücksicht auf Verluste. Du weißt, wie viel ihr das *Sturmnest* bedeutet.«

Anneke ließ sich von mir nicht provozieren.

»Diese Diskussion hatten wir schon. Niemand hat Mama vertrieben. Es war ihre Entscheidung.«

»Klar, ihre Entscheidung.«

Mein Lachen klang bitter.

»Was bleibt einem auch anderes übrig, wenn einem finanziell das Wasser bis zum Halse steht? Ihr habt das gnadenlos ausgenutzt.«

Das schien sie doch zu treffen und sie drehte sich mit einem wütenden Blitzen in den Augen zu mir um.

»Ich habe das Hotel jedenfalls nicht heruntergewirtschaftet so wie sie.«

»Dann ist Mama selbst an allem schuld?«

»Ja, sie ist dafür verantwortlich gewesen. Und im Gegensatz zu dir hat sie sich nicht über die Konsequenzen beklagt. Sie hat die Verantwortung dafür übernommen und uns das Geschäft überlassen. Was, nebenbei bemerkt, eine Entscheidung war, die nicht nur für unser Hotel gut war, sondern auch für sie.«

Ich sah sie fassungslos an. Wie konnte man nur so blind sein?

»Glaubst du das wirklich? Glaubst du wirklich, Mama geht es gut damit zu sehen, was Thies aus ihrem Hotel gemacht hat?«

»Was *wir* aus *unserem* Hotel gemacht haben. Warum musst du ständig auf Thies herumhacken?«

»Weil er ein Idiot ist!«

»Alles klar!«

Meine Schwester war offensichtlich anderer Meinung. Sie schnappte sich den Korb mit den Blumen.

»Damit ist die Unterhaltung für mich beendet. Und ich würde mich sehr darüber freuen, wenn du in Zukunft einen großen Bogen um mein Hotel und meinen Mann und meine Kinder machen würdest. Einen sehr großen Bogen.«

Ich lächelte sie zynisch an.

»Oh, das werde ich, Anni. Ich fliege zurück nach Thailand.«

Ich sah für einen kurzen Moment Erstaunen in ihren hellen Augen aufblitzen, aber sie war zu stolz, um zu fragen.

»Ja, Anni. Nächste Woche. Ich halte es nämlich auch keinen Moment länger mit dir aus, und ganz ehrlich, am liebsten würde ich Mama mitnehmen. Hier ist sie nämlich nicht mehr besonders glücklich.«

Ich wusste, dass meine Worte sie verletzen würden. Und genau das war auch meine Absicht.

»Vielleicht schaffe ich es ja, sie zu überreden. Dann muss sie wenigstens nicht dabei zusehen, wie ihr den großen Ausverkauf von Brodershöved startet.«

Damit stürmte ich Richtung Ausgang. Mitsamt der feuchten Wäsche.

»Die häng ich woanders auf.«

Ich war kaum an der Tür, da hörte ich Annekes Stimme, die sich nur mühsam beherrschen konnte.

»Liv!«

Ich drehte mich ein letztes Mal um und sah sie unbeeindruckt an.

»Ich will nur das Beste für das *Sturmnest*, für unseren Ort. Und ganz besonders für Mama.«

Ich glaubte ihr kein Wort.

Anneke fuhr unbeeindruckt fort: »Ich weiß, welche Verantwortung ich damit trage. Kannst du das auch von dir sagen?«

»Ja, Anni. Das kann ich.«

»Okay.« Sie nickte wieder bedächtig und musterte mich so intensiv, dass mir für einen Moment unwohl wurde.

»Du gehst nicht wegen mir zurück, Liv. Du hast ganz andere Gründe.«

Ich sah sie überrascht an.

»Dir geht es nicht um Mama oder unser Hotel. Noch nicht einmal um die Wale oder Brodershöved. Wem willst du hier eigentlich etwas vormachen?«

Sie wartete erst gar nicht ab, ob ich dazu etwas zu sagen hatte und verschwand endlich im Frühstücksraum, um die Blumen zu arrangieren.

Ich stand einen Moment wie betäubt in der Tür, die nasse Wäsche in den Händen, und mir wurde schmerzhaft bewusst, dass Anni mich durchschaut hatte. Ich machte mir etwas vor. Denn der einzige Grund zurück nach Thailand und zu Chris zu gehen war der, mich vor der Verantwortung zu drücken, die es mit sich bringen würde, Klarheit über meine Gefühle für Jewe zu bekommen.

Ich verbrachte den Rest dieses verkorksten Tages allein im Wohnmobil, und Inken schickte mir später von der Nachmittagstour eine ganze Reihe Fotos auf mein Smartphone. Die Wale hatten sich wieder pünktlich am Nachmittag vor den Klippen eingefunden und Jewes Tourgäste erfreut. Fast war es so, als würden sie spüren, wie wichtig es für sie sein würde, mit ihrer Anwesenheit dafür zu sorgen, dass Brodershöved so blieb, wie es war, und keine Marina und kein Luxusferiendorf ihren Lebensraum bedrohte. Auch Elsa, der kleine weiße Schweinswal, war wieder unter ihnen und mir ging das Herz auf, als ich sie erkannte. Auf einigen Fotos war auch Jewe zu erkennen, der mit Bootsmann am Bug des Schiffes stand und Jette auf den Arm genommen hatte, damit sie die Wale besser sehen konnte. Beide machten einen sehr vertrauten Eindruck, und ich war erstaunt, wie gut es zu Jewe passte, Vater zu sein. Davon abgesehen war ich mir ziemlich sicher, dass Inken den Fotoausschnitt extra so gewählt hatte, dass die beiden auf möglichst vielen Fotos zu sehen waren.

Ich hatte heute schon genug ermüdende Diskussionen gehabt und die Aussicht, mit Jewe bei irgendeinem Italiener über uns, über den Kuss und was dieser mit uns gemacht hatte zu sprechen, war mehr, als ich heute noch ertragen konnte. Ich schrieb Inken zurück und bat sie, die Verabredung für mich abzusagen. Ihre Antwort kam prompt.

Vergiss es. Mach es selber.

Ich stöhnte auf, als ich ihre Nachricht las, und schickte ein kurzes *Bitte* hinterher.

Diesmal dauerte es länger, bis sie antwortete. *Okay.* Und noch ein wenig später kam ein *Feigling* hinterher. Womit sie nicht ganz unrecht hatte.

Ich hoffte, ein Strandspaziergang würde mich auf andere Gedanken bringen und wünschte mir nach kurzer Zeit, Bootsmann wäre hier, um mich mit seiner wilden Möwenjagd oder dem Tauchen nach Steinen, die ich für ihn ins Wasser warf, abzulenken. Doch da gab es nichts, und so war ich auch hier mit meinen Gedanken allein.

Ich hatte eine Entscheidung getroffen. Ich würde zurück nach Thailand gehen, um das zu machen, was ich mir immer gewünscht hatte. Ich würde mit einem Mann zusammen sein, der mich, wenn ich meiner Mutter Glauben schenken konnte, liebte. Wir würden gut zusammenpassen, daran gab es keine Zweifel. Einer der Gründe, warum ich es drei Jahre mit Chris ausgehalten hatte, war immerhin, dass wir beide uns so sein lassen konnten, wie wir waren. Wir machten uns keine Vorwürfe, wenn wir Zeit für uns brauchten. Wir hingen nicht wie Kletten aneinander. Doch wir waren füreinander da, wenn es nötig war.

Für eine Beziehung war das eine ziemlich stabile Basis. Jedenfalls stabiler als alles andere, was ich jemals mit einem Mann erlebt hatte. Jewe machte da keine Ausnahme. Das, was mit Chris vor mir liegen würde, versprach unkompliziert und beständig zu werden. Und das war mehr, als die meisten Menschen auf diesem Planeten zu finden hofften.

Hinter mir zauberte die untergehende Sonne lange Schatten auf die Findlinge und die Kieselsteine des Strandes. Es war fast windstill, und die Ostsee plätscherte mit sanften Wellen an den Strand. Und dann sah ich ihre silbernen Rücken in den Wellen aufblitzen, als sie auftauchten, um den nächsten Atemzug zu machen und dann wieder im Meer zu verschwinden. Die Wale zogen ihre Kreise in der Bucht vor Petermanns Klippe und für einen kurzen Augenblick schien die Zeit stillzustehen. Ich beobachtete sie selbstvergessen und in mir machten sich endlich Ruhe und Gelassenheit breit. Ich weiß nicht, wie lange ich dort stand, als sie schließlich in der Dunkelheit verschwanden und ich zurück zum Wohnmobil ging.

Ich würde die Wale vermissen.

KAPITEL 18

Wenn man mit jemandem, den man sehr mag, über die wirklich unangenehmen Dinge des Lebens reden muss und man, bevor man auch nur ein Wort gesagt hat, weiß, dass der andere alles andere als begeistert sein wird, dann ist man unheimlich froh über eine Schar neugieriger Touristen, die einem den letzten Nerv rauben.

Mittlerweile hatte sich herumgesprochen, dass Brodershöved eine neue Sensation bot und Jewe Jaspers mit seiner *Windsbraut* der Mann der Stunde war. Seine Waltouren waren auf Wochen ausgebucht und sein Handy stand kaum noch still, weil ständig neue Anfragen reinkamen.

Allein das wäre ein Grund gewesen, ein schlechtes Gewissen zu haben, denn ich würde ihm mitteilen müssen, dass er sich schnellstmöglich eine neue Mitarbeiterin für den Bordservice suchen müsste, da ich in weniger als zweiundsiebzig Stunden in einem Flieger nach Bangkok sitzen würde und mein Gastspiel in Brodershöved damit beendet wäre.

Ich hatte noch in der Nacht einen Flug gebucht und dann Chris angerufen, um ihm mitzuteilen, dass ich früher als geplant bei ihm sein würde. Seine Jubelschreie hätte man vermutlich bis Australien hören können und er war erleichtert, die Organisation unserer neuen Tauchbasis nicht allein meistern zu müssen. Er versprach, mir einen gebührenden Empfang zu bereiten und eine Strandparty zu organisieren, damit wir mit unseren Kollegen und Freunden meine Rückkehr feiern konnten. Stevie war zwar alles andere als erfreut, dass sie nun zwei ihrer besten Tauchguides verlor, wie Chris mir versicherte, aber sie freute sich auch für uns und das, was vor uns lag. Chris war noch immer so aufgeregt, dass er gar nicht bemerkte, wie einsilbig mein Beitrag zu unserem Gespräch ausfiel. Mir war es recht, auch wenn ich mich unter anderen Umständen über sein mangelndes Interesse beschwert hätte. Ich würde ihm nichts von Jewe erzählen, hatte ich beschlossen, auch wenn es sich nicht ganz richtig anfühlte. Andererseits redete ich mir ein, war es nur ein Kuss gewesen. Ich hatte Chris nicht betrogen und auch gar nicht vorgehabt, es zu tun. Es hätte ihn nur unnötig verletzt und das wollte ich nicht.

Mit Jewe war die Sache etwas komplizierter. Was vermutlich daran lag, dass er leibhaftig vor mir stand, mit vom Wind zerzausten Haaren, seinem Dreitagebart und diesen meergrünen Augen, in denen man sich verlieren konnte.

Im Laufe des Vormittags hatte er zweimal den Versuch unternommen, mit mir über den gestrigen Tag zu sprechen. Seine Augen musterten mich prüfend, als ich ihm versicherte, dass mit meiner Familie alles wieder im Lot sei, bis auf die Tatsache, dass meine Schwester und ich uns hassten. Ich versicherte ihm, dass er eine wirklich süße Tochter habe, zu der ich ihm herzlich gratulierte. Man konnte fast den Stein der Erleichterung von seinem Herzen plumpsen hören, als ich Jette ansprach und so tat, als hätte ich kein Problem damit. Was ja auch stimmte. Sie war entzückend und Jewe konnte stolz auf sie sein.

»Ich hab es dir die ganze Zeit erzählen wollen.« Er nahm sein von der Sonne ausgeblichenes Basecap vom Kopf und rieb sich etwas überfordert den Nacken. »Ich hab irgendwie auf die richtige Gelegenheit warten wollen.«

Ja, klar – *richtige Gelegenheit.* Du bist genau so ein Feigling wie ich, Jewe Jaspers, dachte ich.

»Sie ist wirklich süß. Ich hab gedacht, sie würde heute auch mit rauskommen. Ist sie bei deiner Mutter?«

Jewe nickte.

»Sie ist ganz verrückt nach ihrer Oma. Bei ihr darf sie alles machen, was sie will. Sie sind heute raus zum Ponyhof von Daniels.« Er lächelte etwas schief. »Ponys sind noch angesagter als Wale.«

Ich erinnerte mich daran, dass ich ebenfalls einen nicht ganz unerheblichen Teil meiner Kindheit auf diesem Ponyhof zugebracht hatte.

»Die sind aber auch süß. Und man kann auf ihnen reiten. Und sie streicheln. In dem Alter ist das, glaube ich, wahnsinnig wichtig.«

Wir sahen uns an, und mein Lächeln verschwand, als mir wieder einfiel, was ich ihm sagen musste. Er bemerkte meinen Stimmungsumschwung sofort.

»Ist wirklich alles in Ordnung bei dir?«

Ich nickte. »Alles gut. Es ist nur …«

Warum fiel es mir so schwer?

»Ich werde nicht den Sommer über bleiben.«

Auf seiner Stirn bildete sich augenblicklich eine steile Falte. »Warum nicht?«

»Weil sich in Thailand etwas ergeben hat, womit ich nicht gerechnet habe.« Ich lächelte und hoffte, es sah nicht so gezwungen aus, wie es sich anfühlte. »Ich mache eine eigene Tauchbasis auf.«

Er sagte nichts und starrte mich nur an.

»Zur Hauptsaison im Winter soll alles fertig sein, also ist noch viel zu tun, und ich muss so schnell wie möglich wieder zurück.«

Er sagte noch immer nichts, schaute mich nur fassungslos an.

»Entschuldigen Sie bitte die Störung.« Einer unserer Gäste stand etwas schüchtern im Durchgang zum Steuerstand und deutete in Richtung Wasser. »Aber vielleicht sollten Sie sich das mal anschauen. Da ist etwas im Wasser, direkt am Boot, was irgendwie komisch aussieht.«

Wir rissen uns mühsam zusammen, und ich sah den Herrn freundlich an.

»Ja, natürlich. Wo haben Sie es denn gesehen?«

Ich warf Jewe noch einen kurzen Blick zu und folgte dem Mann raus aufs Deck. Er ging zur Reling, wo bereits andere Tourgäste standen und hinunter ins Wasser schauten. Er sah mich entschuldigend an.

»Vermutlich ist es gar nichts Schlimmes, aber man weiß ja nie.«

Ich beugte mich ebenfalls über die Reling und was ich sah, war nicht nur schlimm, es war sogar sehr schlimm.

»Jewe! Stopp die Maschine! Sofort!«

Jewe streckte beunruhigt den Kopf zum Steuerstand hinaus.

»Geisternetz. Direkt neben uns. Backbord.«

Ich hörte ihn unterdrückt fluchen, und im nächsten Moment stoppte auch schon das Brummen des Dieselmotors. Keine fünf Sekunden später stand er bei mir an der Reling und beugte sich ebenfalls hinunter.

»Hat es sich in der Schraube verfangen?«

»Ich glaube nicht. Jedenfalls noch nicht.«

»So ein verdammter Mist!«

Was alles andere als beruhigend auf unsere Gäste wirkte.

»Was ist denn passiert?«

Ein junger Familienvater, der seinen kleinen Sohn auf dem Arm trug, sah mich sorgenvoll an. »Gibt es Probleme?«

»Nein. Kein Problem.«

Ich versuchte Optimismus zu verbreiten. Auch wenn es nicht angebracht war.

»Wir haben es noch rechtzeitig entdeckt.«

Der Mann beugte sich ebenfalls neugierig über die Reling. »Was ist das überhaupt?«

»Ein Fischernetz. Beziehungsweise das, was davon übrig geblieben ist.«

Jewe hatte sich einen Bootshaken geschnappt und fischte mit einem Ende ein Teil des Netzes aus dem Wasser, um es dann in Richtung Bug, weg von der empfindlichen Schiffsschraube und dem Ruderwerk zu ziehen.

Ich schnappte mir ebenfalls einen Haken und stocherte damit tief über die Reling gebeugt am Heck im Wasser herum.

»Ich glaube nicht, dass es sich schon verfangen hat«, rief ich Jewe zu.

Er nickte mir knapp zu und wir gingen auf die Steuerbordseite, um mit den Haken ebenfalls das Wasser nach dem gefährlichen Netz abzusuchen.

Jewe sah mich mit zusammengekniffenen Augen und gerunzelter Stirn an.

»Ich glaube nicht, dass es frei im Wasser treibt. Es muss sich irgendwo auf Grund verfangen haben. Wir können es so nicht mit der Winde an Bord ziehen.«

Ich nickte knapp. »Wir sollten eine Boje setzen und es markieren. Hauke und ich können versuchen, es am Nachmittag zu bergen.«

»Gut. Keine Ahnung, wo das plötzlich hergekommen ist. Bislang haben wir in der Bucht noch keine Probleme gehabt. Wir müssen es so schnell wie möglich rausholen. Bevor deine Wale kommen.«

»Meine Wale?«

Er versuchte zu lächeln, doch es fiel ziemlich kläglich aus.

»Ja. Deine Wale.« Das Lächeln verschwand, als er den Ernst der Situation offen aussprach.

»Wenn sie in das Netz geraten, sterben sie.«

Mit einem Kopfnicken deutete er auf die Touristen.

»Erklärst du ihnen die Situation?«

Ich nickte. Und hoffte inständig, dass sich keiner beschweren und das Geld zurückverlangen würde.

»Ich versuche, uns hier rauszumanövrieren. Drück die Daumen, dass sich das Scheißding nicht in der Schraube verfängt.«

Während Jewe den Motor startete und sich die *Windsbraut* langsam rückwärts vom Netz, das vorn am Bug scheinbar harmlos im Wasser trieb, entfernte, erklärte ich den Gästen die Situation. Sie waren bemerkenswert einsichtig. Einige hatten schon von solchen Geisternetzen gehört und den Verwüstungen, die sie im Meer anrichten konnten. Niemand beschwerte sich über den plötzlichen Abbruch unserer Fahrt und dass sie ohne Walsichtung wieder heimkehren mussten.

Jewe navigierte uns sicher aus der Gefahrenzone, und als die signalfarbene Boje, mit der ich das Netz im Wasser markiert hatte, nur noch ein kleiner, tanzender Punkt auf den Wellen war, atmete er erleichtert auf.

»Geschafft.«

Ich hatte bereits versucht Hauke zu erreichen, doch bei ihm ging nur die Mailbox ran. Zur Not würde ich auch allein runtergehen und versuchen das Netz zu bergen, hatte ich beschlossen.

»Das kommt überhaupt nicht infrage!« Jewe schien anderer Meinung zu sein. »Erste Regel beim Tauchen: Niemals allein. Das ist viel zu gefährlich.«

»Blödsinn. Ich habe mehr als dreitausend Tauchgänge in meinem Leben absolviert. Und da waren einige darunter, die weitaus gefährlicher waren, als zehn Meter runter in die Ostsee zu tauchen und so ein Geisternetz zu bergen.«

Mein Entschluss stand fest und ich wollte mich nicht davon abbringen lassen.

»Ich werde jedenfalls nicht darauf warten, dass sich ein Wal in diesem Netz verfängt und elendig erstickt.«

Jewe stöhnte genervt auf.

»Mein Gott, Liv. Du hast dich wirklich nicht verändert. Du bist noch genauso dickköpfig wie früher.«

»Ich bin nicht dickköpfig. Ich weiß nur, was das Beste ist.«

»Manchmal ist das Beste aber nicht das Klügste.«

»Ach, da besteht ein Unterschied?« Meine Stimme triefte vor Ironie.

Er merkte, dass er mit seinen Argumenten nicht weiterkam.

»Wir fahren jetzt erst mal nach Freistadt und holen die Ausrüstung. Versuch einfach weiter Hauke zu erreichen, okay?«

Ich nickte knapp. »Okay.«

Jewe fuhr den Motor hoch und setzte zur Wende an, um an der Küste entlang in Richtung Hafen zu fahren.

Noch bevor wir ihn sahen, konnten wir das Aufheulen des hochtourigen Motors hören, das der Wind zu uns herübertrug.

»Na prima.« Jewes Augen nahmen die dunkelgrüne Farbe einer aufgewühlten See im Sturm an. »Der Idiot muss natürlich auch wieder unterwegs sein.«

Ein kleiner schwarzer Punkt, der für seine bescheidene Größe einen gewaltigen Wellenberg vor sich herschob, näherte sich von der Seebrücke aus kommend in atemberaubender Geschwindigkeit. Es war Thies mit seiner *Red Pearl*, der parallel zur Küstenlinie über die Wellen peitschte.

»Was macht er so weit südlich hier?« Ich sah fragend zu Jewe. »Seine Speedboot-Touren macht er doch lieber am Nordstrand. Vor Publikum.«

»Dem geht's mal wieder um was anderes.« Jewe hob vielsagend die Augenbrauen. »Ich gebe es nicht gerne zu, aber zum ersten Mal bin ich froh, dass er da ist. Der Lärm verschreckt die Wale. So kommen sie nicht zu den Klippen.«

Womit Jewe nicht ganz unrecht hatte. Thies wollte mit seiner Aktion unsere Schweinswale davon abhalten, ihre morgendliche Runde in der Bucht zu drehen.

Was er damit sicherlich nicht beabsichtigt hatte war, ihnen damit das Leben zu retten.

Ich sah dem Boot hinterher, das keine zwanzig Meter entfernt neben uns in gegensätzlicher Richtung durch die Wellen bretterte.

»Ich hätte nie gedacht, dass ich dem Blödmann mal dankbar sein würde.«

Am Steuerstand war deutlich Thies zu erkennen, der mit Sonnenbrille und schicker Windjacke das Boot durch die Wellen jagte. Er war allein, was vermuten ließ, dass wir mit unserer Einschätzung richtig lagen. Ihm ging es bei dieser Spritztour allein darum, die Wale zu erschrecken. Und ein bisschen Spaß zu haben.

Mit großer Geschwindigkeit näherte er sich der Stelle, an der wir fast in das Geisternetz geraten wären.

»Jewe?«

Er drehte sich zu mir um und sah mich an.

»Er hält direkt aufs Netz zu. Sieht der Blödmann die Boje denn nicht?«

Thies hatte keine Ahnung, in welche Gefahr er sich begab. Jewe dämmerte ebenfalls, was das zu bedeuten hatte.

»Verdammt! Wir müssen ihn warnen!«

Er schaltete umgehend das Nebelhorn ein. Kurz, lang, kurz, lang ertönte es sehr laut aus dem Lautsprecher über dem Steuerstand. Es war das Warnsignal für *Bleib weg*.

Entweder konnte es Thies nicht hören oder er wollte es nicht hören. Jedenfalls machte er keine Anstalten, seine Geschwindigkeit zu drosseln oder den Kurs zu ändern.

Jewe fluchte unterdrückt. »Wenn er sich bei dem Tempo mit den Motoren im Netz verfängt, legt er eine Bruchlandung hin.«

Ich wusste, was er meinte. Ich hatte auf dem Sinai einmal den Unfall mit einem Speedboot mit ansehen müssen. Das Boot war mit einem Hindernis im Wasser kollidiert und hatte sich wie von einem Katapult angetrieben aus dem Wasser in die Luft erhoben und überschlagen und war auf den Wellen quasi zerschellt. Bei der Geschwindigkeit war es, als würde man mit dem Auto gegen einen Baum fahren. Und die Überlebenschancen bei einem solchen Unfall waren ähnlich gering.

Wir hielten angespannt den Atem an, während das Nebelhorn unermüdlich über unseren Köpfen dröhnte. Ich schloss die Augen, als das Boot die Gefahrenstelle überquerte, ohne an Geschwindigkeit zu verlieren. Jewe stieß erleichtert die Luft aus.

»Okay. Er ist drüber weg. Noch mal Glück gehabt.«

Wir wechselten einen bedeutungsvollen Blick.

»Ich versuche, ihn ans Handy zu bekommen und zu warnen. Auf das Nebelhorn reagiert er ja nicht. Und die Boje muss er doch gesehen haben, der verdammte Blödmann!«

Ich rief seine Nummer auf, die eine meiner Nichten unter »Papa« gespeichert hatte, und hoffte inständig, Thies würde rangehen. Stattdessen sprang die Mailbox an und ich erkannte seine aufgeräumte Stimme, die mich aufforderte, eine Nachricht zu hinterlassen.

»Thies? Hier ist Liv. Du bist gerade an uns vorbeigerauscht. Falls es dir nicht aufgefallen sein sollte, da war eine Gefahrenboje im Wasser und die ist da nicht zum Spaß. Geisternetz. Hängt irgendwo am Grund fest. Du hast Glück gehabt, dass dein Boot sich nicht drin verfangen hat. Also mach gefälligst einen großen Bogen darum, wenn du zurückfährst, okay?! Das ist kein Scherz!«

Ich legte auf und sah zu Jewe.

»Ich hoffe, er hört die Nachricht ab.«

Jewe überlegte fieberhaft.

»Ich weiß nicht. Ich habe kein gutes Gefühl bei der Sache. Wir sollten in der Nähe bleiben.«

Ich wusste, was er meinte. Thies war ein ignoranter Idiot, aber doch bestimmt nicht so blöd, ein weiteres Mal mit seinem Schicksal zu spielen und die Boje einfach zu ignorieren. Wie sich herausstellen sollte, war er es. Ich habe keine Ahnung, ob es daran lag, dass er sich in seinem Flitzer für unverwundbar hielt, oder ob er glaubte, wir wollten ihn mit der Gefahrenboje auf den Arm nehmen. Ich bekam keine Gelegenheit mehr, ihn zu fragen.

Er fuhr erst gar nicht die Küste weiter hinunter, sondern wendete kurz hinter der Bucht in einem weiten Bogen im offenen Gewässer, um dann wieder dicht an uns vorbeizufahren. Wir versuchten ihn zu warnen, riefen, bis uns die Kehlen wehtaten, und fuchtelten wild mit den Armen. Thies dachte vermutlich, wir wollten nur die Wale schützen und gab erst recht richtig Gas. Diesmal hatte er nicht so viel Glück. Er hatte gerade die Stelle über der Boje passiert, als das Boot in voller Geschwindigkeit abrupt abgebremst wurde, weil sich das Netz in den Schrauben der großen Außenbordmotoren verfing und die *Red Pearl* wie ein Spielzeugboot durch die Luft gewirbelt wurde, sich mehrmals überschlug und zwanzig Meter weit von der Stelle entfernt wieder auf die Wasseroberfläche prallte. Das alles passierte in Sekundenschnelle, und wir konnten nur entsetzt Zeugen des Unglücks werden.

KAPITEL 19

Wenn man mit einer Geschwindigkeit von hundertdreißig Stundenkilometern auf eine Wasseroberfläche prallt, ist es, als würde man gegen eine Betonwand fahren. Die vier 350 PS starken Motoren seines Schnellbootes wurden aus der Verankerung gerissen, die Sitze, die zum Glück nicht mit Touristen besetzt waren, ebenfalls. Sie trieben wie Treibgut an der Wasseroberfläche, als wir uns der Unglücksstelle näherten. Wrackteile aus dem Steuerstand dümpelten zwischen den Rettungswesten, die aus einer der Kisten an Bord heraus-geschleudert worden waren. Sie bildeten einen signalroten Teppich auf dem Wasser, auf dem sich bereits ein Benzinfilm breitmachte, der von den aufgerissenen Treibstofftanks des Boots herrührte. Von Thies war nichts zu sehen. Ohne groß zu überlegen, sprang ich ins Wasser.

Ich fand ihn im Bug des kieloben schwimmenden Bootes. Oder das, was davon noch übrig geblieben war. Er war auf sei-nem Sitz hinter dem Steuerstand eingeklemmt, und für einen Moment dachte ich, er wäre unverletzt. Doch sein Kopf hing in einem unnatürlichen Winkel auf seiner rechten Schulter und seine Augen waren weit aufgerissen. Der Aufprall hatte sein Genick gebrochen. Er musste auf der Stelle tot gewesen sein.

Wir blieben an der Unglücksstelle, bis das Rettungsboot der DLRG und die Kollegen der Wasserschutzpolizei eintrafen und Thies aus dem Wrack bargen. Unsere Gäste, die ebenfalls Zeugen des Unglücks geworden waren, saßen bedrückt und still an Deck der *Windsbraut* und beantworteten die Fragen der Polizisten, die ihre Zeugenaussagen aufnahmen.

Thies' Leichnam wurde an Bord des Rettungsbootes gebracht, und es war bereits später Nachmittag, als wir uns auf den Weg zur Seebrücke nach Brodershöved machten.

Das Unglück hatte sich bereits herumgesprochen und die Anlegestelle war voller Menschen. Es herrschte eine bedrückte Stille. Ich erkannte Anneke sofort, die aufrecht, die Arme um den Körper geschlungen und das Haar vom Wind zerzaust an der Anlegestelle der *Red Pearl* stand und uns wie versteinert entgegenblickte. Zwei Polizisten hielten sich im Hintergrund zurück, und Inken, die den Arm tröstend um Annis Schultern gelegt hatte, war an ihrer Seite. Ich war froh, dass die Polizei es übernommen hatte, meine Familie über den Unfall zu informieren. Ich hätte es Anneke nicht sagen können.

Am Ende der Seebrücke erkannte ich einen Leichenwagen und zwei Herren in dunklen Anzügen, die pietätvoll darauf warteten, ihre Arbeit zu verrichten. Es war ein gespenstischer Anblick.

Wir legten an und unsere Gäste verließen bedrückt das Boot. Ich sah zu Anneke hinüber, doch sie schien mich gar nicht zu bemerken. Sie starrte nur mit ausdruckslosem Gesicht auf das Rettungsboot, das an dem Anlegeplatz der *Red Pearl* gerade vertäut wurde.

Als die Trage mit Thies' Leichnam von Bord auf die Seebrücke gehievt wurde, kam Bewegung in Annekes Körper und sie machte sich von Inken los.

»Bitte. Ich will ihn sehen.«

Die beiden Rettungsschwimmer setzten die Trage ab und einer von ihnen schlug das Tuch, das über Thies ausgebreitet worden war, über seinem Kopf behutsam zurück.

Er lag da, als würde er schlafen. Die Augen geschlossen, die Haut unnatürlich weiß, das Haar noch feucht von der Ostsee. Ich war dankbar, dass man seine tödliche Verletzung nicht auf den ersten Blick erkennen konnte. Wenigstens das blieb Anneke erspart. Was allerdings nichts an der Tatsache änderte, dass der Mann, den sie ihr halbes Leben lang geliebt hatte, nun tot war.

»Anni?« Ich berührte sie sanft am Arm und sie blickte mich mit leeren Augen an.

»Es tut mir leid, Anni, so leid.«

Sie sah mich an, als würde sie aus einem schlechten Traum aufwachen und noch einen Moment brauchen, um wieder in der Realität anzukommen. Nur dass dies kein Traum war. Und dann nahm ich sie in den Arm und streichelte sanft über ihr feines helles Haar, das wunderbar nach Blumen duftete, während sie an meiner Schulter einen tonlosen Schrei ausstieß und am ganzen Körper zu zittern anfing. Ich hielt sie fest, während die beiden Herren in den dunklen Anzügen den leblosen Körper ihres Ehemannes in den Leichenwagen schoben und sich die Menge der Schaulustigen langsam aufzulösen begann.

Ich weiß nicht, wie lange wir dort so standen, aneinandergeklammert, hilflos gefangen in der Trauer und dem Schmerz eines Verlustes, den ich mir kaum vorstellen konnte.

Ich blickte schließlich auf, als mich etwas sanft am Arm berührte. Es war Inken, die gemeinsam mit Jewe respektvoll gewartet hatte.

»Kommt. Ich bringe euch heim.«

Ich nickte nur knapp und hielt meine Schwester weiter im Arm, als wir uns langsam von der Seebrücke entfernten.

Obwohl Jewe und Thies nie die besten Freunde gewesen waren, erkannte ich in seinem Gesicht Mitgefühl und Trauer darüber, Teil einer großen Tragödie geworden zu sein. Er sah mich mit einem Blick an, der mir unter die Haut ging.

»Ich bin da, wenn du mich brauchst, Liv. Egal, wann.«

Ich hatte einen Kloß im Hals und musste schwer schlucken.

»Danke.« Es war kaum mehr als ein Krächzen, das aus meiner Kehle kam. »Ich rufe dich nachher an, ja?«

Er nickte erneut und dann beugte er sich zu mir herunter, legte sanft seine große, schwielige Hand an meine Wange und küsste mich sanft auf die Stirn. Es war das Tröstlichste, was ich jemals in meinem Leben erfahren hatte.

Kapitel 20

Wenn uns der Tod begegnet, wenn er unmittelbar und plötzlich auf der Schwelle zur Tür unseres Lebens steht und Einlass fordert, dann geschieht etwas Merkwürdiges mit uns. Statt ihn wie einen Freund zu begrüßen, der zu uns gehört, schlagen wir ihm lieber die Tür vor der Nase zu und verrammeln das Haus.

Er ist wie dieser unerträgliche Onkel auf Familienfeiern, den alle peinlich finden und mit dem niemand etwas zu tun haben will, weil er uns an all unsere Schwächen und Fehler und Unzulänglichkeiten erinnert, an die wir lieber nicht erinnert werden wollen.

Und so laden wir den Tod erst gar nicht ein. Oder wenn nichts anderes mehr hilft, verbannen wir ihn in die hinterste Ecke des Festsaals, da wo sich sonst niemand hinverirrt, und füllen ihn mit Hochprozentigem ab.

Anneke griff zwar nicht zu den schweren alkoholischen Getränken, aber nachdem wir im *Sturmnest* angekommen waren und meine Mutter und die Zwillinge fassungslos und vor Entsetzen stumm am Küchentisch vorfanden, stürzte sie sich in einen Aktionismus, der mich erschreckte.

Für einen kurzen, intensiven Moment nahm sie Jule und Clara in den Arm, um ihnen Trost zu spenden. Dann überließ sie die weitere Trauerarbeit meiner Mutter und kümmerte sich mit einer Beherrschtheit, die etwas Besorgniserregendes hatte, darum, den Hotelbetrieb am Laufen zu halten.

Am Empfangstresen checkte sie die Gäste aus, die bereits seit dem Nachmittag darauf warteten, ihre Rechnung zu begleichen und abzureisen und die aus Respekt vor den Geschehnissen im Haus darauf verzichteten, auch nur den Hauch von Unmut zu zeigen.

Sie instruierte die beiden Putzkräfte, die sich seit meinem Abgang um den Zimmerservice kümmerten, und begann anschließend den Frühstücksraum für den nächsten Morgen herzurichten, den Kamin anzuzünden und draußen die Gartenmöbel, die verteilt auf der Terrasse und im Gras standen, wieder ordentlich aufzustellen. Daneben beantwortete sie am Telefon Fragen nach Reservierungen, machte Ausflüge für ihre Gäste klar und nahm so beherrscht die Beileidsbekundungen derjenigen entgegen, die wussten, wie es um sie stand, dass ich erschauderte. Ich war stumm an ihrer Seite und half, wo ich ihr helfen konnte.

Und ich hatte das Gefühl, keinen lebendigen Menschen vor mir zu haben, sondern eher eine vollautomatische Roboterversion meiner älteren Schwester.

»Am besten, du lässt sie in Ruhe. Jeder geht damit auf seine Weise um.«

Mama sah mich mahnend an, als wir in der Küche standen, die Reste des Abendessens, das wir für die Zwillinge hergerichtet und das sie völlig verstört und geschockt abgelehnt hatten, wieder im Kühlschrank verstauten. Sie nahm einen tiefen Atemzug und schloss einen Moment die Augen.

»Ich muss Smilla anrufen. Sie muss doch auch Bescheid wissen.«

Ich hätte meiner Mutter gern die Last abgenommen. Doch ich war froh, dass ich es nicht tun musste. Egal, wie alt wir werden, wenn es darum geht, sich den schwierigen Dingen im Leben zu stellen, sind wir alle froh, uns in die Arme unserer Eltern zu flüchten und darauf zu warten, dass sie den Schlamassel schon irgendwie richten.

Meine kleine Schwester nahm die Nachricht, wie zu erwarten war, völlig geschockt auf. Sie war irgendwo auf der Nordsee vor Norwegen auf einem Kreuzfahrtschiff unterwegs, um ihre letzten praktischen Erfahrungen auf See zu sammeln, bevor sie im kommenden Jahr den Abschluss ihres Nautikstudiums angehen würde. Sie versprach, so schnell es irgendwie möglich war, heim nach Brodershöved zu kommen.

Irgendwann saß ich allein in der Küche im Schein der schwachen Lampe über der Dunstabzugshaube, und eine gespenstische Stille kehrte ein. Im *Sturmnest* regte sich nichts, obwohl alle Zimmer ausgebucht waren. Unsere Gäste hatten natürlich von dem tragischen Unfall gehört, immerhin war es das Tagesgespräch in Brodershöved. Und da die meisten nicht wussten, wie sie mit der schockierenden Information umgehen sollten, hatten sie beschlossen, sich lieber unsichtbar zu machen. Meine Mutter hatte mit den Zwillingen im Wohnzimmer auf der Couch gesessen, sie tröstend im Arm gehalten und alle drei hatten blind auf den Bildschirm des großen Fernsehers geschaut, auf dem irgendeine Castingshow lief, die meine beiden Nichten sonst liebten. Jetzt schien es, als würden sie gar nicht mitbekommen, was da vor ihren Augen ablief.

Als es gar nichts mehr im Hotel zu tun gab, war Anneke bleich und gefasst in die Wohnung gekommen und hatte ihre Töchter ins Bett gebracht, als ob sie noch Kleinkinder wären und nicht die rebellischen Teenager, die sie heute Morgen beim Aufstehen noch gewesen waren. Sie war bei ihnen im Zimmer geblieben und Stunden nicht mehr herausgekommen. Ich konnte mir kaum vorstellen, was sie und ihre Kinder nun durchmachen mussten, und ich hoffte inständig, dass alle drei einen Weg fanden, es irgendwie zu überstehen.

Meine Mutter war erschöpft nach oben in ihre kleine Einliegerwohnung gegangen, nachdem wir einen kurzen Moment stumm beieinandergesessen hatten, unfähig unser Entsetzen in Worte zu fassen. Es ist erstaunlich, wie sehr uns der Tod eines nahestehenden Menschen sprachlos macht. Jedes Wort, jeder Gedanke, den man laut aussprechen könnte, erscheint angesichts des Todes belanglos.

Die Stille in der Küche wurde erdrückend und ich überlegte, ob ich hoch zu meiner Mutter in die Wohnung gehen sollte, wie sie es mir angeboten hatte. Die Einsamkeit des Wohnmobils auf der Klippe hatte nichts Verlockendes mehr.

Ich hatte Thies nicht besonders gemocht. Ich wusste, dass er mit seinen ehrgeizigen Plänen meiner Familie und auch unserem Dorf keinen Gefallen getan hatte. Und ich wusste, dass seine Fahrt mit dem Speedboot heute Morgen nur dem einen Zweck dienen sollte, dafür zu sorgen, dass die Wale verschwanden und er seinen Willen durchsetzen konnte. Es gab seinem Tod einen weiteren bitteren Beigeschmack.

Ich zuckte erschrocken zusammen, als mein Handy auf dem Küchentisch zu vibrieren begann. Als ich die Nummer erkannte, zögerte ich kurz. Dann ging ich dran, es machte keinen Sinn, das, was nötig war, weiter hinauszuschieben.

»Hi Chris.«

Meine Stimme musste müde und matt klingen, denn Chris reagierte sofort besorgt.

»Hi, was ist los? Du klingst gar nicht gut. Alles in Ordnung bei dir?«

»Nein. Nicht wirklich.«

Einen Moment herrschte Schweigen am anderen Ende der Leitung und nur ein atmosphärisches Rauschen war zu hören.

»Liv? Bist du noch dran?«

»Ja. Bin ich.« Ich rieb mir überfordert die Stirn.

»Was ist los?«

Ich atmete tief durch.

»Liv, rede mit mir, bitte.« Chris' Stimme hatte einen drängenden, beruhigenden Tonfall, der mich immer ein wenig an meine alte Grundschullehrerin erinnerte, die sich nach dem Wohlergehen ihrer Schützlinge erkundigte.

»Es gab einen Unfall, Chris.«

Kurzes Schweigen, dann: »Ist mit dir alles in Ordnung?«

»Ja, mir geht es gut.«

Und dann schilderte ich ihm, was passiert war und dass es unmöglich sei, jetzt Brodershöved und meine Familie zu verlassen. Er hörte es sich ruhig und konzentriert an, stellte mitfühlend die eine oder andere Frage und so langsam kam Klarheit in meine aufgewühlten Gedanken.

»Mach dir um mich und die Tauchschule keine Sorgen, Liv. Wir kriegen das alles ohne dich hin.«

Ich nickte, bis ich begriff, dass er mich ja nicht sehen konnte. »Okay.«

»Möchtest du, dass ich komme?«

Ich zuckte bei seinen Worten zusammen. Was verwunderlich war, denn es war nur eine natürliche Frage.

»Ich … ich weiß nicht, Chris. Ich denke mal, das musst du nicht machen. Ich komme alleine klar. Wirklich.«

»Es ist kein Problem. Ich komme sofort, wenn du das möchtest. Du musst das nicht allein durchstehen.«

»Ich weiß. Aber ich bin ja nicht allein.«

Er schwieg erneut, und ich konnte nicht mit Sicherheit sagen, ob er beunruhigt oder erleichtert über meine Reaktion war.

»Ich weiß noch nicht, wann ich den nächsten Flug buchen kann. Wir müssen jetzt erst mal alles für die Beerdigung klären und so.«

»Natürlich. Nimm dir so viel Zeit, wie du brauchst.«

»Okay.« Ich atmete tief durch. »Ich melde mich dann, ja? Mach's gut.«

Und bevor er noch etwas sagen konnte, beendete ich die Verbindung und legte das Handy zurück auf den Küchentisch.

Dann vergrub ich beschämt das Gesicht in den Händen. Beschämt, weil ich erleichtert war, dass der Ärger mit Thies nun ein Ende hatte. Und weil ich froh darüber war, dass mein Freund Tausende Kilometer von mir entfernt war.

Ich wartete auf Jewe draußen vor dem Wohnmobil im Schein einer kleinen Campinglampe. Und als ich die Scheinwerfer seines alten Jeep Wrangler die kleine Schotterpiste zum Rastplatz hochkriechen sah, machte sich zum ersten Mal an diesem Tag Erleichterung in mir breit.

Er nahm mich einfach in den Arm, hielt mich fest, während ich an seiner Brust hemmungslos weinte. Bootsmann hatte mich außergewöhnlich ruhig begrüßt und sich zu unseren Füßen gelegt, so als würde er spüren, dass etwas sehr Tragisches geschehen war.

»Danke, dass du gekommen bist.« Ich schniefte und sah zu ihm hoch. Seine grünen Augen schimmerten dunkel im fahlen Licht des Mondes, der über der Klippe stand.

»Und tut mir leid, dass ich dich von deiner Tochter weggeholt habe. Sie bekommt dich ja auch nicht so oft zu sehen.«

Er lächelte sanft. »Sie schläft längst. Und außerdem ist meine Mutter noch da. Sie kümmert sich um Jette.«

Ich schniefte erneut, und er reichte mir ein Taschentuch aus seiner Jackentasche. Ich schnäuzte ausgiebig hinein.

»Und die habe ich auch mitgebracht.«
Er hielt eine Flasche Rotwein hoch.
»Manchmal hilft es.«

Ich weiß nicht, wie lange wir unten am Strand saßen. Im flackernden Schein eines Lagerfeuers, das wir aus Treibholz angezündet hatten, und redeten. Über Anni und Thies und den Tod. Wie schwer es sein musste, einen geliebten Menschen so plötzlich zu verlieren. Und wie man das überhaupt überstehen sollte.

»Man macht einfach weiter.« Jewe sah mich über den Schein des Lagerfeuers hinweg an. »Jeden neuen Tag. Und irgendwann tut es nicht mehr ganz so schlimm weh.«

»Dann ist es irgendwann vorbei? Und der Schmerz ist weg?«

Er schüttelte den Kopf. »Nein, vermutlich nicht. Vermutlich wird er nur ein Teil von dir, mit dem du zu leben lernst.«

Ich dachte über das nach, was er sagte, und starrte in die Flammen, während ich Bootsmann an meiner Seite den Kopf kraulte.

»Hast du oft an unseren Sommer gedacht, Jewe? An das, was wir zusammen erlebt haben?«

Ich sah zu ihm auf und er erwiderte meinen Blick ruhig.

»Ja. Sehr oft sogar.«

Ich schluckte und senkte beschämt den Blick.

»Ich habe versucht, nie wieder daran zu denken. Ist mir ziemlich gut gelungen. Bis ich dich auf der Seebrücke getroffen habe.« Ich schenkte ihm ein schiefes Lächeln. »Und deinen verrückten Hund.«

»Es ist okay. Mach dir deswegen keine Sorgen.«

Seine Augen waren voller Liebe, und ich hatte einen Kloß im Hals. Und statt einer Antwort stand ich auf, ging ums Lagerfeuer herum und nahm seine Hand.

»Komm.«

Er ließ sich widerstandslos von mir auf die Füße ziehen.

Einen Augenblick standen wir uns ganz nah gegenüber, sahen uns in die Augen, sagten kein Wort. Ich legte meine Hand in seinen Nacken und zog sanft seinen Kopf zu mir herunter. Er ließ es geschehen. Und dann küssten wir uns. Erneut.

Der Kuss war anders. Behutsam und intensiv. Wir kosteten einander, so wie man einen guten Wein kostete. Erkundeten jede feine Nuance des anderen, nahmen ihn auf und ein warmes Gefühl breitete sich in meinem Inneren aus, als würde die Hitze eines Feuers langsam und beständig einen eiskalten Raum mit Wärme fluten.

In dieser Nacht schliefen wir miteinander, oben auf der Klippe in dem kleinen Bett des Wohnmobils. Wurden überwältigt von dem Begehren, in dem anderen aufzugehen und unsere nackten Körper aufeinander zu spüren, bis es nichts anderes mehr gab, als das Rauschen des Blutes in unseren Ohren und das Stöhnen unseres Atems. Es war so vertraut und bekannt wie das Nachhausekommen nach einer langen Zeit auf der Unendlichkeit des Ozeans.

Ich sagte nicht viel. Ich musste nichts sagen. Wir verstanden uns wortlos.

Als der Morgen dämmerte und die Sonne die Ostsee und den Himmel in ein glühendes Meer aus Orange verwandelte, zog sich Jewe an. Ich beobachtete ihn müde und mit einer Zufriedenheit, wie ich sie lange nicht mehr gespürt hatte. Ich sah, wie er in seine Jeans stieg und das T-Shirt mit dem Logo der *Windsbraut* über den Kopf zog. Nach einem Augenblick kam er zu mir und schenkte mir ein liebevolles Lächeln und einen Kuss.

»Du weißt, dass ich lieber noch bleiben würde?«

Ich nickte. »Geh, bevor Jette oder deine Mutter wach sind.«

»Ich ruf dich später an, okay?«

»Ja.«

Er gab mir noch einen Kuss und scheuchte dann Bootsmann auf, der auf der kleinen Sitzbank im Wohnraum des Campers geschlafen hatte. Ich lag noch eine ganze Weile bewegungslos im Bett, starrte an die Decke des Wohnmobils, auf die die aufgehende Sonne zauberhafte Muster zeichnete, und war glücklich.

Chris hatte ich mit keinem Wort erwähnt.

KAPITEL 21

Mein Vater, der immer irgendeinen klugen Spruch parat hatte, hat mir mal gesagt, dass nur die Liebe und der Tod alle Dinge ändern. Da war ich zehn Jahre alt und maßlos enttäuscht, dass die kleine Meerjungfrau in Wirklichkeit gar nicht ihren Prinzen bekommen hat, sondern für ihre Liebe gestorben war. Mein Vater mochte nämlich keine Disney-Filme und war der Meinung, ich wäre mit der Originalversion viel besser dran. Weshalb er mir eine Schmuckausgabe der Märchen von Hans Christian Andersen schenkte. Zu Weihnachten. Es wurden sehr deprimierende Weihnachten. Nicht nur für mich.

Mit dem Abstand von zwanzig Jahren muss ich allerdings gestehen, mein Vater hatte recht.

Der Tag, an dem Thies mit seinem Speedboot tödlich auf der Ostsee verunglückte, weil er mir und Jewe und all den anderen Brodershövedern, die gegen seine Marina waren, eins auswischen wollte, änderte alles.

Es fing damit an, dass ich Anneke einen Tag nach dem Trauergottesdienst in der kleinen Backsteinkirche von Brodershöved mitten in der Nacht im schwachen Licht der Dunstabzugshaube am Küchentisch vorfand. Ein Stapel Papiere lag auf dem Tisch verstreut und sie starrte mit rot geweinten Augen, unter denen sich dunkle Ringe abzeichneten, auf irgendeinen imaginären Fleck in der Luft. Sie reagierte nicht, als ich in die Küche kam, so wie sie auch nichts dazu gesagt hatte, dass ich nun bei unserer Mutter oben in der Einliegerwohnung schlief. Genauso wie meine kleine Schwester Smilla, die es am Morgen des Trauergottesdienstes gerade noch rechtzeitig geschafft hatte, von ihrem Kreuzfahrtschiff zu uns zu kommen. Wir hatten uns nur knapp begrüßt und nicht wirklich viel miteinander geredet. Smilla stand wie wir alle unter Schock. Aber sie hatte auch einen wirklich guten Draht zu den Zwillingen und konnte sie auf eine Art und Weise trösten, die mir völlig fremd war. Ich war froh und dankbar, dass sie da war.

Anneke hatte den ganzen Tag neben sich gestanden und kaum mitbekommen, dass unsere kleine Schwester angekommen war, genauso wenig, wie sie wohl mitbekam, dass ich nun in ihrer Küche stand.

»Anni? Möchtest du einen Tee? Soll ich dir einen machen?«

Sie schaute noch nicht einmal auf. Von einer Antwort ganz zu schweigen. Also schaltete ich den Wasserkessel an, holte zwei Tassen aus dem Schrank und wählte einen Kräutertee aus der Sammlung von Teebeuteln, die säuberlich sortiert in einem Kasten mit Glasdeckel auf der Anrichte standen. Ich nahm es Anni nicht übel, dass sie nicht auf mich reagierte. Vermutlich würde jede Ehefrau am Tag der Trauerfeier für ihren verstorbenen Mann neben sich stehen. Ich füllte die Tassen mit dem heißen Wasser auf, stellte sie vor Anni auf den Tisch und setzte mich zu ihr.

»Ich finde, es war eine sehr schöne Trauerfeier.«

Keine Reaktion.

»Es waren alle da, Anni. Das ganze Dorf.« Ich legte meine Hand auf ihre, die regungslos auf der Tischplatte lag und sich eiskalt anfühlte. »Sogar Smilla hat es geschafft. Du bist nicht allein. Und die Kinder auch nicht. Alle sind für euch da. Das weißt du, oder?«

Ich vermied es zu sagen, dass ich für sie da sei. Zum einen hätte sie es mir vermutlich nicht abgenommen. Zum anderen hätte ich es mir selbst auch nicht abgenommen. Sie hob den Blick und ihre hellen Augen waren erfüllt mit Entsetzen und Schmerz, und für einen Augenblick dachte ich, sie würde mir wieder erklären, wie verantwortungslos und egoistisch ich war, und dass ich mir meine scheinheiligen Sprüche lieber sparen sollte. Doch sie sagte nichts. Sah mich einfach nur starr vor Kummer an.

»Anni?«

Ich fing ernsthaft an, mir Sorgen zu machen. Das machte ich mir zwar schon die ganze Zeit. Aber in diesem Augenblick nahmen diese Sorgen gigantische Züge an.

»Komm schon, sag was.«

Ich hörte, wie sie mühsam schluckte und ihr Blick von mir fahrig über die Papiere wanderte, die auf dem Küchentisch lagen.

»Thies hat ... er ...«

Ihre Stimme klang dünn und brüchig und hatte diesen festen, leicht arroganten Unterton, mit dem sie sonst ihre Mitmenschen nervte, komplett verloren.

»Das kann er ... mir nicht antun.«

Ich verstand nicht, was sie meinte. Vielleicht war es der Schock, der langsam nachließ und sie erkennen ließ, was unwiederbringlich verloren war. Ich hatte mal irgendwo gelesen, dass es verschiedene Phasen der Trauer gab und irgendwann sollte einen wohl die Wut auf den Verstorbenen überkommen, einen einfach so verlassen zu haben. Vielleicht kam meine Schwester ja gerade in diese Phase.

Anni hielt die Papiere hoch, als wären sie kostbare Überbleibsel aus einer längst vergangenen Zeit. Sie räusperte sich mühsam.

»Ich habe alles durchgesehen. Und geprüft. Aber das kann nicht stimmen.«

Aus Annis Stimme klang völliges Unverständnis.

Ich riskierte einen Blick auf die Unterlagen. Es waren Schreiben von der Bank, Kontoauszüge, irgendwelche Briefe mit komplizierten Logos irgendwelcher Kanzleien, von denen ich noch nie etwas gehört hatte. Sie endeten alle auf *Inc.* oder *Ltd.* und hatten ihren Firmensitz ganz offensichtlich nicht in Schleswig-Holstein.

Ich sah irritiert zu meiner Schwester, deren Entsetzen etwas mit den Papieren zu tun haben musste. Sie war nach der Trauerfeier direkt im Büro verschwunden, und ich hatte durch die angelehnte Tür gesehen, wie sie stapelweise Aktenordner und Papiere aus den Schränken auf dem Boden verteilt hatte, während Smilla und meine Mutter sich um die Zwillinge kümmerten. Sie hatte uns nicht verraten, was sie da tat, und wir ließen sie gewähren.

»Was ist damit, Anni?«

Behutsam versuchte ich herauszufinden, was sie so in Angst und Schrecken versetzte.

»Gibt es ein Problem mit den Unterlagen?«

»Problem?!« Ihr trockenes Lachen klang furchtbar und unpassend. »Problem?!«

Ich legte ihr behutsam die Hand auf den Arm, doch sie wischte sie mit einer Geste weg und sprang so unvermutet auf, dass ich vor Schreck zusammenfuhr.

»Es ist alles weg! Alles!«

»Anni.« Ich versuchte meine Stimme ruhig klingen zu lassen, obwohl ich alles andere als ruhig war. »So langsam machst du mir Angst.«

Das war zwar die Untertreibung des Jahres, aber egal. Ich ging davon aus, dass es meiner Schwester in ihrem momentanen Zustand nicht helfen würde, wenn ich ihr mitteilte, dass sie auf mich den Eindruck einer Geistesgestörten machte.

Sie begann, fahrig in der Küche auf und ab zu gehen. Eine Hand auf dem Rücken abgestützt, so als müsste sie verhindern, dass er durchbrach. Mit der anderen Hand fuhr sie sich durch ihre sonst so sorgfältig frisierten Haare.

»Was soll ich jetzt machen, Liv? Wie soll es jetzt weitergehen? Ich habe keine Ahnung, was ich machen soll.«

Sie sah mich aus angsterfüllten Augen an. Ich starrte angsterfüllt zurück, denn so hatte ich meine Schwester in den dreißig Jahren, in denen wir uns kannten, noch nicht erlebt.

Und dann brach es aus ihr heraus.

»So eine verdammte Scheiße!«

Und sie fegte mit einer zornerfüllten Geste die Papiere und die Tassen vom Küchentisch, die auf den sorgsam gepflegten Blausteinkacheln des Bodens zersprangen.

»Wie konnte Thies mir das antun!«

Was genau er getan hatte, erfuhr ich in den nächsten Stunden, als meine Schwester ihren Zorn wieder unter Kontrolle hatte und sie mir mit tränenerstickter Stimme berichtete, was sie herausgefunden hatte. Ich verstand zwar so gut wie nichts von Betriebswirtschaft oder Anlagestrategien oder sonstigen komplizierten Finanzgeflechten, aber selbst mir wurde klar, dass Thies sich hoffnungslos verzockt hatte.

Er hatte das Betriebsvermögen unseres Hotels eingesetzt, um sich immer mehr Geld von höchst zweifelhaften ausländischen Banken zu leihen, um mit diesem Geld wiederum höchst zweifelhafte Finanzmarktprodukte zu kaufen, mit denen man in rekordverdächtig kurzer Zeit rekordverdächtig hohe Renditen einfahren sollte. Wenn es gut lief. Wenn nicht, verlor man alles. Es war pures Glückspiel. Wie ein Besuch im Casino, bei dem man den Inhalt von Omas Sparstrumpf beim Roulette auf Rot oder Schwarz setzte und dann die Daumen drückte, dass schon alles gut werden würde.

Es musste eine ganze Weile lang gut gelaufen sein für Thies. Wenn er bei seinen riskanten Spekulationsgeschäften Geld verlor, lieh er sich an anderer Stelle wieder etwas hinzu, um weiterzuzocken und wieder Gewinn einzufahren. Doch irgendwann verlor er einfach zu oft. Die Verbindlichkeiten, die sich über die Jahre aufgebaut hatten, überstiegen mittlerweile den tatsächlichen Wert unseres Familienbetriebs und des Grundstücks, das unsere Familie seit Generationen besaß, bei Weitem. Ohne dass es jemand außer ihm ahnte, gehörte all das schon lange den Banken, und Thies hatte den Kollaps seiner undurchsichtigen Börsengeschäfte nur dadurch vermieden, dass er die anfallenden Zinsen für seine Schulden einfach mit neuen Schulden bezahlte. Ein Schneeballsystem, das irgendwann zusammenbrechen musste. Und mir wurde klar, warum er so darauf bestanden hatte, diese Marina und den Ferienhauspark zu bauen. Es war der Strohhalm, an den er sich klammern musste, um nicht völlig unterzugehen.

»Du hast von all dem nichts mitbekommen?«

Ich sah Anneke fassungslos an. Immerhin war sie ausgebildete Hotelfachangestellte und hatte die Buchhaltung des *Sturmnest* gemacht, soweit ich es wusste.

Sie schüttelte den Kopf.

»Er hat das alles hinter meinem Rücken gemacht. Hat schwarze Kassen eingerichtet, Konten bei ausländischen Banken eröffnet. Das lief doch nicht über die Kreissparkasse.«

Ich nickte eilig. »Verstehe. Schon klar.« Auch wenn ich nur die Hälfte von dem, was sie erzählte, wirklich verstand.

»Und was passiert jetzt?«

285

Anneke vergrub den Kopf in den Händen, und ich sah, wie sich ihre Schultern in einem tiefen, erschöpften Atemzug hoben. Ich ahnte, was das bedeutete.

»Es muss doch eine Möglichkeit geben, die Schulden abzustottern. Ich meine, die Zinsen sind so niedrig, da muss man doch was machen können.«

Anneke lachte bitter auf.

»Wir reden hier nicht über ein paar hunderttausend Euro, Liv.«

Anneke hob den Blick und sah mich aus schreckgeweiteten Augen an.

»Das sind Millionen. Die Kredite könnten wir in hundert Jahren nicht abbezahlen. Wir können noch nicht einmal die Zinsen bezahlen, die fällig sind.«

Ich sah, wie eine Träne langsam über ihre Wange lief.

»Wir sind pleite. Alles ist weg.«

Ich starrte sie an. Unfähig, etwas zu sagen. Was hätte ich auch sagen sollen? Dass schon alles nicht so schlimm ist? Dass wir das irgendwie hinbekommen? Nur nicht aufgeben?

Dafür war es längst zu spät. Thies hatte nicht nur sich und sein ultrateures Boot in den Abgrund gesteuert. Mit seinem Tod hatte er auch die gesamte Familie in einen Albtraum gestürzt.

Ich nahm Anneke in den Arm. Sie klammerte sich an mich wie an einen Rettungsanker und weinte hemmungslos an meiner Schulter.

»Was soll ich jetzt machen, Liv?« Ihre Stimme war nicht mehr als ein Flüstern an meinem Ohr. »Was soll ich nur machen?«

Ich hielt sie fest, strich behutsam über ihren Rücken.

»Schschsch … ich weiß es nicht …« Meine Stimme war ebenfalls nicht mehr als ein Flüstern. »… schschsch … ich weiß es auch nicht …«

»Was macht ihr denn mitten in der Nacht so einen Krach? Könnt ihr euch nicht morgen früh streiten?«

Verschlafen und mit zerzaustem rotblondem Haar stand meine kleine Schwester in der Tür zur Küche und sah irritiert auf das Chaos, das Anni mit ihrem Wutausbruch angerichtet hatte. Ihre grünen Augen wurden ganz schmal, als sie versuchte herauszufinden, was hier los war.

»Oder wie normale Menschen unterhalten? Muss das immer im Chaos enden? Das geht mir so was von auf den Keks!«

Sie kam näher und hob dabei die Scherben auf, die sich in der ganzen Küche verteilt hatten.

Ich hörte Anni an meiner Schulter schniefen.

»Wir haben uns nicht gestritten.« Ihre Stimme war matt.

»Es ist meine Schuld.«

»Aha …« Smilla warf mir einen skeptischen Blick zu. Sie schien nicht von meiner Unschuld überzeugt zu sein.

»Ist Mama auch aufgewacht? Oder die Zwillinge?«

Ich sah sie fragend an. Smilla schüttelte den Kopf, und ich atmete erleichtert auf.

»Gut. Dann setz dich. Wir haben einiges zu besprechen.«

Ich deutete auf einen Stuhl. Smilla runzelte erneut missbilligend die Stirn.

»Es ist vier Uhr morgens. Und ich brauche dringend noch ein paar Stunden Schlaf.«

Ich sah sie nur auffordernd an und sie setzte sich schließlich mit einem großen Seufzer der Missbilligung zu uns an den Tisch.

»Hoffentlich ist es wichtig. Aber ihr macht ja aus allem ein Drama.«

Sie sah auffordernd zu Anneke, die den Blick gesenkt hatte, und aus der jede Energie gewichen war.

»Also, was gibt's?«

287

Es machte keinen Sinn, um den heißen Brei herumzureden. Oder irgendetwas zu beschönigen, wo es nichts mehr zu beschönigen gab.

»Wir sind am Arsch, Smilla. Das ist los. Und zwar so was von.«

Sie lehnte sich auf ihrem Küchenstuhl zurück und sah mich aus großen Augen an.

»Na, du bist ja drauf.«

Wir hielten Kriegsrat, bis die ersten Strahlen der Morgensonne durch das Fenster schienen und ein glitzerndes Muster auf den Fliesenboden unter unseren Füßen warfen. Smilla war geschockt. Alles andere wäre auch verwunderlich gewesen. Allerdings erwies sie sich auch als überaus pragmatisch und bot Anneke und den Zwillingen sofort ihre kleine Wohnung in Kiel an, falls sie etwas für den Übergang zum Wohnen bräuchten. Sie würde schließlich die nächsten sechs Monate auf See verbringen, und bevor ihre Schwester obdachlos werden würde, wäre das sicherlich eine Notlösung.

Die kleine Einliegerwohnung in der Pension gehörte meiner Mutter und fiel aus dem Betriebsvermögen heraus, das die Banken und andere Gläubiger pfänden oder zwangsversteigern lassen würden. Ein kleiner Teil unseres Familienbesitzes blieb also noch in unseren Händen. Was auch passieren würde, meine Mutter hätte immer noch ein Dach über dem Kopf.

Wir beschlossen, ihr die Lage der Dinge so schnell es ging zu erklären. Es machte keinen Sinn, das Unausweichliche noch hinauszuzögern. Zumal meine Mutter mit der Zuverlässigkeit eines Spürhundes mitkriegen würde, dass bei ihren Töchtern etwas im Argen lag, wenn sie auch nur eine von uns zu Gesicht bekäme. Anneke, Smilla und ich hatten zwar nicht viel gemeinsam, aber eines schon – unsere Gefühle konnten wir vor denen, die uns nahestanden, nie gut verbergen.

Mama nahm die Nachrichten mit versteinerter Miene auf. Nur daran, dass die Sommerfrische aus ihrem Gesicht verschwand und Platz machte für etwas, was man als aschfahl beschreiben konnte, war ihr anzusehen, welch ein Schock die Nachricht für sie sein musste.

Was Anneke erneut in Tränen ausbrechen ließ.

»Es tut mir leid, Mama. Wenn ich etwas geahnt hätte …«

Meine Mutter nahm sie in den Arm und tröstete sie wie ein kleines Kind.

»Ist doch gut, Liebes. Es ist nicht deine Schuld. Niemand hat schuld.«

Smilla und ich warfen uns über den Küchentisch einen Blick zu und es war klar, was wir beide dachten. Uns würde schon jemand einfallen, dem man den ganzen Schlamassel, in dem wir steckten, ankreiden konnte.

»Aber Thies …« Annekes Stimme versagte.

Mama schüttelte nur leicht den Kopf und strich ihr über die Haare.

»Thies hat immer nur gewollt, dass es dir und den Kindern gutgeht, Anni. Er hat dich geliebt. Und die Kinder auch. Ich bin mir sicher, er hat es für euch getan. Auch wenn es ein sehr, sehr dummer und großer Fehler gewesen ist.«

So konnte man das Ganze natürlich auch sehen. Allerdings war ich der Meinung, dass Thies zudem ein ziemlicher Idiot gewesen sein musste, sich auf solch riskante Spekulationen einzulassen. Oder einfach nur gierig.

Ich sah mitleidig auf meine große Schwester, die völlig aufgelöst in den Armen meiner Mutter lag und kaum zu trösten war.

Anni, die Starke, die Bilderbuch-Ehefrau und Mutter, die immer alles richtig machte, die perfekt Kinder und Beruf managte. Zu der ich immer aufgesehen hatte, so lange ich denken konnte. Und neben der ich mir immer etwas verloren vorkam. Plötzlich schämte ich mich für all das Gemeine und Böse, das ich ihr an den Kopf geworfen hatte. Oder was ich über Thies gedacht hatte. Meine Mutter hatte recht, selbst Thies hatte nur versucht, alles richtig zu machen. Seine kleine heile Welt und die Sicherheit und den Wohlstand, den er gemeinsam mit Anneke für sich und die Kinder aufgebaut hatte, zu bewahren. Das war mehr, als ich bis jetzt in meinem Leben zustande gebracht hatte.

»Glaubst du, das kommt alles wieder ins Lot?«

Ich sah meine Mutter von der Seite an, die am Strand stand und nachdenklich aufs Wasser blickte.

Wir hatten Anneke und Smilla im Haus gelassen und waren an die Klippen gegangen, um etwas frische Luft zu schnappen und den Kopf frei zu bekommen. Mama hatte eine Liste der Dinge aufgestellt, die nun am dringendsten zu erledigen waren. Dazu gehörten Termine mit der Bank, unserem Anwalt, der seit Ewigkeiten sämtliche rechtlichen Dinge der Larsens klärte, und einer Schuldnerberatung. So wie die Dinge lagen, musste Anneke Privatinsolvenz anmelden, wenn sie nicht den Rest ihres Lebens die Schulden ihres Mannes abzahlen wollte.

Meine Mutter drehte den Kopf und schenkte mir ein sanftes Lächeln.

»Irgendwie kommt doch immer alles wieder ins Lot, Liv.«

Ich schnaubte kurz auf, um deutlich zu machen, dass ich anderer Meinung war.

»Das ist eine sehr optimistische Sicht der Dinge. Hat sich Thies wohl auch gedacht, als er den Karren immer weiter in den Dreck gefahren hat.«

»Thies ist tot. Das ist schlimm genug. Für alle.«

Ich merkte, wie mir die Röte ins Gesicht stieg vor Scham.

»Wir sollten nicht schlecht über Tote denken. Er hat nur versucht, sein Bestes zu geben. Wie wir alle.«

»Tut mir leid, Mama. So hab ich das auch nicht gemeint.«

»Wie hast du es denn dann gemeint?«

Ich atmete tief durch. »Warum hat er nicht alles so gelassen, wie es war? Warum musste er diese größenwahnsinnigen Pläne haben und immer mehr Kohle ranscheffeln wollen. Es lief doch gut mit dem umgebauten Hotel.«

»Vermutlich, weil es in der Natur der Sache liegt.«

Meine Mutter zuckte mit den Schultern.

»Warum bist du fort aus Brodershöved, Liv?«

Ich sah sie gekränkt an.

»Was haben Thies' bekloppte Börsendeals denn jetzt mit mir zu tun?«

»Weil wir eben tun, was wir tun müssen. Was wir tun wollen. Weil wir glauben, es sei das Richtige.«

»Kann schon sein. Aber mein innerster Antrieb ist es jedenfalls nicht, alle anderen mit in die Scheiße zu reiten, wenn du mich fragst.«

Sie sah mich strafend an.

»Sorry, Mama, aber so ist es doch. Thies war total egoistisch. Er hat Anni nach Strich und Faden hintergangen.«

»Und du bist die ganze Zeit ehrlich?«

Meine Mutter hatte einen anklagenden Unterton, der mir gar nicht gefiel.

»Was willst du mir damit sagen?«

»Ich will damit sagen, Liv, dass du hier eine Affäre mit Jewe beginnst, während Chris in Thailand darauf wartet, mit dir zusammen ein gemeinsames Leben aufzubauen.«

»Das ist was komplett anderes!«

Meine Mutter hielt meinem Blick ruhig stand.

»Ist es das?«

»Und was heißt überhaupt Affäre? Jewe und ich ... wir ... das geht niemanden etwas an.«

Ich schwieg sauer und stapfte ein paar Schritte am Strand entlang, um dem prüfenden Blick meiner Mutter auszuweichen. Meine Mutter folgte mir langsam. In mir begann es zu brodeln. Wie konnte meine Mutter sich anmaßen, mir vorzuwerfen, ich sei genauso verlogen wie Thies. Wütend blieb ich stehen und drehte mich zu ihr um.

»Weißt du was, Mama? Genau aus dem Grund bin ich hier weggegangen.«

Sie sah mich irritiert an.

»Weil du und Anneke, ihr habt immer alles besser gewusst. Weil ich mir immer so blöd und so unvollkommen und unfähig vorgekommen bin neben euch. Ihr habt immer alles hinbekommen. Auf alles eine Antwort gewusst. Und wenn man anderer Meinung war, dann wurde man belächelt. Oder ignoriert.«

»Das stimmt nicht, Liv.«

»Dann frag mal Papa. Dem ging es nämlich genauso. Oder warum glaubst du, ist er damals abgehauen?«

Für einen Augenblick dachte ich, meine Mutter würde mir eine Ohrfeige verpassen, so offensichtlich war die Verletzung aus ihrem Gesicht abzulesen, die meine Worte verursacht haben mussten. Wir starrten uns wortlos an, unfähig noch etwas zu sagen. Ich wandte mich schließlich ab und eilte hoch zur Klippe. Es war das, was ich am besten konnte – die Flucht ergreifen, wenn es kritisch wurde.

Jewe wartete auf mich am Wohnmobil, als ich von meinem Strandspaziergang zurückkam. Er sah mich besorgt an.

»Ich habe schon gehört, was los ist. So was spricht sich in Brodershöved schnell rum. Wie geht's Anni?«

Ich atmete tief durch. »Wie soll es ihr schon gehen? Im Augenblick schwankt sie zwischen *Ich stürze mich von der Klippe* und *Ich suche mir eine einsame Insel am Ende der Welt.*«

»Wenn ich euch irgendwie helfen kann …«

Ich lachte bitter auf. »Hast du zufällig zehn Millionen auf dem Konto? Nein? Dann, fürchte ich, kannst du uns nicht helfen.«

Meine Worte klangen bitterer, als ich es beabsichtigt hatte.

»Sorry. Ich habe mich nur gerade mit meiner Mutter gestritten.«

Ich sah ihn entschuldigend an. Er sagte nichts, nahm mich nur in den Arm und es war gut, von ihm gehalten zu werden.

»War alles irgendwie ein bisschen viel in letzter Zeit.«

So standen wir einen Augenblick und ich wusste, dass es Zeit wurde, Jewe die ganze Wahrheit über mich und Chris und meine Zukunftspläne zu erzählen.

Er unterbrach mich nicht, als ich von der Tauchbasis berichtete, davon, wie ich Chris kennengelernt hatte und wir ein Paar wurden. Er hörte mir stumm und ernst zu. Als ich geendet hatte, sah ich ihn mit schlechtem Gewissen an.

»Ich hätte dir von Chris erzählen sollen, bevor …«

Er atmete tief durch und sah dann hinaus aufs Wasser.

»Nein, ist schon in Ordnung. Ich habe es gewusst.«

Ich sah überrascht auf.

»Warum hast du nichts gesagt?«

»Hätte es einen Unterschied gemacht? Du wirst wieder fortgehen. Dich hat niemals irgendetwas aufgehalten, das zu tun, was du tun wolltest. «

Seine Brust hob sich in einem tiefen Atemzug.

»Du weißt, was du mir bedeutest, Liv. Und ich würde alles tun, damit wir zusammen sein können. Aber mein Platz ist hier in Brodershöved.«

Er drehte sich endlich um zu mir und sah mir in die Augen.

»Dein Platz ist da draußen, Liv. In der großen weiten Welt. Und ich kann dich nicht aufhalten. Das konnte ich noch nie. Manchmal muss man das loslassen, was man liebt. Weil man es liebt.«

Er beugte sich vor und gab mir einen Kuss. »Leb wohl.«

Und dann ging er.

Ich blickte ihm lange hinterher. Und während ich sah, wie seine schlanke Silhouette mit den breiten Schultern, an denen man sich anlehnen und geborgen fühlen konnte, auf der Holztreppe zu Petermanns Klippe verschwand, wurde mir klar, dass es Zeit war, eine Entscheidung zu treffen.

KAPITEL 22

Ich verabschiedete mich erst gar nicht von meiner Familie, sondern buchte noch in der Nacht den erstbesten Flug nach Bangkok. Inken fuhr mich am nächsten Morgen in aller Herrgottsfrühe nach Hamburg zum Flughafen. Ich hatte ihr zwar versichert, dass ich auch den Zug nehmen könne, aber sie wollte es sich nicht nehmen lassen, mich persönlich zu verabschieden. Wir redeten nicht viel auf der Fahrt. Es war ihr auch so anzumerken, dass sie alles andere als begeistert über meine Abreise war. Am Gate wartete sie vor der Sicherheitskontrolle mit mir, und als es Zeit wurde Abschied zu nehmen, nahm sie mich fest in den Arm.

»Ich werde dich vermissen, Liv.«

»Ich dich auch.« Ich gab ihr einen Kuss auf die Wange. »Danke für alles.«

Sie hielt mich noch einen Augenblick fest und sah mir prüfend in die Augen.

»Ist es wirklich das, was du willst?«

Ich nickte entschlossen.

»Wir sehen uns.«

Dann drehte ich mich um und verschwand im Gewühl der Reisenden, ohne mich noch einmal umzudrehen.

Achtzehn Stunden und zwei Zwischenlandungen später landete meine Maschine auf dem Rollfeld des internationalen Flughafens von Phuket, und kurze Zeit später war ich auch schon durch die Pass- und Zollkontrolle und sah mich im Abfertigungsgebäude nach Chris um. Er hatte einen Fahrer geschickt und ließ sich entschuldigen, mich nicht persönlich abholen zu können. Es war einfach viel zu viel zu tun und er konnte den halben Tag, den es brauchen würde, mich vom Flughafen abzuholen, nicht entbehren. Er hängte ein Traueremoji ans Ende der WhatsApp-Nachricht, was ich etwas albern fand.

Es war ein komisches Gefühl, wieder in Thailand zu sein. Die Hitze und die Feuchtigkeit zu spüren, all die fremdartigen Gerüche zu riechen und die sanfte Brise von der Andamanensee zu spüren, die die Tropenluft in einen sanften Hauch aus Samt verwandelte, der der Haut schmeichelte. Wie anders das Meer hier doch war.

Chris erwartete mich verschwitzt und aufgekratzt in Khao Lak an der neuen Tauchbasis des Luxushotels, das bald schon eröffnet werden sollte. Es war noch eine Baustelle. Unsere neue Tauchbasis auch. Was Chris nicht daran hinderte, mir in der nächsten Stunde unseren neuen Arbeitsplatz in den leuchtendsten Farben zu beschreiben. Die Betreiber des Hotels setzten tatsächlich auf Nachhaltigkeit und schwammen nicht nur auf der Öko-Welle mit. Plastik war in den achtzig Lodges und auf dem gesamten Gelände verpönt, das Regenwasser wurde gesammelt und Brauchwasser recycelt. Es gab Schulungen für die Mitarbeiter, um Ressourcen zu sparen und Lebensmittelverschwendung zu vermeiden. Und am Strand und auf dem Wasser waren jegliche motorgetriebenen Fahrzeuge verboten.

Die Tauchbasis sollte sanften Tauchtourismus anbieten, keine überfüllten Safari-Speedboote zur Massenabfertigung, die die Gäste auf die weiter entfernten Similan Islands brachten, sondern Tauchspots in der Nähe anbieten, die gut mit einem Longtail mit Elektromotor erreicht werden konnten.

Chris war bereits dabei, die Touren zusammenzustellen und ungewöhnliche Spots zu erkunden. Vermutlich hätte er mich am liebsten sofort in einen Wetsuit gesteckt und wäre mit mir rausgefahren. Ich hörte mir alles an, stellte hier und da Fragen und war überwältigt von den Möglichkeiten, die mir hier geboten wurden, um meinen Traum zu erfüllen.

Nur dass es nicht mehr mein Traum war.

Chris sah mich fassungslos an, als wir Stunden später auf der kleinen Terrasse des Gästehauses saßen, das in Zukunft unser gemeinsames Heim werden sollte.

»Du bist in den Flieger gestiegen und hierher gereist, um mir *das* zu sagen?«

Ich vermied es, ihn anzusehen, und widmete mich lieber dem wunderbaren Ausblick auf den tropischen Garten und das Meer, den man von hier aus genießen konnte.

»Das ist jetzt nicht dein Ernst, Liv. Das kann nicht dein Ernst sein.«

Ich konnte seine Fassungslosigkeit verstehen. Und in diesem Augenblick tat er mir unendlich leid. Vielleicht wäre ein Telefonanruf doch sinnvoller gewesen.

»Es hat sich viel verändert, Chris. Ich habe mich verändert.«

Er erhob sich, ging ein paar Schritte und rieb sich fassungslos die Stirn.

»Ich kapier das nicht.«

Ich atmete tief durch und nahm einen Schluck von meinem Bier, das wir zu dem Curry bestellt hatten, das Chris uns aus der Hotelküche, die schon in Betrieb war und die Arbeiter versorgte, zum Abendessen organisiert hatte.

»Du wirst hier deinen Traum verwirklichen können, Chris, ich werde dir da nicht im Weg stehen.«

»Es war unser Traum!«

»Ja, das stimmt. Aber jetzt ist er es nicht mehr.«

»Und was willst du stattdessen machen?«

Er sah mich an und seine Fassungslosigkeit verwandelte sich langsam in Wut.

»Eine Tauchschule an der Ostsee aufmachen? Im Ernst?«

»Nein.«

Ich spielte mit der Kühlmanschette, in der die Bierflasche steckte.

»Ich weiß nicht, was kommen wird. Ich habe, ehrlich gesagt, keine Ahnung. Aber ich weiß, dass mein Platz in Brodershöved ist. Meine Schwester braucht mich. Meine Mutter auch. Irgendwie müssen wir einen Weg aus dem ganzen Schlamassel finden, den uns mein Schwager eingebrockt hat.«

Er nickte nachdenklich und kam wieder zurück an den Tisch, setzte sich auf den Rattanstuhl, rückte ihn zurecht, sodass er direkt vor mir saß und mir ins Gesicht sehen konnte.

»Liv.«

Er nahm meine Hände und hielt sie beschwörend fest. Ich wehrte mich nicht.

»Bitte. Hör mir zu. Was deiner Schwester passiert ist, ist schrecklich. Aber es ist ihr Leben. Nicht deins.« Er lachte bitter auf. »Mein Gott, ihr zwei habt euch noch nicht einmal gut verstanden!«

»Das ändert sich gerade.« Ich sah ihn lächelnd an. »Vielleicht. Mal sehen.«

Er schüttelte den Kopf, ließ meine Hände los und gab einen Laut von sich, der zwischen Empörung und Verzweiflung schwankte.

»Ich kann nicht bei dir bleiben und diese Tauchschule aufmachen. Ein Teil von mir würde immer dort unten in

Brodershöved sein. Und du hast jemanden verdient, der mit ganzem Herzen bei der Sache ist. Es würde nicht gut gehen mit mir.«

»Dann tust du mir also einen Gefallen?«

Seine Stimme triefte vor Zynismus.

»Na ja, ich hoffe mal, ich tue uns beiden damit einen Gefallen.«

»Und wie soll es jetzt weitergehen?«

Ich zuckte mit den Schultern. »Ich bleibe, bis die Sache mit der Hotelleitung geklärt ist. Sie sollen wissen, dass du der Richtige für die Basis bist. Und dann reise ich wieder ab.«

»Und was ist mit uns? War's das dann?«

Ich ersparte mir und ihm die Antwort. Er wusste auch so, wie sie lautete.

»Wow! So übel bin ich noch nie abserviert worden, Liv. Das muss man dir lassen.« Er schüttelte den Kopf, fuhr sich mit der Hand über das Gesicht, als müsste er einen bösen Traum vertreiben.

»Chris, wir beide wissen, dass das mit uns nie die große Liebe war.«

Er widersprach mir nicht.

»Immerhin bist du hergekommen, um es mir persönlich zu sagen.« Ein bitteres Lächeln erschien auf seinem Gesicht. »Hätte auch schlimmer kommen können.«

»Du meinst per WhatsApp?« Ich versuchte es mit Humor. »Der Flug war schon gebucht. Wäre schade drum gewesen.«

»Wirklich witzig.« Sein Lächeln blieb schmal. »Schon komisch. Aber als du damals abgereist bist, da habe ich geahnt, dass es so kommen wird.«

»Dann hast du mehr gewusst als ich.«

Dann stand ich auf und räumte das schmutzige Geschirr ab. »Ich hab gleich nebenan in der Anlage ein Zimmer gebucht. Ich bleibe dann da.«

Er nickte matt. »Okay. Ist wohl das Beste.«

Kurz darauf verabschiedeten wir uns auf der Terrasse mit einer Umarmung, die etwas zögerlich kam. Was mich unter den Umständen nicht verwunderte.

Ich war schon auf dem schmalen Weg durch die Gärten, als er noch einmal nach mir rief.

»Liv?«

Ich drehte mich um und sah ihn fragend an.

»Wer ist es? Kenne ich ihn?«

Es war völlig überflüssig, die Wahrheit zu leugnen. Chris kannte mich gut genug, um zu wissen, dass meine Familie nicht der einzige Grund war, ihn zu verlassen. Also schüttelte ich nur den Kopf.

Er nickte knapp.

»Ich hoffe, er kriegt es besser hin als ich.«

Er musste meinen überraschten Blick auch in der schummerigen Beleuchtung des Gartens erkannt haben und lächelte müde.

»Das meine ich wirklich.«

Ich ging noch einmal zurück und drückte ihm einen sanften Kuss auf die Wange.

»Danke, Chris. Für alles.«

»Gern geschehen.«

In diesem Augenblick wusste ich, dass es richtig gewesen war, noch einmal zurück nach Thailand zu kommen. Mich von dem zu verabschieden, was so lange ein Teil meines Lebens gewesen war und es nun nicht mehr sein würde. Ich war froh, Chris die Wahrheit gesagt zu haben und ihm dabei ins Gesicht gesehen zu haben. Das war ich ihm schuldig gewesen.

An dem Abend am Strand mit Jewe hatte ich einen Entschluss gefasst, ohne mir sicher sein zu können, dass es die richtige

Entscheidung war. Deshalb war ich hergekommen. Ich wollte nicht eines Morgens aufwachen und die Tatsache bereuen, dass ich meine Träume verraten hatte. Und die Menschen, die ich liebte. Jetzt war ich mir sicher, dass es nichts zu bereuen gab.

Ich verbrachte noch zwei Tage in der paradiesischen Hotelanlage mit Chris und klärte den Aufbau der neuen Tauchbasis mit Mister Nyugen, dem sehr höflichen und sehr agilen Manager der neuen Öko-Lodge, der halb Amerikaner und halb Thailänder war und der einen Abschluss der Wirtschaftswissenschaften aus Stanford hatte, wie er nebenbei bemerkte. Zu behaupten, dass er nicht gerade begeistert über meinen Rückzieher war, wäre untertrieben gewesen. Er übte mehr oder weniger großen Druck aus, um mein schlechtes Gewissen gegenüber Chris zu befeuern. Doch schließlich musste er akzeptieren, dass ich nicht umzustimmen war. Und so wurde die Marketingkampagne, die man sich schon ausgedacht hatte, um die neue Basis den zahlungskräftigen und umweltbewussten Kunden schmackhaft zu machen, kurzerhand auf Chris zugeschnitten. Ich spielte nur noch eine Nebenrolle. Was mir recht war.

Als ich in einer wunderbar lauen Tropennacht auf dem Rollfeld des Phuket Airport wieder in den Flieger nach Deutschland stieg, überkam mich ein Gefühl großer Zufriedenheit. Ich hatte alles in Ordnung gebracht, was ich in Ordnung bringen musste, um Abschied von Chris, von Thailand und von meinem alten Leben nehmen zu können. Es schien eine Ewigkeit her zu sein, dass ich völlig überstürzt aus diesem Land geflohen war, um mich bei meiner Familie zu verstecken. Nun kehrte ich dahin zurück und ich war verdammt glücklich darüber.

Ich hatte keine Ahnung, was in Brodershöved vor mir liegen würde. Ich wusste nicht, ob wir jemals wieder unser altes, kleines Familienhotel hoch oben auf der Klippe besitzen würden. Ob Anneke und die Zwillinge jemals über den Tod von Thies hinwegkommen würden.

Und ich wusste nicht, wie es mit mir und Jewe weitergehen sollte. Ob unsere gemeinsame Geschichte, die vor so vielen Jahren in einem Sommer voller Wunder an einem anderen Meer begonnen hatte, tatsächlich ihr Happy End finden würde.

Ich würde mich wohl überraschen lassen müssen.

KAPITEL 23

Zu sagen, dass meine Mutter überrascht gewesen wäre, als ich einen Tag später vor dem *Sturmnest* stand und sie breit grinsend begrüßte, wäre untertrieben.

»Liv?!«

Das Tablett mit frischem Apfelkuchen, das sie zu unseren Gästen in den Garten trug, geriet arg in Schräglage.

»Was machst du hier?«

»Das nehme lieber ich.« Ich nahm ihr das Tablett ab, bevor sie es fallen lassen konnte. »Wäre doch schade um den schönen Kuchen.«

»Aber … ist was passiert? Geht's dir gut?«

»Mir geht es prima, Mama, alles in Ordnung.«

Sie sah mich an, als hätte sie eine Geistererscheinung.

»Wirklich.« Ich schenkte ihr ein beruhigendes Lächeln.

»Und um es kurz zu machen – ich werde nicht mehr zurück nach Thailand gehen. Ich bleibe hier. Bei euch.«

»Aber … was ist mit Chris?«

»Dem geht es prima. Er ist vollauf damit beschäftigt, die neue Tauchbasis aufzubauen. Ich glaube, es macht ihm eine Menge Spaß.«

»Und was ist mit dir?«

»Mit mir?« Ich atmete tief durch und sah zu unserem Hotel hoch, das in seiner ganzen Pracht vor mir stand.

»Weißt du, Mama, ich denke, mir macht es eine Menge Spaß zu schauen, wie wir das alte *Sturmnest* behalten können.«

Sie starrte mich ungläubig an.

»Nicht dass ich schon irgendeine Idee hätte, wie das zu schaffen ist.« Ich sah sie entschuldigend an und wollte nicht, dass sie sich zu große Hoffnungen machte. »Aber versuchen werden wir es auf alle Fälle. Und zwar gemeinsam.«

Sie hatte noch immer diesen ungläubigen Ausdruck im Gesicht und dann sickerte langsam die Erkenntnis in ihr Bewusstsein, dass sie mit all dem Ärger und der Trauer nicht mehr allein war.

»Das wäre wirklich zu schön, Liv.«

Sie nahm mich in den Arm und drückte mich so fest an sich, dass der Apfelkuchen zwischen uns etwas in Mitleidenschaft gezogen wurde und sicherlich nicht mehr auf den Tellern unserer Urlaubsgäste würde landen können.

Annis Reaktion auf meine endgültige Heimkehr nach Brodershöved fiel nicht ganz so euphorisch aus wie bei meiner Mutter. Aber die Art und Weise, wie sie mich ansah und dann meine Hand nahm, um sie zu drücken, reichte vollkommen aus, um mir zu zeigen, dass ich willkommen war. Sie war noch eine Spur blasser geworden in der kurzen Zeit, in der wir uns nicht gesehen hatten, und ihre Augen waren rot geweint und dunkle Schatten lagen darunter.

»Wir kriegen das hin, Anni.« Ich nahm sie in den Arm und drückte sie fest an mich. »Keine Ahnung wie, aber wir kriegen das hin.«

Ich hörte sie an meinem Ohr einen tiefen Seufzer ausstoßen und spürte, wie sich ihr Körper etwas entspannte.

»Ich bin froh, dass du da bist.«

Einen langen Moment hielten wir uns stumm im Arm.

»Du weißt schon, was das bedeutet?« Ich drückte ihr einen Kuss auf die Schläfe und löste die Umarmung, um sie anzusehen. »In spätestens drei Monaten werden wir uns gegenseitig die Pest an den Hals wünschen, Schwesterherz. Und dann gib bitte nicht mir die Schuld.«

»Du hast recht.«

Sie schniefte und wischte sich mit dem Handrücken über die Nase.

»Wäre sonst langweilig.«

Am Abend meiner Rückkehr versammelten wir uns alle am schmalen Kieselstrand unterhalb Petermanns Klippe und machten ein kleines Lagerfeuer. Ich hatte aus Thailand kleine Lichterschiffchen aus Bananenblättern mitgebracht, in die man Blüten und eine kleine Kerze stellen konnte und die wir in der Dunkelheit hinaus aufs Meer schicken wollten, um Abschied von Thies zu nehmen. Die kleinen Segel waren aus Samtpapier, auf die wir einen letzten Gruß und einen Wunsch schrieben.

Die Sonne war gerade untergegangen und langsam senkte sich die Dunkelheit über den Strand, als Inken und Hauke die alte Holztreppe herunterkamen, die von der Klippe an den Strand führte. Dicht gefolgt von Bootsmann, der, als er sie erst mal auf der Treppe überholt hatte, wie eine Rakete an den Strand geschossen kam und uns laut bellend und ganz außer sich vor Freude begrüßte. Er kam nicht allein. Jewe schritt als Letzter die Treppe herunter. Ich blickte erstaunt zu Anneke.

»Ich habe sie gebeten zu kommen«, erklärte sie mit einem matten Lächeln. »Ich denke, du hast bestimmt nichts dagegen.«

Natürlich hatte ich nichts dagegen. Ich war nur noch nicht auf eine Begegnung mit Jewe vorbereitet gewesen. Ich hatte mich nicht bei ihm gemeldet, als ich am Morgen in Brodershöved ankam. Ich hatte mir eingeredet, dass ich erst mit meiner Familie klarkommen musste. Um die anderen Baustellen würde ich mich später kümmern. Zumindest war das der Plan gewesen, der sich soeben erledigt hatte.

Inken kam auf mich zu und nahm mich in den Arm.

»Und? Ist es dir sehr schwergefallen?«

Meine Stimme war nicht mehr als ein Flüstern an ihrem Ohr. »Nein, überhaupt nicht.«

»Gut gemacht, Liv.«

Dann ließ sie mich los und auch Hauke nahm mich freudestrahlend in den Arm.

»Schön, dass du da bist.«

»Geht mir auch so.«

Ich sah zu ihm auf und sein jugendliches Lächeln, das immer etwas schüchtern wirkte, hatte etwas sehr Anziehendes. Ich hoffte, Anneke würde das auch irgendwann einmal auffallen.

Jewe stand ein paar Schritte entfernt, beobachtete uns und sein Gesichtsausdruck war schwer zu deuten. Wir tauschten einen verstohlenen Blick, und noch bevor ich etwas sagen konnte, trat meine Schwester zu ihm und umarmte ihn etwas umständlich.

»Danke, dass ihr gekommen seid.«

Sie blickte in die Runde und nickte Inken und Hauke ernst zu. Dann wandte sie sich wieder an Jewe.

»Ich weiß, du und Thies, ihr seid nicht die besten Freunde gewesen. Doch ich weiß, dass du alles versucht hast, ihn da draußen zu warnen.« Sie musste schlucken und ihre Stimme zitterte vor Trauer. »Ihn zu retten.«

Sie blickte sich um und sah mich an.

»Dass ihr beide alles versucht habt, ihn mit diesem blöden Boot zu stoppen. Und dafür bin ich euch dankbar.«

Jewe legte ihr behutsam seine große Hand auf die Schulter.

»Es tut mir leid, dass wir es nicht geschafft haben.«

Auch die Zwillinge, die die ganze Zeit bei meiner Mutter am Lagerfeuer gesessen und in die Flammen geblickt hatten, waren aufgestanden und kamen nun zu Jewe und blieben befangen vor ihm stehen.

»Danke, Jewe.« Jule sah ihn mit einer Spur Bewunderung an. »Das war cool von dir.«

Clara gab ihrer Schwester recht. »Ziemlich cool.«

Die Unbeholfenheit der beiden, die ihrer Trauer kaum Ausdruck verleihen konnten, war berührend, und ich musste mich arg zusammenreißen, um nicht in Tränen auszubrechen.

Jewes Lächeln war voller Mitgefühl und er tat einfach das, was die beiden wohl am meisten brauchten. Statt etwas zu sagen, nahm er sie einfach in den Arm. Eine links, eine rechts an seiner Seite und drückte sie fest an sich.

»Ihr zwei seid die tapfersten Zwölfjährigen, die mir jemals begegnet sind, wisst ihr das eigentlich?«

Sie schniefen nur und heulten sich schließlich an seiner Schulter aus.

Einen langen Augenblick standen wir alle stumm am Strand, sahen hinaus aufs Meer und hingen unseren Gedanken nach. Anneke ergriff schließlich die Initiative.

»Kommt, lasst uns anfangen. Es ist schon dunkel genug.«

Während sie mit den anderen im hellen Schein des Lagerfeuers die Schiffchen vorbereitete, griff ich zum Handy und rief Smillas Nummer auf. Sie war längst wieder auf ihrem Kreuzfahrtschiff vor der Küste Norwegens unterwegs und konnte an diesem Abend nicht bei uns sein, auch wenn sie es sich sehr gewünscht hatte. Es dauerte nicht lange und sie nahm den Anruf entgegen.

»Liv?«

»Ja, ich bin's. Wir haben hier alles vorbereitet. Bist du auch schon so weit?«

»Ja, alles klar. Meinetwegen kann es losgehen.«

Ich wechselte in den Video-Chat-Modus und erkannte kurz darauf das etwas verpixelte Gesicht meiner kleinen Schwester auf dem Display. Sie musste irgendwo am Heck des riesigen Kreuzfahrtschiffes stehen, und die Beleuchtung reichte gerade aus, um sie vor dem tiefschwarzen Hintergrund des Nordatlantiks zu erkennen. Sie hatte eine dieser Himmelslaternen vorbereitet, die ihr eines der philippinischen Crew-Mitglieder wer weiß woher besorgt hatte. Statt eines Lichterschiffchens würde sie die Laterne übers offene Meer schicken. Ich war kein großer Freund davon, aber mitten auf dem Ozean konnten sie immerhin keinen Schaden anrichten.

Ich hielt mein Handy so, dass die Kamera uns alle am Lagerfeuer erfassen konnte.

»Kannst du uns sehen?«

Ich winkte meiner Familie zu.

»Schaut mal her. Smilla ist auch da.«

Sie winkten in die Kamera, froh, dass die moderne Technik auch über riesige Entfernungen hinweg verlässlich dafür sorgte, dass wir uns alle in diesem Augenblick nahe sein konnten.

Die Sommermonate hatten die Ostsee aufgewärmt und es blieb warm, auch nachdem die Sonne längst untergegangen war. Wir zogen die Schuhe aus, krempelten die Hosenbeine hoch und standen fast bis zu den Hüften im Wasser, um die kleinen, hell erleuchteten Schiffchen auf ihre Reise ins Unbekannte zu schicken.

Eine leichte Brise von den Klippen her sorgte dafür, dass sie zügig hinaus aufs offene Meer getrieben wurden, und wir standen im Wasser und verfolgten stumm ihren Weg, bis die Lichter immer kleiner wurden und schließlich mit der Dunkelheit verschmolzen. Auch Smillas Laterne, Tausende Kilometer von uns entfernt, fand ihren Weg zu den Sternen.

»Ich muss wieder auf die Brücke«, verabschiedete sie sich schließlich und winkte uns allen ein letztes Mal über die Kamera zu. »Ich melde mich bald wieder. Ich hab euch lieb.«

Dann wurde das Display schwarz.

Meine Mutter scheuchte die Zwillinge schließlich aus dem Wasser und dann die Klippe hoch, obwohl sie noch gerne am Lagerfeuer gesessen hätten. Doch mit den nassen Hosen war das nun keine gute Idee mehr. Anneke lud auch Hauke und Inken ein, ihr zum *Sturmnest* zu folgen. Wir würden dort alle im Garten noch zusammensitzen können. Ich blieb am Lagerfeuer stehen und auch Jewe machte keine Anstalten zu gehen. Anneke nickte mir wissend zu.

Und dann waren wir allein.

Das trockene Treibholz, das wir ins Lagerfeuer geworfen hatten, knisterte und schickte einen Funkenregen hinauf in den Himmel, und wir sahen uns einen langen Moment stumm über die Flammen hinweg an. Es gab tausend Dinge, die ich ihm sagen wollte. Vermutlich ging es ihm genauso. Und doch wussten wir nicht, wie wir den Anfang machen sollten.

»Ich habe nicht daran geglaubt, dich so schnell wiederzusehen.«

Er sah mich mit einem Lächeln an.

»Das letzte Mal hat es immerhin zehn Jahre gedauert.«

Ich nickte.

»Zehn Jahre sind eine wirklich lange Zeit.«

»Ja. Viel zu lange.«

Wir sahen uns in die Augen, und das wunderbare Gefühl zur richtigen Zeit am richtigen Ort zu sein flutete mein Innerstes mit einem angenehm warmen Gefühl.

»Ist es wirklich das, was du willst, Liv? Was du wirklich willst?«

In seinen grünen Augen, die mich immer an die Ostsee an einem heißen Sommertag erinnerten, erkannte ich die Unsicherheit, ob ich nicht doch noch eines Tages meine Entscheidung bereuen würde.

Ich nickte. »Ja. Es ist das, was ich eigentlich schon immer wollte.«

Seine breiten Schultern hoben sich in einem langen, erleichterten Atemzug.

»Das ist gut.«

Er lächelte und die Unsicherheit wich aus seinem Blick und machte Platz für etwas anderes. Etwas, das ich lange Zeit vermisst hatte.

»Denn weißt du, Liv, ohne dich, da ist es, als würde ich im Nebel herumirren und nicht wissen, wo ich mit der *Windsbraut* hinsteuern soll. Mit dir, da verschwindet der Nebel. Und ich kann die Sonne sehen und den Himmel und das Meer. Ich sehe die Küste und ich weiß ganz genau, wo mein Hafen ist.«

Während er sprach, war er ums Lagerfeuer herumgekommen und blieb dicht vor mir stehen.

Er schob mir sanft eine Strähne aus der Stirn und lächelte mich an.

»Ich liebe dich, Liv Larsen. Schon immer. Und für alle Zeit.«

Und dann küsste er mich, und all die Zweifel und Ängste und Sorgen, die mich vor ein paar Sekunden noch gequält hatten, lösten sich auf wie der Frühnebel an einem sonnigen Novembermorgen.

JEWE

Brodershöved 2009

Liebe Liv,

wenn Du diesen Brief liest, wirst Du wahrscheinlich ziemlich sauer auf mich sein und das völlig zurecht. Ich habe mich wie ein Arsch verhalten und noch nicht einmal den Mut gehabt, Dir dabei ins Gesicht zu sehen. Aber wenn ich das getan hätte, dann weiß ich, dass es mir einfach nicht möglich gewesen wäre, Dich in diesen Flieger nach Australien steigen zu lassen. Vielleicht würdest Du dann bleiben. Aber ich glaube, es würde Dich nicht glücklich machen. Also habe ich Inken überredet, die Sache für mich zu erledigen und Dir diesen Brief zu geben. Sei ihr bitte nicht böse deswegen.

Ich war nicht ehrlich zu Dir und das tut mir so unglaublich leid. Ich hätte Dir von Anfang an sagen müssen, dass ich nicht mit Dir zusammen hinaus in die Welt gehen kann, so wie Du es Dir erträumst. Ich konnte es nicht sagen, weil ich das Leuchten in Deinen Augen gesehen habe, wenn

Du über all die Orte gesprochen hast, die Du unbedingt sehen wolltest. All die aufregenden Tauchgänge, die vor Dir liegen würden und all diese wunderbaren Dinge, die Du bestaunen wirst. Ich habe mir vorgestellt, wie wir Seite an Seite durch das Barrier Reef schweben oder vor der Küste Südafrikas mit den Blauwalen tauchen. Wie wir gemeinsam die Welt erkunden und es nichts gibt, was uns aufhalten kann. Es war ein schöner Traum, Liv, und ich wünschte, ich könnte ihn zusammen mit Dir wahr werden lassen.

Du weißt, warum ich es nicht kann, denn es gibt niemanden auf der Welt, der mich so gut kennt wie Du.

Wenn ich mit Dir gehe, dann wird mein Vater sich in einem Jahr zu Tode getrunken haben. Und das würde meiner Mutter das Herz brechen. Sie liebt ihn, trotz allem, und ich kann sie verstehen. Ich verstehe jetzt, wie das ist, wenn man jemanden mehr liebt als sich selbst.

Du wirst vermutlich laut protestieren. Ich sehe es ganz deutlich vor mir, wie Deine Bernsteinaugen ganz dunkel werden vor Wut und Du die Stirn krausziehst, weil Du anderer Meinung bist. Und Du hast recht. Unsere Eltern sind für sich selbst verantwortlich und sollten uns nicht im Wege stehen, wenn wir unser eigenes Leben führen wollen. Doch ich bin der Einzige, der auf sie aufpasst. Sie haben sonst niemanden. Und deshalb muss ich bleiben.

Ich werde auf Dich warten, Liv, so lange, bis Du irgendwann wieder zurück bist. Und ich werde auf unsere Wale aufpassen, das verspreche ich Dir. Ich wünsche mir, dass Du glücklich bist da draußen. Und in meinen Träumen werde ich bei Dir sein, wo auch immer das ist.

Vielleicht kannst Du mir irgendwann verzeihen. Ich hoffe es so sehr. Du weißt, wo Du mich finden wirst.

In Liebe

Jewe

DANK

Liebe Leserin, lieber Leser,

wie immer möchte ich mich an dieser Stelle bei Ihnen für Ihr Interesse und Ihre Begeisterung für meine Geschichten bedanken. Es ist das Schönste, was einer Autorin passieren kann. Das Zweitschönste ist, dass Sie und ich diesmal nicht von Brodershöved Abschied nehmen müssen. Schon bald wird es weitergehen und ein neues Abenteuer wartet auf die drei Larsen-Schwestern Liv, Anneke und Nesthäkchen Smilla. Ich hoffe sehr, Sie sind dann auch wieder mit dabei, wenn Jewes *Windsbraut* den Hafen verlässt und das *Sturmnest* turbulente Zeiten zu überstehen hat. Ich freue mich jedenfalls schon sehr darauf, beim Schreiben wieder in den hohen Norden zu reisen.

Ebenfalls möchte ich mich bei meinen Kollegen vom Montlake Romance Verlag bedanken, allen voran bei meiner wunderbaren Lektorin Lena Woitkowiak, deren Engagement für meine Geschichten diese Reise erst möglich gemacht hat.

Und zu guter Letzt geht mein Dank an meine Familie und meinen Freundeskreis für ihre unermüdliche Unterstützung, ihre Geduld und ihre Aufmunterung, wenn ich in den langen Wochen des Schreibens verzweifle und der festen Überzeugung bin, diese Geschichte niemals zu Ende bringen zu können. Ihr habt, wie immer, recht behalten.

Ihre Elli C. Carlson

Zeitfracht Medien GmbH
Ferdinand-Jühlke-Straße 7
99095 Erfurt, Deutschland
produktsicherheit@kolibri360.de

Druck:
CPI Druckdienstleistungen GmbH
im Auftrag der
Zeitfracht Medien GmbH
Ein Unternehmen der Zeitfracht - Gruppe
Ferdinand-Jühlke-Str. 7
99095 Erfurt